새우

─────── 이인자 장편소설 ───────

새우

글누림

　사람은 누구나 꿈을 꾼다. 그 꿈을 실현하는 사람은 뭇한 말로 현실에 주어진 사명이나 의무 같은 것을 팽개치고 꿈에 올인하지는 않는다. 현실과 조화롭게 타협을 해서 꿈을 향해 조금씩 다가간다.

　이인자 씨, 그러니까 이인자 작가는 헨릭 입센의 희곡 『인형의 집』 노라처럼 장편소설을 쓰기 전에는 전형적인 주부였다. 노라는 집을 떠났지만 이인자 작가는 집을 떠나지 않았다. 오히려 장편소설을 쓰기 시작함으로써, 그리고 장편을 완성해서 출간을 목전에 두고 나서부터는 가족들에게 존경을 받는 위치에 도달했다.

　그의 소설 『새우』에서도 쉽게 발견할 수 있는 것처럼 이 작가의 작품관은 우리가 사는 평범한 삶의 일부를 소설이라는 이름으로 한 조각 떼어내서, 정성 들여 만든 소설이라는 소스를 바른 것에 불과하다. 그럼에도 소설이 잘 읽히는 것은 비록 겉으로는 표현은 하지 않았지만 오랫동안 마음속에서 응축되었던 소설의 꿈이 명주실처럼 가늘기는 해도, 질기고 그 질감이 너무 부드러워서일 것이다.

　처음 직기에 앉아서 짜 보는 소설이라 어색하거나 올이 빠진 부분도 있을 것이다. 그런데도 망설이지 않고 추천사를 쓰는 이유는, 다음 소설은 지금보다 더 부드럽고 아름다운 문양으로 가득 찬 소설이 될 것으로 믿기 때문이다.

소설가 **한만수**

차례

새
우

우리의 명산 백두산을 가다

중국 대련공항에 내렸을 때 희뿌연 안개와 습기가 온몸을 감싸 안았다. 일행을 기다리고 있던 가이드가 여행사 로고가 찍힌 빨강색 팻말을 들고 일행들을 반겼다. 북한 사투리를 쓰는 남성 가이드다.

"북한 출신이죠?"

가이드의 북한 억양에 긴장한 일행 중 한 명이 가이드에게 물었다.

"네, 그렇습니다. 제 딴에는 표준말을 썼는데…… 북한 사람 티가 나나요?"

가이드는 어색한 웃음을 흘리며 궁색하게 변명을 했다.

오랜만이자, 남은 생애의 기억을 선명하게 장식할 여행은 낯선 느낌으로 시작됐다.

이번 여행은 내가 오래전부터 꿈꾸어 온 것이다. 구체적인 생각이 아니라, 언젠가 그곳에 가 보고 싶다는 그런 막연한 바람의 나날이었다.

햇빛이 참으로 밝은 날이다. 아침 설거지를 끝내고 습관처럼 TV를 켰다. 채널을 돌리자 홈쇼핑에서 관광 상품을 팔고 있었다. 여행 상품의 목적지는 내가 꿈꾸어 왔던 그곳이었다. 나는 오랫동안 기다려 왔던 목마름으로 그 여행 상품을 구입했다.

그 후, 한 달 동안 어떻게 시간을 보냈는지 기억나지 않는다. 소풍을 앞둔 아이 같기도 했고 때로는 아버지가 돌아가신 그날처럼 슬픔이 몰아쳤다. 어느 때는 까닭 없이 종일 눈물이 나기도 했다.

이번 여행은 22명이 함께 움직여야 하는 패키지여행이다. 공항에 모인 일행들은 서로 힐끗거리며 탐색전을 벌였다. 그들은 탐색전에 밀리지 않으려고 애써 태연한 척하며, 각자의 안목으로 상대의 인격을 만들어 가는 눈빛들을 바쁘게 움직이기 시작했다. 그것도 잠깐, 일행의 어색한 눈인사와 더불어 동행이 시작되었다. 가이드는 여행 일정이 숨 돌릴 틈도 없이 빠듯하다는 말과 함께, 동고동락할 25인승 승합차로 우리를 안내했다. 우리는 가벼운 설렘을 안고 승합차에 몸을 맡겼다.

가이드는 핸드마이크를 들고 우리가 기행할 일정표를 대조하며 5박 6일 동안의 여정을 위해 지켜야 할 규칙을 설명하고 그에 대한 협조를 당부했다.

일행은 간단한 자기소개 시간을 가졌다. 가이드는 화교로서 북한에서 대학을 나왔고, 현재는 단둥에서 가족과 함께 북한을 드나들며 특산물을 중개한다고 했다. 북한의 특산물을 관광객이나 현지인들에게 팔아 생활한다는 그의 말이 일행들을 놀라게 했다.

"북한 주민이 어떻게 가이드를 할 수 있어요?"

"북한 주민이면 우리의 안전에 문제가 없어요?"

"우리를 북한으로 납치하려는 것은 아니죠?"

일행은 미심쩍은 것들이 많은지 갑자기 웅성대기 시작했고, 여기저기서 질문이 쏟아졌다.

"우려할 문제가 있었다면 여행사에서 저를 가이드로 채용했겠습니까? 그런 문제라면 안심하셔도 됩니다."

가이드에게서 화교 특유의 장사 수완이 느껴졌다. 가이드의 소개가 끝나자 일행은 비로소 여행의 설렘을 풀어내기 시작했다. 각자의 일상에서 휴식과 자기 성찰의 시간을 갖기 위해 떠나는 그들의 표정은 밝고 여유가 있었다.

중국 랴오닝성 단둥은 압록강과 마주하고 있었다. 압록강과 마주한 국경선 주변은 군사적 긴장감이나 제약이 거의 없었다.

일행은 압록강에서 유람선을 타고 북한 땅을 바라봤다. 우리가 볼 수 있는 것은 단편적이라 좀 더 가까이 보고 싶은 마음에 모터보트를 타기로 했다. 모터보트를 운행하는 중국인이 돈 만 원을 보여주며, 돈을 더 주면 북한 땅에 최대한 가까이 가겠노라고 손짓 발짓으로 의향을 물었다. 그에게 팁을 주었더니 북한 경계보다 더 가까이 보트를 움직여 주었다. 관광객들의 심리를 파악한 상술이지만 오히려 고마웠다. 바로 앞 몇 미터 떨어진 곳이 북한이었다. 한 발자국만

넘으면 북한이라는 일보과도 있었다. 불과 2~3미터 떨어진 곳에는 소총을 든 북한 군인이 반갑다는 듯이 손까지 흔들어주었다. 스스럼 없는 그 모습에서는 긴장감은 찾아 볼 수가 없었다.

"안녕하세요."

나도 북한 군인에게 인사를 건넸다. 그는 영양상태가 안 좋은 탓인지 초등학생 정도의 체구에 20살도 채 안 되어 보였다. 보트 너머로 보이는 북한 주민들의 일상에도 긴장감이나 두려움 같은 것은 없었다. 그들을 가까이 바라보면서 '아버지가 살아 계시다면 이렇게라도 고향 소식을 접할 수 있었을 텐데……'라는 아쉬움이 컸다.

북한을 가까이 볼 수 있고 한반도의 미래를 생각할 수 있는 압록강의 단교는 6·25 전쟁의 아픔을 잊지 않고자 단둥 시에서 보존하는 다리라고 했다. 단교에서 바라본 북한은 숲으로 덮여져 아무것도 볼 수 없었다.

투먼은 중국 지린성 투먼시와 북한을 연결하는 다리였는데, 북한과 중국을 연결하는 일반적인 다리가 아니라 비밀리에 탈북자들을 북송하는 다리이기도 했다. 북한 정부의 통제 하에서도 개방의 문은 여기저기서 무너지고 있다는 것을 짐작케 했다.

유람선 부두 근처에는 관광객을 기다리던 호객꾼들이 남방 견과일과 먹을거리를 팔고 있었다. 나는 군밤을 넉넉히 사서 일행과 나누어 먹으며 어색함을 좁혀 나갔다. 먹는 끝에 인심이 나온다는 말이 실감났다.

관광객들의 대부분은 한국인과 중국인들이었는데, 중국인들은 억양 때문인지 싸우는 것처럼 시끄러웠다. 재래식화장실은 오물이 넘쳐났다. 중국이 경제부흥에 힘쓰고 있지만 아직까지 작은 것까지는 손이 미치지 못한 듯했다.

차를 한 번 타면 짧은 거리라도 보통 7~8시간을 가야 했는데, 중국 땅의 방대함을 실감할 수 있었다. 차타는 시간이 길어지자 차 안의 좁은 공간이 고통스러웠고, 피곤한 몸을 더욱 지치게 만들었다. 차창 밖은 옥수수 밭이 끝도 없이 펼쳐져 녹색만 보아도 울렁증이 생겼다.

넘쳐나는 오물의 혐오감 때문에 옥수수 밭은 우리들의 화장실이 되었다. 나는 옥수수 밭에 대한 어린 시절의 추억이 생각나 볼일 보는 것에 스릴을 느꼈다. 나와 같은 생각인지 볼일을 보고 난 일행은 겸연쩍은 얼굴로 웃음을 주고받았다.

그동안 친해진 사람들끼리 자리를 옮겨가며 수다를 떠는 시간이 시작되었다. 여자들은 쉬지 않고 대화를 하는데 남자들은 잠에 곯아떨어졌다.

나와 비슷한 연배의 상계동 댁의 남편 홍을 시작으로 여자들의 은밀한 대화가 날개를 달기 시작했다. 깊어지는 수다는 노골적으로 우리의 감성을 자극했다. 우리는 오랜 친구들처럼 마음의 문을 열었다.

상계동 댁은 같은 직장에서 남편을 만났다고 한다. 안정적인 검찰 공무원이라 결혼상대로는 부족함이 없었다. 인품은 보지 않고 사회적 조건만 보고 한 결혼이라 사람을 알아가는 기간 동안 힘들었다고 했다. 무엇이든 정확한 것을 원하는 성격이었던 그녀의 남편은 상대의 실수를 이해하지 못했다. 그런 일로 마음을 할퀴며 싸우는 일이 계속 이어졌고, 언제부터인가 서로에게 무관심해졌다. 그녀는 부부 관계도 소원해져 마네킹부부처럼 살고 있다고 한숨을 쉬었다.

"어떤 해결책이 없을까?"

그녀의 목소리에는 절실함이 묻어 있었다.

"언제부터 마네킹부부가 되었어요?"

"다정한 성격이 아니라서 살뜰하게 챙겨주지는 않았지만, 내 말에 귀 기울여 줄줄도 알았는데 지금은 말도 못 붙이게 해요."

상계동 댁은 잘 알지도 못하는 상태에서 속마음을 드러낸 것이 머쓱했는지, 애써 괜찮은 척 웃고 있었지만 슬퍼보였다.

"누구나 문제를 안고 사는 게 인생이라잖아요. 문제없는 집이 어디 있겠어요?"

나는 어색함을 없애려고 그녀 옆으로 다가앉으며 팔짱을 끼었다.

"헤어진다는 것도 쉬운 일이 아니기에 참고 살고 있는데 인내도 한계가 있네요."

"남편이 왜 변했어요?"

"이유는 있죠. 제가 남편 몰래 지인에게 돈을 빌려줬었는데, 그 돈을 몽땅 떼었어요. 그 뒤부터 남편은 10원 한 장도 나에게 안 맡겨요. 일일이 타서 쓸려니 자존심도 상하고…… 내가 잘못해서 생긴 일이니 죄인처럼 살았어요. 그렇지만 이렇게는 살 수 없잖아요. 마누라를 사랑한다면 이해하고 용서해야 하는 것 아니에요?"

그녀의 간절하고 애절한 눈빛에 말문을 열 수가 없었다.

"왜 아무 말도 안 해요?"

"참고 살라는 충고가 얼마나 무책임한지 알기에…… 할 말을 찾고 있는 중이에요."

나는 한 지붕 밑 한 가족으로 살면서 뜻이 맞지 않아, 우울증과 스트레스로 힘들어 하는 사람들을 보아왔다. 그렇기에 섣불리 말을 할 수가 없어 눈치를 살피며 말을 이어갔다.

"여행을 같이 올 정도라면 희망이 없는 것은 아닐 텐데요. 해결할 마음이 있으면 적극적으로 대화를 해 보세요. 대화를 하다 보면 실마리가 풀리지 않을까요?"

"대화를 안 하고 산지 오래되었어요. 대화를 하면 싸우게 되더라고요."

그녀가 고뇌에 찬 눈빛으로 나를 바라봤다.

"가식적으로라도 남편에게 사랑해요! 나는 당신 없으면 아무것도 할 수 없어요! 싸우게 되는 원흉이 나니까, 내 탓이요, 하면서 받아들이세요."

부부로 한집에 살면서 말을 안 하고 사는 것이 힘든 일이기에, 가슴이 먹먹해져 나도 모르게 눈물이 흘러내렸다.

"말을 안 하고 살다가 이 여자가 왜 이래? 의아해 하며 거절당하면 어떻게 해요?"

"거절당하더라도 시도를 해 보세요. 그래야 남편이 원하는 것이 무엇인지 알 수 있잖아요. 남편이 인상도 좋고 너그러워 보이는데…

…."

"나쁜 사람은 아니에요."

상계동 댁은 창가에 기대 잠을 자고 있는 남편을 측은하게 바라봤다.

"부부관계는 어때요?"

"부부관계 안 하고 산 지 오래되었어요."

"베갯머리송사라는 말도 있잖아요. 섹스리스가 부부관계를 더욱 힘들게 할 수 있어요. 애교가 많게 생겼는데 요염 좀 떨어 봐요. 남편한테 들이대고 미친 척도 해 보고요."

"옆에 가려 하면 돌아누워 버리는데 자존심 상해 그 짓도 못하겠어요. 이렇게까지 하면서 내가 살아야 하는가 하는 회의감이 들기도 하고요."

"하긴 나도 마찬가지였을 거예요. 자존심 상하고 속상하겠죠! 그렇지만 뭐든 해 봐야 하지 않겠어요. 여행 중이니 기회가 좋잖아요. 장소가 달라지면 없던 욕망도 살아난다는데…… 분위기 조성 좀 해 보세요."

나는 창문 밖을 바라봤다. 내가 이런 경우를 당했다면 어땠을까? 하는 생각이 들며 상계동 댁의 일이 남일 같지 않았다.

"글쎄 잘 될지 모르겠지만 시도 좀 해 볼까요?"

마음에 담고 있던 얘기를 털어 낸 상계동 댁의 얼굴엔 환한 미소가 번졌다.

"자존심 따윈 다 던져버리고 진심을 보여 줘 보세요. 속에 담고

살면 병만 생겨요. 그동안 불편한 것만을 위한 투쟁이었다면 앞으로
는 배려해 보세요. 처음부터 완벽하게 바뀌리라는 기대는 하지 말고
요.”

진지한 토론이 이루어지는 사이 호텔에 도착했다. 오래된 건물이
라 그런지 퀴퀴한 냄새가 진동을 했다. 호텔의 분위기는 피곤을 풀
기는커녕 오히려 피곤을 가중시켰다.

객실 안은 냄새가 더 지독했다. 오래된 카펫이 뿜어내는 악취에
머리가 지근지근 아파오기 시작했고 구토까지 유발시켰다. 나는 도
저히 그곳에 있을 수가 없어 가이드에게 부탁했다.

“호텔을 옮길 수 없나요?”

“옮기는 것은 되지만 호텔 비용이 문제가 돼서요. 개인사정이 생
겨 숙소를 옮기려면 별도의 요금이 부과되는데……”

“아, 무슨 말인지 알았으니 다른 호텔을 알아봐 줘요.”

난처한 표정을 지으며 머리를 긁적이는 가이드에게 남편은 웃으
며 말했다.

“가끔 이런 일 때문에 애를 먹거든요.”

“알았으니 빨리 옮겨 주세요. 피곤하니까.”

가이드는 예약된 호텔을 포기하고 다른 호텔로 옮길 때, 예약된
호텔 비용만큼 공제해 달라는 고객들 때문에 난처할 때가 많다고 호
들갑을 떨었다.

나와 남편은 신축 호텔 15층으로 안내를 받았다. 객실에선 단둥시
를 한눈에 조망할 수 있었다. 강 하나를 사이를 두고 다른 세계가

17

펼쳐졌다.

밤에 본 단둥 시는 야간조명으로 불야성을 이루었다. 단교와 우의교에 원색의 조명을 넣어 압록강을 돋보이게 했다. 하지만 압록강 건너 신의주 쪽은 캄캄한 암흑이었다.

침대에 눕자마자 눈꺼풀이 저절로 내려앉았다. 남편은 여행지에서의 첫날밤을 그냥 보내고 싶지 않았는지, 집에서보다 훨씬 왕성한 정력으로 내 몸을 더듬으며 달려들었다. 나도 마음은 물에 젖은 솜처럼 늘어졌지만, 몸이 뜨겁게 반응했다. 결국은 깊고 긴 애무가 달디 단 잠의 늪으로 빠져들게 했다.

아침 일찍 일정을 맞추기 위해 조식을 서둘러 먹고 일행이 있는 호텔로 갔다.

오전 7시, 일행들은 버스에 몸을 실었다. 오늘도 차창 밖의 풍경은 녹색의 물결로 끝도 없이 출렁였다. 창밖의 경치에 심드렁해진 일행들은 여행으로 지친 피곤을 풀려는 듯 아침부터 잠에 떨어졌다. 잠을 자지 않고 있던 상계동 댁이 뒷좌석으로 옮기며 나와 눈이 마주쳤다. 그녀는 피곤한 기색이 역력해 보였고 화가 잔뜩 난 표정이었다.

"잘 잤어요?"

나는 뒷좌석으로 옮기며 인사를 했다. 표정을 살피는 나를 그녀가 자기 옆으로 끌어당기며 왕방울 같은 눈물을 흘렸다.

"왜 그러세요. 언짢은 일이라도 있어요?"

"남편하고 한바탕 싸웠어요."

"왜요! 잘 지내보라고 했더니만."

"잘 해 보려고 했죠. 신경 써서 밤 화장도 하고 향수도 뿌렸어요. 실은 야시시한 속옷도 준비했거든요. 잔뜩 기대하고 남편에게 얘기 좀 하자고 했더니 남편이 뭐라 했는지 아세요?"

"뭐라 했는데요? 그렇게 노력했는데 반응이 없었어요?"

"반응만 없는 게 아니고 나를 모욕했어요."

"모욕을 하다뇨?"

"내 딴엔 엉킨 실타래를 풀어보려고 조심스럽게 얘기를 꺼냈어요. 그런데 남편은 나를 힐끗 쳐다보더니 술집 여자같이 뭐하는 짓이냐는 거예요. 상대를 안 하려고 하잖아요. 기분이 상해서 내가 악을 썼어요. 그런데 코를 골잖아요. 얼마나 황당했겠어요. 자는 남편을 흔들어 깨웠더니 남편 왈 뭐라 했는지 아세요? 이젠 미치기까지 했군! 정신이 번쩍 들었어요. 이런 모욕까지 느끼며 산다는 것이 얼마나 비참한 일인지 아마 모르실 거예요."

그녀는 흐르는 눈물을 억제하기 힘들었던지 내 가슴에 뛰어들었다.

"그렇게 힘들어 하며 사는지 자식들도 알아요?"

나는 그녀의 참담한 기분을 이해할 수 있을 것 같았다. 같은 여자로서 모욕감을 느꼈다. 나는 당장 이혼하라는 말이 목까지 나오는 것을 감추며 물었다.

"네, 알아요. 딸만 둘인데, 딸들이 우리 눈치만 봐요. 착한 딸들이라 엇나가지 않고 잘 컸어요. 그런 것을 생각하면 마음이 아파요."

19

"자식들 나이는요?"

"큰딸은 결혼했고, 작은딸은 애인이 있어요."

"다 키우셨네. 딸들이 착해서 엄마 심정 이해하고 잘 컸나 보군요!"

"이혼하려고 했지만 딸들 때문에 참고 살았어요. 시집가면 책잡힐까 봐. 결혼이나 시키고 내 문제는 해결하자 했던 것이었는데 비참하군요."

함께 여행할 정도의 부부 사이라면 해결의 여지가 충분히 있을 것이라 생각했던 나는 생각보다 그들 사이의 골이 깊어 있음을 느꼈다.

주몽이 건국한 고구려의 첫 번째 수도인 환인에 도착했다. 옛 지명인 졸본성은 우리의 문화유산이다. 그런데 유네스코에 중국의 유산으로 등재되었다는 가이드의 말에 일행은 수군대기 시작했다.

"이게 말이 돼요?"

"우리의 유산을 왜 중국의 유산으로 유네스코에 등재시켜요?"

"우리 정부는 이런 사실을 알고 있어요?"

광개토대왕릉비를 보는 순간 내 눈을 의심했다. 고구려를 호령하던 그 기세는 어디가고, 크고 작은 돌무더기가 허물어져 있었다. 돌무더기에 신기하게도 망초 꽃 하나가 피어 있었다.

망초 꽃은 대부분 무리지어 피는데, 딱 한 송이만 피어 있는 망초 꽃을 보는 순간 눈물이 핑 돌았다. '저 꽃은 무슨 사연을 안고 있기에 저 혼자 돌무덤에 피어서 외롭게 하늘을 보고 있는가?' 하는 생각에 흐르는 눈물이 뜨거웠다.

능 안쪽으로 통하는 작은 철문은 녹슬어 있었고, 허물어진 능 위에는 잡초들이 제멋대로 자라 그곳이 제대로 된 능의 자리인지 분간할 수조차 없었다.

광개토대왕비는 중국의 비석문화와 전혀 달랐다. 고구려만의 온전한 역사와 독창적인 문화를 가진 우리의 유산을 중국이 그들의 역사로 만들려 하고 있는 것이다.

광개토대왕릉비를 중국의 유적으로 유네스코에 등재시킨 중국정부의 파렴치한 행동에 일행은 화가 났다.

"어? 광개토대왕은 고구려 때 우리나라 왕이잖아요?"

"그러게요. 우리나라 조상을 자기네들의 역사에 등재시키는 저의가 뭐래요?"

"우리가 역사를 바로 알아야 하는 이유가 여기에 있었네요."

수군거리는 일행들은 애국자가 된 것처럼 흥분했고 불만을 터뜨렸다.

"우리 같은 평범한 사람들도 이러한 현실에 분노를 느끼는데 정부에선 어떤 대처를 하고 있을까?"

"무슨 대처를 하겠어. 정치적인 욕심으로 산재된 법안들도 내동댕이치는데⋯⋯."

남편의 얼굴이 화가 나서 못 견디겠다는 듯 붉으락푸르락 했다.

중국은 한반도와 관련된 역사를 중국 역사로 만들고 있다. 한반도가 통일이 되었을 때 일어날 가능성 있는 영토분쟁을 위해서, 동북

공정이라는 이름 아래 역사왜곡을 당연시 하고 있었다. 한국인의 역사적 형성과정을 부인하고, 고구려도 자기들의 역사로 만들려 하는 그들의 오만과 억지에 분노를 느꼈다.

백두산 가는 길은 멀고 먼 장정이었다. 고속도로에는 휴게소가 없었다. 휴게소에 들러서 굳어 있는 다리도 풀고 군것질거리도 사 먹는 것이야말로 쏠쏠한 재미다. 그런 재미를 느낄 수 없다는 것이 아쉬웠다. 문제는 첫날처럼 화장실 가는 것이었다. 지정된 곳이 아니면 화장실도 마음대로 갈 수가 없어서 생리적인 욕구도 참아야 했다.

차창 밖에 펼쳐지는 똑같은 풍경에 지루함을 느낀 여자들이 이야기 주머니를 열었다. 앞좌석에 앉아 있는 생머리 아가씨는 35살까지 유치원 교사를 하다가 퇴직기념으로 엄마와 이모를 모시고 여행을 하는 중이었다. 지병을 앓고 있는 아버지를 간호하다 지쳐있는 엄마의 몸과 마음을 위로하기 위해 여행을 떠나온 것이라고 했다.

퇴직한 이유가 엄마 대신 아버지를 간호하기 위해서였다는 말을 들으니, 얼굴만큼이나 마음도 곱다는 생각을 했다. 그러나 그녀의 엄마는 혼기를 놓친 딸로 인해 걱정이 늘어졌다.

"우리 딸 시집보내게 신랑감 좀 소개해 주세요. 머리 무거워 죽겠어요."

그녀의 엄마는 창피함을 무릅쓰고 보는 사람마다 신랑감을 소개해 줄 것을 부탁한다고 했다.

"너무 조급해 하지 마세요. 결혼이 조급해 한다고 이루어지는 것은 아니잖아요. 인연을 만나기 위해 기다린다고 생각하세요. 저도 늦은 결혼으로 부모님이 걱정을 많이 하셨거든요."

"늦게 결혼하셨어요? 몇 살 때 결혼했는데요? 아이들은 몇 명이나 낳았어요?"

그녀가 궁금해서 못 견디겠다는 듯 질문의 따발총을 쏘아댔다.

"서른다섯에 큰아이 낳고 서른아홉에 둘째 낳았어요. 요사인 건강 상태도 좋고 의술이 좋아 늦게 아이를 낳아도 아무 문제가 없어요."

"수술해서 낳았어요?"

"아니요! 자연분만 했어요."

자연분만 했다는 나의 말이 믿기지 않았는지 그녀의 엄마는 놀라는 표정이다.

"연애결혼 하셨어요?"

"네, 연애결혼 했어요. 따님이 아직 임자를 못 만나서 그래요. 너무 조급하게 생각하지 마세요. 조급하게 생각한다고 결혼이 이루어지는 것도 아니잖아요. 제가 결혼을 해 보니까 여자들은 결혼과 동시에 잃는 것이 많던데요?"

"그래도 남들이 다 하는 결혼인데, 남들이 하는 짓은 다 해 봐야 되지 않겠어요? 결혼을 안 한 것이 흉이나 되는 것처럼 수군거리는 것도 보기 싫고요."

"요즘은 혼자 사는 게 흉인 시대는 지났잖아요. 자기가 하고 싶은 것 맘껏 하다가 좋은 인연 만나면 결혼을 할 수도 있고요."

결혼이 인생의 전부라고 생각하는 부모세대에게 독신주의라는 말은 생뚱맞게 들릴 수 있다. 내가 결혼이 늦어지자 엄마의 걱정이 늘어졌고, 나를 피곤하게 했던 말이 떠올랐다.

엄마는 '댁의 딸은 왜 결혼을 안 하냐'는 말을 들을 때마다 쥐구 멍이라도 들어가고 싶다는 말을 달고 사셨다. 하지만 나는 하고 싶은 일들을 위해 최선을 다한 성취감이 오히려 기분 좋은 기억으로 남아 있어, 결혼보다는 하고 싶은 일을 해 보라는 충고가 하고 싶어 졌다.

여행이 막바지에 도달했다. 북한정부에서 운영하는 식당에 가서 식사를 한 후, 그들의 공연도 관람한다는 가이드의 얘기가 끝나기 무섭게 일행 중 한 명이 그곳에는 안 가겠다며 화를 냈다.

"우리의 의사도 묻지도 않고 일방적으로 북한정부에서 운영하는 식당을 왜 가야 합니까?"

"여행 일정에 잡혀 있는 것이라……."

당황한 가이드가 일행을 살피며 동조를 구하듯이 말을 이어갔다.

"첫날 일정표를 보면서 안내를 드렸는데 그때는 아무 말씀들도 하지 않으시더니, 간다고 예약까지 해 놓았는데 곤란하군요."

갑자기 일어난 일에 일행은 어리둥절한 채 그들의 대화를 듣고 있었다.

"일행 중에 공무원도 있는데 그런 것도 감안 안 하고 결정을 하면 됩니까?"

검찰공무원인 상계동 댁 남편 때문에 못 간다는 것이다. 공무원이 그곳에 갔다가 불이익을 당할 수가 있다는 것인데, 마치 상계동 댁 남편 스스로가 그렇게 말한 것처럼 상황이 돌아가고 있었다. 잠을 자고 있다가 놀란 그는 아무 말도 못하고 듣고만 있었다.

현지 가이드는 여행사에서 월급 없이 현지 사정에 맞게 관광 상품이라든가 음식점 같은 곳을 안내하고, 판매 수입에 따라 수당이 나오는 것으로 생계를 꾸려간다고 고백했다. 열심히 가이드를 했으니 이렇게라도 먹고 살게 해 달라 사정했지만, 결국 북한정부에서 운영하는 식당은 가지 못했다. 아직 일정이 남아 있었음에도 냉랭한 분위기가 일행들을 서먹하게 만들었다.

어디를 가든 자기 자신만 생각하는 사람들이 있기 마련이다. 그럴 때마다 우리 일행은 가이드의 눈치를 봐야 했다. 가이드의 안내가 없으면 우리끼리 할 수 있는 일이란 없었다. 결국 일행들이 나서서 화해를 도와주고, 남은 일정에 대해서 적극적으로 도와주겠노라 약속까지 해야 했다.

가이드는 북한 현지에 드나들며 사들인 잣, 산열매 등을 수집한 물건이 많이 있으니 도와달라고 했다. 배급제도가 없어지면서 북한 주민들은 돈이 될 만한 것들을 장마당에 내다 팔아야 생계를 꾸려갈 수가 있다고 했다. 그래서 산이나 들로 찾아다니며 사람이 먹을 수 있는 것들을 채취해 생계를 유지한다는 말은 일행들에게 동정심을 일으켰다.

같은 민족으로 고통 받고 있다는 말은 매스컴을 통해 익히 알고 있었지만, 가이드의 말을 들으니 더욱 생생하게 가슴으로 다가왔다. 북한주민을 도와준다는 의미로 그가 준비한 물량을 우리 일행들은 너나 할 것 없이 사 주었다.

가이드는 백두산 정상에서 일어나는 상황을 수시로 무전으로 주고받으며 우리를 안내했다. 수시로 변하는 일기 사정으로 백두산 천지연을 본다는 것은 쉬운 일이 아니라고 했다.

"삼대에 걸쳐 공덕을 쌓아야 백두산 천지를 볼 수 있는데 좋은 일 많이 하셨어요?"

가이드는 무전기를 들고 실시간으로 중계를 하면서 궁금증을 자극했다. 일행은 어렵게 여기까지 와서 백두산 천지를 볼 수 없게 될까 봐 염려를 하였으나, 날씨는 우리에게 행운을 안겨 주었다.

7월말인데도 백두산 음지에는 눈이 얼어 있었다. 백두산을 오르는 길은 북파와 서파가 있는데, 북파는 산세가 험준하긴 하나 지프로 기상대까지 간다. 거기서부터 걸어서 5분이면 천문봉에 오를 수 있다. 우리는 서파로 가기로 했다.

지프를 타고 고산 초원지대를 오르는 지프 차량들이 꼬리를 이었다. 머지않아 영산인 백두산도 사람들이 파놓은 덫에 몸살을 앓겠구나 생각하니 씁쓸했다.

고산화원에 만발한 야생화의 향기가 바람을 타고 눈과 코끝을 간질였다. 추위와 바람을 견뎌내느라 땅에 등을 대고 피어난 꽃무더기가 바들바들 떨며 자태를 뽐냈다.

1442개의 계단을 오를 때는 강풍과 안개비로 눈을 뜰 수가 없었다. 겨울 방한복으로 무장을 했지만 온몸이 얼어붙는 것 같았다. 천지연이 가까워오자 세찬 바람과 진눈깨비로 인해 앞이 보이질 않았다. 수시로 변하는 날씨가 심술을 부렸지만, 파란 천지는 맨살을 드러내고 마음껏 안아 보라며 가슴을 활짝 열어 주었다.

"만세! 만세! 만세!"

감격과 감동의 전율로 온 전신에 소름이 돋았다. 그 웅장하고 신비스런 자태에 가슴이 벅차올라 숨이 멎는 듯 했다. 나는 할 말을 잃고 망부석이 되어 버렸다. 천지의 비경은 눈으로 보는 게 아니라 마음으로 담는 것이란 생각이 들었다.

백두산 정상에서 바라본 광경은 장관이었다. 기암괴석과 어우러진 천지연에 푸른 하늘이 마치 빨려들 것 같았다. 자연만이 낼 수 있는 푸른빛 속의 흰 구름은 천상세계였다.

백두산 천지도 두 쪽으로 갈라져 있었는데, 북한과 중국이 반쪽씩 공유하고 있었다. 우리 땅이 아닌 중국을 통해 백두산을 감상해야 하다니…… 우리 땅을 우리가 밟지 못하는 현실에 다시금 안타까움을 느꼈다.

이곳이 아버지가 그리워하던 고향 산천이다. 살아생전 그렇게 보고 싶어 하던 백두산이었는데…… 뜨거운 눈물이 하염없이 흘렀다. 나는 용천수가 끊임없이 솟아올라 하늘을 닮아 있는 천지를 담기라도 하듯 숨을 들이마시며 가슴이 넘치도록 꾹꾹 눌러 담았다.

천지가 흘린 물이 압록강, 두만강으로 흘러들어 적셔주듯 힘들게 살아가는 우리 동포의 가슴과 마음을 쓰다듬어 주었으면 좋겠다.

아버지를 그리워하며 떠난 기행이 내일이면 끝난다. 끝나지 않은 남북의 갈등이 후세로 이어지는 현실에 마음이 무거웠다.

공항에 도착했을 때 스마트폰에 메시지가 떴다. 확인해 보니 전화도 여러 통 와 있다.

"나 미란인데 전화번호 바뀌지 않았으면 전화 좀 줄래?"

나는 여행 중이라 휴대폰을 잠가 놓았다. 그 사이, 10년 전 딸의 자식 교육을 위해 여행 비자로 미국으로 떠났던 미란이가 나를 애타게 찾고 있었다.

"오! 미란아, 웬일이야? 전화를 다 하고 여행 중이어서 전화를 받을 수 없었어."

"나 한국에 아주 들어왔어. 보고 싶어."

미란이의 반가운 목소리가 귓속을 파고들었다. 자세한 것은 나중에 얘기하기로 하고 전화를 끊었다. 바쁜 일정 때문에 강행군을 한 탓인지 온몸의 피로가 엄습해 왔다.

비행기 좌석에 몸을 깊숙이 들여 앉으며 미란이를 생각했다. 늦은 결혼과 출산으로 힘들어 결혼생활 자체를 후회하며 푸념하던 생각이 떠올랐다.

미란과 나는 속에 담고 있는 것 없이 모든 것을 털어 놓는 사이였다. 우리는 고등학교 때부터 친하게 지냈다. 입맛이 까다롭던 나는 남의 반찬을 먹질 못했다. 점심시간에 도시락을 혼자 먹는 것을 보고 다가와 같이 먹기를 청한 친구였다.

"왜 혼자 먹니? 나랑 같이 먹자."

"응, 나는 남의 반찬에 익숙하질 않아 혼자 먹는 게 습관이 되어서."

"어머, 그러니 나도 그랬는데, 나는 고쳤어."

같은 고충을 겪는 것이 안쓰러웠던지 미란은 나를 배려하면서 자기의 경험을 얘기하며 도와주었다.

"콩자반이나 멸치볶음 같은 반찬은 어느 집이나 비슷한 요리 방법이니까 먹어 봐."

미란은 별다른 양념이 필요 없는 반찬을 싸 와서 먹어보기를 권했다. 망설이는 나를 재촉하지 않고 기다리며 도와 준 자상한 친구였다.

미란이가 미국으로 들어갈 즈음, 나는 방황을 했었다. 결혼생활 자체에 회의를 느끼며 시작된 갈등이 점점 깊어지면서 혼란스러운 날들이 이어졌다. 미란은 자기 일처럼 가슴 아파하며 많은 위로를 해 주었다. 미란에게 지금은 자신 있게 잘 살고 있다는 말을 할 수 있게 되어 다행이란 생각을 했다.

그때의 나는 우울증에 걸렸다. 남편은 내가 하고자 하는 일에 사사건건 제동을 걸었다.

"당신은 도대체 크면서 뭘 보고 자란 거야? 무식하고…… 뭐 아는 게 있어야지."

시간이 흐를수록 남편은 원색적으로 나를 무시하고 비아냥거렸다. 나는 그때마다 치밀어 오르는 화를 삼켰다. 다혈질인 남편은 조금만 불편해도 하고 싶은 말을 다 해야 직성이 풀리는 성격이다. 그런 성격을 맞추려다 보니 나는 스트레스를 받았고 지쳐 있었다. 우울증은 나를 무기력하게 만들었고 마치 바보 같았다. 생각이 없는 사람처럼 모든 것을 건성으로 대했고 의욕도 없었다.

내가 실수하는 일이 잦아지자 남편은 더욱 노골적으로 나를 무시했다. 설상가상 대학원에 다니는 아들이 컴퓨터에 저장한 과제물을 보내 달라는 전화까지도 나를 비참하게 했다.

"컴퓨터를 할 줄 모르는데 어떻게 보내니?"

"엄마는 컴퓨터 좀 배우지, 왜 안 배우세요? 요즘 컴퓨터 못하는 사람이 어디 있어요?"

아들의 핀잔에 얼굴이 화끈거렸고 창피한 생각에 정신이 번쩍 들었다.

"무엇을 어떻게 하면 되는데?"

"제가 하라는 대로만 하면 되요."

컴퓨터 앞에 앉은 나는 겁이나 다리가 후들거렸다. 컴퓨터가 큰 괴물로 보였다. 아들이 하는 말이 제대로 들리질 않았다. 몇 번씩 반복해 물으며 아들의 짜증을 묵묵히 들어야 했다.

"컴퓨터 바탕화면에 과제물 1이라는 것을 클릭해 보세요. 그러면 제가 원격조정 할 테니 걱정하지 마세요."

나는 아들이 시키는 대로 컴퓨터를 작동하면서 진땀을 흘렸지만, 무사히 과제물을 보낼 수 있었다. 무기력해 있던 나는 모든 것이 관심 밖이었다. 아들의 핀잔은 내 가슴에 잠겨있던 빗장을 풀게 되는 계기가 되었다.

나 자신에게 시간을 할애하며 자신을 사랑하는 법을 배우려고 노력했다. 스트레스를 받을 때마다 헬스장에 가서 운동에 매달렸다. 온몸에 흘러내리는 땀은 분노, 걱정, 근심을 씻어 주었다. 클릭 하나만으로 펼쳐지는 세상이 되었는데 우물 안 개구리 식으로 아날로그 시대에 머물러 있는 내 자신이 부끄러웠다.

내 안에 갇혀서 보내는 동안 세상은 많이 변해 있었다. 컴맹 탈출을 위해 컴퓨터 수강신청을 했다. 컴퓨터를 배우러 오는 사람들의 연령층은 다양했다. 자기 계발을 위해 나이 많은 어른들이 열정을 가지고 수업에 임하는 모습이 아름답게 보였다.

기계치였던 나에게 컴퓨터 수업은 쉬운 것이 아니었다. 수업시간에 이해했던 것도 집에 돌아와 컴퓨터에 앉으면 내용이 기억나질 않았다. 수업을 제대로 따라가려면 배운 내용을 복습해야 했다. 교제를 보며 익숙해질 때까지 반복적인 연습이 필요했다.

무엇을 배운다는 것은 내게 뿌듯한 자부심으로 다가왔고, 시간이 가는 줄도 모르고 새벽까지 몰두하게 되었다. 컴퓨터가 맹수가 된 것처럼 무섭게 느껴졌었는데, 이제는 재미로 다가왔다.

모르는 사람에게 말을 거는 것도 어렵지가 않았다.

"어르신, 안녕하세요? 대단하시네요!"

같은 반에서 수업을 받고 있는 80세 어르신에게 반갑게 웃으며 인사를 했다.

"나이를 먹으니까 많은 것이 시간이라오. 손자손녀와 가까이 지내려면 컴퓨터를 배워야 하는 시대가 되었어요."

"어르신, 저는 컴퓨터 배우기가 어렵던데, 어르신은 어렵지 않으세요?"

나는 나이 많은 어르신이 다소 어려울 수도 있는 교육을 받는 것에 대해 존경을 담아 물었다.

"어려워요. 꼭 배워야 할 것만 반복하면서 익힌다오."

"제가 부끄럽네요. 컴맹으로 불편을 겪으면서도 차일피일 미루고 게으름을 피웠는데, 어르신을 보니 더 열심히 살아야겠다는 생각이 드네요."

"컴퓨터를 못하면 불편한 세상이 되어서 심심해서 배우는 거라오."

겸손하게 말씀하시는 80세 어르신의 표정엔 자신감이 넘쳤다.

나이 드신 분들도 배움을 위해서 적극적인데 나만 현실에 안주하며 살아왔단 생각이 들었다. 뭐든 해야 할 것 같은 생각이 나를 깨웠다. 나를 찾고 싶어서, 그래서 찾아낸 것이 문예창작이었다. 나는 미란에게 자신 있게 말할 수 있을 것 같았다. 지금은 그 어느 때보다 행복하다고, 바보처럼 살고 있지 않다고…….

경복궁 입구에서 미란을 만나기로 했다. 오랜만에 만나는 친구를 위해 한껏 멋을 내고 설레는 마음으로 버스에 올랐다. 친구를 빨리 보고 싶다는 생각이 들었다. 전철로 갈아타면 더 빨리 갈 수 있을 것 같아 버스 출입문으로 나오는데, 빨간 조끼를 입은 노인이 엉거주춤한 자세로 서 있었다. 나는 노인을 부축해 주고 싶었지만, 마음이 급해 서둘러 버스에서 내렸다. 내가 내리는 것과 동시에 버스의 움직임을 느꼈다. 내 뒤에서 내리려고 하던 노인이 버스 승강장 계단에서 넘어졌다. 사람들의 비명소리에 나는 가던 길을 멈추었다. 노인이 신음을 하며 고통스러워하는 것을 본 나는 노인을 부축하러 다가갔다.

"할아버지 어떠세요?"

"아파서 숨을 쉴 수가 없어요."

노인이 고통스럽게 숨을 내쉬며 간신히 말했다. 노인이 심상치 않다는 것을 느낀 나는 주변 사람들에게 도움을 청하고 119에 전화를 걸었다.

"아! 내릴 거요, 말거요?"

버스기사는 거동이 불편한 노인이 보호자 없이 차를 탄 것이 불찰이라며, 노인에게 고함을 지르고 있었다.

"기사님, 사람이 다쳤잖아요!"

나는 버스기사를 향해 소리쳤다. 버스기사는 다친 사람은 안중에도 없이 배차시간이 바쁘다고 투덜댔다. 그런 것이 미안했던지 순박해 보이는 노인은 미안한 표정을 지으며 아픔을 참고 있었다. 내가 볼 때는 노인의 잘못이 아니라 노인이 내리기 전에 버스가 출발해서 난 사고였다. 그런데 버스기사는 잘못을 인정하기보다는 발뺌을 하며 노인을 비난했다.

119가 오고 경찰이 도착했다. 노인은 119에 실려 병원으로 호송되었다. 나는 경찰에게 사건의 전후를 얘기하고 가려는데, 경찰이 내 연락처와 노인과의 관계를 물었다.

"노인과는 초면인데요? 그런데 연락처를 알려줘야 하나요?"

"혹시 모를 분쟁이 생기면 증인이 필요할 수 있어서요."

경찰이 수첩을 꺼내 들고 나를 바라봤다. 나는 증인이 되면 여러 가지 번거로운 일들이 생길 텐데 하는 생각에 망설였다. 친구를 만나기로 한 시간이 지나버렸다. 더 이상 지체할 수가 없었던 나는 얼떨결에 연락처를 남기고 약속장소로 가기 위해 택시를 잡으며 미란에게 전화했다.

"미란아, 사정이 생겨 조금 늦을 거야. 내가 지금 택시타고 가니까 조금만 더 기다려. 미안, 가서 얘기해 줄게."

"괜찮아, 천천히 와. 오랜만에 왔더니 달라진 게 많아 눈요기 하는 것도 재미있다. 얘."

마음이 급하니 택시도 잘 잡히지 않았다. 택시를 타고 겨우 한숨을 돌린 나는 돌아가신 아버지가 교통사고가 났을 때 곤란을 겪은 기억을 떠올렸다.

다리가 불편한 아버지는 오토바이를 타고 다니셨다. 그런 어느 날 아버지에게 오토바이 사고가 났다. 오토바이를 타고 시속 10km 이하로 달리는데 직진 방향에서 상대방이 조심하지 않고, 차문을 열고 나와서 난 사고였다. 다짜고짜 젊은 사람이 아버지에게 소리를 지르며 아버지의 잘못을 주장했다.

"젊은이 다쳤소?"

아버지가 두 손을 쓱쓱 비비며 걱정스럽게 물었다.

"오토바이로 들이받았는데 성할 리가 있겠소? 허리도 아프고……
어떻게 할 거요?"

젊은이가 험악하게 인상을 쓰며 아버지에게 엄포를 놓았다.

"몸에 닿지 않은 것 같았는데……."

"이 영감 안 되겠네. 다치지 않았는데 내가 생떼를 쓴다고 생각하는 거요?"

젊은이가 삿대질을 하며 달려들었다.

"나와 같이 병원에 가 봅시다."

아버지는 젊은이의 억지에 당황하며 말했다.

"병원에는 안 가도 되니 오십만 원만 주쇼."

그때 지나가던 아버지 지인이 이 광경을 목격하고 화가 난 얼굴로 끼어들었다.

"내가 사고 나는 것을 보았소. 당신이 잘못한 거였는데 영감님한테 왜 큰소리치는 거요?"

"당신이 뭔데 콩 내놔라 팥 내놔라 하는 거요? 당신과 상관없는 일에 끼어들지 말고 당신 볼일이나 보쇼."

젊은이는 못마땅한 표정을 지으며 아버지의 지인을 노려봤다.

"나는 이분을 잘 아는 사람이오. 차문을 열고 나오려면 주변을 잘 살피고 나왔어야지, 무작정 나오면 되겠소? 내가 경찰에 가서 증인을 서겠소. 누가 잘못했는지 경찰에 가서 가립시다."

이 말을 들은 젊은이는 재수 없다는 표정을 지으며 그 자리를 달아나다시피 떠났다.

나는 잠깐이나마 증인이 돼 달라는 것을 망설인 것이 부끄러웠다. 사고 현장의 증인이 사건을 해결하는데 얼마나 중요한지 새삼스럽게 떠올랐다.

미란과 약속한 시간보다 한 시간이나 늦게 도착했다. 우리는 만나자마자 견우와 직녀처럼 반가워 부둥켜안았다. 우리들의 호들갑이 유난스러웠던지 주변사람들의 시선이 집중됐다.

고궁 근처의 찻집에는 사람들이 많았다. 앉을 자리가 없을 정도로 사람들이 바글댔다. 우리는 겨우 구석자리에 다른 사람들과 합석해 앉았다.

"역시 고국의 냄새가 이런 거라니까? 미국은 사느라 바빠 이런 찻집은 엄두도 낼 수 없었어. 너무 좋다."

나는 반가운 마음을 가라앉히고 미란을 바라봤다. 왠지 낯설었다. 10년 만에 보는 미란은 많이 늙어 있었다. 무작정 떠나 부딪힌 미국 생활이 녹록치 않았다는 것을 느낄 수 있었다.

"미국 여행 많이 했어?"

"사는 게 뭔지 여행도 안 다니게 되더라. 미국이란 나라는 열심히 일하지 않으면 살기 어려운 나라야. 우리나라가 제일 좋다는 것을 뼈저리게 느꼈어."

힘들었다는 듯이 몸서리를 치는 미란의 눈이 촉촉해졌다.

"애들은 대학 졸업했어?"

"큰애는 한국에서 취업했어. 딸은 주립대학교 4학년이고 졸업하면 딸도 나온댄다."

미란은 남매를 두었는데 큰애가 아들이다. 아들이 대학졸업을 하고 한국으로 들어와 모 기업에 취업을 했고, 그것을 계기로 귀국을 서둘렀다고 했다.

"미국에 정착하려면 쉽지 않았을 텐데……."

"쉽진 않았지. 아무것도 모르고 말만 듣고 일식집에 뛰어들었다가 고생 많이 했어. 말도 안 통하지, 종업원 속 썩이지, 사면초가라는 말이 실감나더라. 가지고 간 돈 바닥이 나려고 하는데, 좋은 값에 인수하겠다는 사람이 있다며 부동산 중개소에서 연락이 왔더라고. 일단 쉬고 싶어 뒤도 안 돌아보고 넘겨 버렸어."

미란은 내가 거칠어진 자기 손을 내려다보고 있다는 것을 느꼈는지 손을 비비며 어색한 웃음을 지었다.

"어쨌든 대단하다. 여행비자로 미국에 정착할 생각을 하다니 용기가 대단하다."

"소피아 아니었음 그런 용기를 낼 수도 없었지."

소피아는 친구의 여동생이다. 대기업 파견근무를 하는 남편을 따라 미국에서 생활하고 있었다.

"나 같으면 엄두도 낼 수 없는 일이야. 그 용기가 부럽다. 애."

"소피아도 그러더라. 언니가 무식한 건지 용기가 있는 건지 모르겠다고…… 설마 미국에 올 것이라고는 생각도 못했대."

우리는 시끄러운 찻집을 나와 고궁으로 향했다. 바람 한 점 없는 한낮의 뜨거운 열기가 대지 위로 쏟아졌다. 매미들만이 제 세상을 만난 듯 목청을 돋우는 고궁 뜰은 중국인 관광객들로 인산인해를 이루었다. 한적한 고궁 뜰을 여유롭게 즐기려 했던 생각은 이내 사라졌다.

우리는 중국인들의 국민의식에 눈살을 찌푸려야 했다. 화단을 짓밟고 들어가 사진을 찍었고, 목청껏 떠들어대며 다른 사람은 안중에도 없었다.

경회루를 끼고 구석진 나무그늘에 자리를 잡았다. 물가라 바람도 일었고 나름 시원했다. 연못에는 어른 팔뚝만한 잉어들이 여유롭게 입을 뻐끔거리고 있었다. 우리는 군것질거리로 사 가지고 갔던 과자 부스러기를 던져 주었다. 잉어 떼가 과자를 먹기 위해 물결을 가르며 몰려들었다. 힘차게 물결을 가르는 소리가 늘어진 오후를 깨웠다.

"일식집 그만 두고 뭐 했니?"

"다른 것을 하려고 해도 아는 게 있어야지. 일식집 1년 했다고 만만한 게 일식집이더라. 경험도 있으니 몫이 좋은 곳을 선택하면 잘 할 수 있을 것 같더라고. 교외에 값이 저렴하고 허물어져가는 상가가 매물로 나왔더라. 현장에 가 보았더니 위치가 좋더라고. 관공서와 회사가 즐비해 장사를 하기엔 적격이다 싶어서, 계약하고 수리에 들어갔어."

"수리비도 만만치 않았을 텐데…… 인건비가 비싼 나라잖아."

"남편이 손재주가 좋잖아. 혼자서 수리를 했어. 너무 낡은 가게라 수리하는데 4개월 걸렸어. 미국은 건축자재가 규격품이라 조립하기가 쉬워. 다해 놓고 보니까 근사하더라고. 발품을 팔아 중세풍의 소품들로 인테리어를 했는데, 손님들이 특이하고 멋있다는 말을 많이 하더라. 용기를 얻어 식기들이며 모든 것을 고급화하고, 음식 값도 비싸게 받았는데 먹히더라고. 같은 자리에서 몇 년 했더니 소문도 나고, 품격 있는 레스토랑으로 자리 잡혀 돈을 벌었어. 장사 잘 된다는 소문이 도니까 매매할 생각 없느냐고 전화가 오기 시작하더라고!

애들도 다 키웠고, 더는 외로워서 못 살겠어서 정리하고 나온 거야."

나는 고생은 했지만 성공해서 고국에 돌아왔다는 자부심으로 여유가 있어 보이는 미란이 자랑스러웠다.

"왜 늦은 거야? 무슨 일이 있었어?"

미란이는 내가 늦는다고 전화했던 이유가 궁금했는지 물어왔다.

"같은 버스에 타고 있던 노인이 내리다가 넘어져 부상을 당했어. 그런데 그냥 올 수가 있어야지. 119에 연락하고 경찰한테 인계하고 오느라고 늦었던 거야."

"좋은 일했네. 오지랖 넓은 것은 여전하네."

"돌아가신 아버지 연배쯤 되는 분이 사고를 당했는데 그냥 지나칠 수가 없더라. 아버지 생각도 나고 그런데 증인이 돼 달라고 하더라. 번거로운 일들이 있을 것 같아 찜찜하기는 하지만."

나는 갑자기 노인이 궁금해졌다. 많이 다치지는 않았는지. 궁색해 보였던 노인이 머리에서 떠나질 않았다.

어느새 해가 지려는지 소나무 그림자가 길게 드리워진 연못에 잉어가 수면 위로 뛰어오르며 저녁 마실을 나왔다. 오랜만에 만난 우리는 밀린 이야기가 많았다. 수일 내로 덕수궁 전시회에 가자는 약속을 하고 헤어졌다.

아침부터 거세게 소나기가 퍼부어댔다. 굵은 빗방울이 창문을 요란하게 때리는가 싶더니 검은 구름을 밀어내고 반짝 햇빛이 들었다.

나는 심술궂은 날씨를 탓하며 냉커피를 마시고 있는데 전화가 왔다. 경찰서에서 온 전화였다. 사고 경위에 대해 진술이 필요하니 경찰서로 나와 주었으면 좋겠다고 정중하게 부탁을 해 왔다.

"전화로 진술을 하면 안 되나요?"

"전화상으로는 진술을 할 수가 없습니다. 직접 나오셔서 진술을 해 주세요."

나는 증인을 서면 경찰서나 법원에 불려 다녀야 하는 것이 마음에 걸렸다.

"강제성은 없습니다."

경찰은 다친 노인이 독거노인이라 병원에 장기간 입원을 해 있어야 할 부상을 입어 앞으로 치료비가 문제될 수 있다고 했다. 결정적으로, 나의 증언이 노인에게 유리하다며 도와주면 좋겠다는 경찰의 말을 거절할 수가 없었다.

아파서 신음을 하던 노인의 행색에서 궁핍한 삶을 느낄 수 있었다. 깊은 눈동자엔 슬픔과 고뇌가 담겨 있었다. 깊고 고뇌에 찬 그 모습이 나의 가슴을 짓누를 때마다 왠지 모르게 아버지의 모습이 보였다.

내가 경찰서에 들어서자 경찰관이 친절하게 맞아주었다. 담당경찰관은 요즘 같이 각박한 세상에서 번거로운 것을 마다하지 않고 진술에 응해 주어 고맙다고 인사를 했다.

"사건 현장에 있었습니까?"

담당경찰관은 당시 상황에 대해서 물었다. 그는 사건 현장에 있었던 일을 잘 생각하고 답변을 하라며 따뜻한 미소를 지으며 나를 바라봤다.

"네, 버스에 같이 타고 있었고 제가 내리는 곳에서 노인도 내리려고 서 있었어요."

"상대방 측에서는 노인의 몸이 불편하다고 하던데 그 말이 맞습니까?"

"나이가 많아 보이는 것 말고는 거동이 불편해 보이지는 않았어요."

"노인하고 관계는 어떻게 됩니까?"

담당경찰관은 내가 하는 말을 한 마디도 놓치지 않으려는 듯 받아 적으며 나의 표정을 살폈다.

"노인이 버스에서 다치는 것을 보고 지나칠 수가 없어 도와준 것 외에는 아는 것이 없어요."

"버스기사가 말하길 노인의 몸이 불편해서 넘어진 것이라 하던데 그게 사실입니까?

나는 그때의 상황을 정확하게 진술해야 할 것 같아 잠시 머뭇거렸다.

"천천히 기억을 잘 더듬어 보세요. 서로가 억울한 일이 있어서는 안 되니까 잘 생각해 보시고 대답하세요."

서로 상반된 진술에 대한 진실을 밝히려는 듯 경찰관은 내가 하는 진술에 대해 신중을 기했다.

"제가 노인 바로 앞에서 내렸어요. 내리는 순간 버스가 움직이는 것을 느낄 수 있었어요. 노인이 미처 내리지 않았는데 버스가 움직였어요. 갑자기 쿵 하는 소리와 함께 사람들의 비명소리가 들려 쳐다봤어요. 노인이 승강장 계단에 넘어져 꼼짝을 못하고 신음을 하더라고요. 노인을 부축하려고 하자 비명을 지르며 아파했어요. 그래서 119에 신고했고요."

"지금 진술하신 내용이 사실입니까?

담당경찰관은 내 얼굴을 바라보며 웃고 있었지만, 경찰 특유의 촉으로 나의 표정 하나하나를 예리하게 훔치고 있었다.

"네, 사실입니다."

내가 지금까지 진술한 내용에 서명을 하고 경찰서를 나오는데, 버스기사와 어떤 여자가 나를 기다리고 있었다. 그녀는 목례를 하며 다가왔다.

"제 아내입니다."

버스기사는 여자를 자기의 아내라 소개했다.

"부탁드립니다. 이번 일로 남편이 일을 못하게 되면 우리 가족의 생계가 막막하게 됩니다. 90이 넘은 노모를 부양하며 어렵게 살고 있으니 도와주세요."

버스기사 아내는 애처로운 표정을 지으며 말했다. 증언을 번복해 달라는 버스기사와 노인을 생각하자 나는 고민에 빠졌다. 가해자나 피의자가 어렵게 살아가고 있는 처지라는 것이 나의 마음을 무겁게 짓눌렀다.

집에 돌아와 나는 남편과 의논을 하였다. 남편은 일찍 돌아가신 어머니에 대한 트라우마가 있어서 그런지 나이 든 노모와 함께 힘들게 살고 있다는 버스기사의 손을 들어주라고 했다.

"증언을 번복하는 것도 싫지만 사실이 아닌 것을 진술하는 것도 싫어요"

"버스기사가 부양하는 가족이 많은데 실직이 되면 그 가족이 굶는다잖아. 도와줄 수 있으면 도와주면 좋지 않겠어?"

"다친 노인도 독거노인으로 어렵게 살고 있대요"

나는 버스기사의 손을 들어주자니 노인이 걱정되었다. 진퇴양난에 빠져 고민하고 있는데, 이튿날 아침 운전기사가 늙은 노모를 앞세워 나를 찾아 왔다. 늙은 노모는 울면서 내 손을 잡았다.

"내 아들 좀 살려 주세요. 실직당하면 우리 손자 손녀가 학교도 다닐 수 없어요. 부탁합니다. 부탁합니다."

나는 노모의 애끓는 마음이 헤아려졌다. 그렇다고 마음이 이끌리는 대로 해결할 문제는 아니었다.

"생각해볼 테니 돌아가세요"

애처로운 눈초리로 수없이 머리를 조아리는 노모의 모습이 나를 괴롭혔다.

나는 외출을 했다가 노인이 입원해 있다는 병원을 보는 순간, 경찰의 말이 생각났다. 나는 노인이 얼마나 다쳤는지, 많이 괴로워하는지 보고 싶었다.

노인은 허리에 골절상을 입고 괴로워하고 있었다. 허리를 다친 노인은 간병인도 없이 고통에 지쳐 있었다.

"할아버지 많이 괴로우세요?"

"뉘시오?"

43

내가 인사를 했더니 노인은 눈을 뜨기도 귀찮은 듯 물었다.

"저 모르시겠어요? 사고 날 때 119에 연락한 사람인데요"

그때서야 노인은 고마운 표정을 지으며 일어나려 하다가 신음을 했다.

"그냥 누워 계세요. 많이 다치셨나 봐요?"

"아, 예, 그때는 경황이 없어 인사도 못했습니다. 고맙습니다. 제가 일어날 수가 없습니다. 양해해 주세요"

깍듯하게 예의를 갖추는 노인의 깊은 눈동자를 보는 순간 아버지의 모습이 다시 보였다. 아버지가 돌아가시기 직전 허공을 응시하던 그런 눈동자였다.

노인은 삶에 대한 애착이 없어 보였다. 모든 것을 내려놓은 듯 표정도 없고 희망도 없어 보였다.

"가족들은 없으세요?"

"마누라는 작년에 하늘나라에 가고 혼자 살고 있어요"

"자녀들은요?"

슬픈 표정을 짓는 노인의 얼굴이 일그러지며 눈에 눈물이 그렁그렁 맺혔다.

"마누라 떠나고 얼마 있다 교통사고가 나서 일가족이 다…… 끔찍하게 효자였는데 하늘에서 데려 갔어요"

노인에게서 그 말을 듣는 순간, 나는 버스기사를 도우려 고민했던 것을 머리에서 지웠다. 힘없고 가여운 노인을 외면해선 안 될 것 같았다.

나는 시간이 날 때마다 병원을 찾았다. 아버지를 생각하며 아버지가 좋아했던 만두를 빚어 가져다 드리면 맛나게 드셨다.

"내가 만두를 좋아해요. 마누라 죽은 이후로 정말 맛있게 먹었답니다. 이 고마움을 다 어떻게 갚아야 할지 모르겠네요."

노인은 생면부지의 사람에게 호의를 받는 것이 고마워 몸 둘 바를 몰라 했다. 6인실 병실에서 나는 딸과 같은 존재가 되었다. 다른 환자들도 내 얼굴을 알아보고 딸을 보는 얼굴로 나를 반겼다. 나는 그들을 위해서 과일과 음료수 등을 가지고 가서 나누고 그들의 애환을 들어주며 시간을 보냈다.

노인이 거동을 할 수 있게 될 무렵, 재판이 시작되었다. 버스기사는 변호사를 선임하였다. 변호사는 노인이 실수로 넘어져 난 사고라고 주장하며 버스기사의 무죄를 주장했다. 거동이 불편한 노인이 보호자도 없이 버스를 탄 것이 잘못이란 점을 강조하는 변호사의 얼굴에는 자신감이 넘쳐 있었다.

증인으로 출석한 나에게 판사의 질문이 시작되었다.

"증인한테 묻겠습니다. 버스기사는 노인의 실수로 넘어져 난 사고라고 하는데, 그것이 사실입니까?"

나는 버스기사와 노인을 바라봤다. 새우등처럼 굽은 노인의 얼굴에 절망의 빛이 흘렀다. 버스기사가 선임한 변호사는 거만하리만큼 자신감이 넘쳤다. 그런 얼굴을 본 나는 분노를 느꼈고 힘없는 노인을 도와야 한다고 생각했다.

"이 사건은 운전기사의 실수로 일어난 사고였습니다. 노인이 미처

내리지 않았는데 버스가 출발을 해서 난 사고라는 것을 분명히 말씀
드릴 수 있습니다."

운전기사의 망연자실한 얼굴엔 원망이 서렸고, 실망스러운 표정
으로 나를 바라봤다. 나는 운전기사의 절망어린 시선을 마주할 수가
없어 시선을 돌렸다. 그때 빨강색 원피스를 입은 방청객이 시선을
사로잡았다.

재판은 15일 후에 판결을 내리는 것으로 끝이 났다. 나는 서둘러
재판정을 빠져나왔다. 빨간색 원피스를 입은 여자가 내 뒤를 빠르게
따라왔다.

"잠깐 시간 좀 내 주세요."

간절하게 나를 바라보는 눈이 슬퍼보였다. 나는 그런 모습이 당황
스러워 멈칫했다.

"저는 버스기사의 딸입니다. 아버지 좀 도와주세요."

"법정에서 진술을 하고 방금 나왔잖아요. 나보고 번복을 하라는
말이에요?"

"도와준다면 재심을 청구하려고요."

"글쎄요. 더 이상 이런 일에 휘말리고 싶지 않아요."

나는 단호하면서도 정중하게 내 의사를 밝혔다. 이번에 유쾌하지
않은 일에 휘말리면서 나는 아버지의 삶을 돌아보는 기회가 되었다.
옳은 일을 위해 가족의 불편까지 감수하면서 지키려 했던 마음이 이
런 마음일 것이라는 것을 알게 되었다. 아버지의 속내를 모르고 원
망만 했던 기억들이 떠오르며 한없이 아버지가 그리워졌다.

아버지의 죽음

아버지의 얼굴을 생각하면 언제부터인지 사과가 먼저 떠오른다. 빛깔 좋은 사과가 아닌 병든 사과가 내 명치끝을 아프게 건드렸다.

사과에 묻어 있는 벌레가 무늬처럼 눌어붙어 있었다. 사과 속에서 단물을 빨다 죽었는지 모른다. 벌레를 젓가락으로 톡톡 건드렸다. 벌레가 빨다 남긴 흔적을 베어내고, 하얀 속살의 단물을 갈증 들린 사람처럼 밀어 넣었다.

아버지는 사과를 무척이나 좋아했다. 특히 단물이 많은 부사를 좋아했는데 씹는 소리만 들어도 아버지가 사과를 얼마나 좋아하는지 알 수 있었다. 아버지가 사과를 드시는 소리는 왠지 마음이 편했다. 얼마나 맛있게 드시는지 보고만 있어도 먹고 싶은 충동을 느끼게 했다.

그런 아버지가 이제는 사과를 못 드신다 생각하니 가슴이 먹먹해진다. 이럴 줄 알았으면 제일 크고 빛깔 좋은 사과를 사다드렸을 텐데, 그렇게 해 드리지 못했다. 언제부턴가 사과를 볼 때마다 가을날 햇볕을 걷고 있는 아버지가 그려졌다. 아버지가 그리워질 때면 크고 빛깔 좋은 사과를 골라 담곤 했다. 아버지가 좋아하실 것을 상상하며. 그렇지만 이내 마음 한쪽이 아려왔다.

사람이 한생전 사는 것도 아닌데 왜 그렇게 미련을 떨며 살았을까! 이제는 후회해도 소용없는 일이 되어 버렸다.

부모님께 나는 어떤 존재였을까! 어떤 존재라기보다 부모에게 바라기만 한 무능한 딸이었고 하고 싶은 것을 못하게 한다고 원망만 늘어놓는 딸이었다. 늘 나의 불편만 늘어놓았지, 아버지의 마음을 헤아리려고도 하지 않았다.

죽음은 언제 찾아올지 알 수 없고 규정하고 정의할 수 없지만, 죽음 앞에서 당신의 처절함을 보았습니다. 이산의 아픔은 당신의 아픔이려니…… 죽음을 받아들일 수도 없는 통한의 아픔을 애써 외면해 왔음을 고백합니다.

당신이 생각하고 싶지 않은 고문의 고통이 나타나며 당신을 갉아먹고 있을 때 당신에게 위로의 말도 건네질 못했습니다. 이유 없이 당했던 고문이 당신을 따라다니며 분노케 했고, 두 주먹 불끈 쥐고 부르르 떪이 왜 그리 어색했던지, 이산의 아픔이 얼마만큼의 고통인지, 그때는 알려고도 하지 않았습니다.

애틋한 사랑을 표현해 주지 않았던 아버지에게 사랑을 표현하는 방법도 몰랐고, 표현을 해도 받아들이지 않을 것이라 생각했다. 조금의 실수도 인정하지 않는 아버지는 우리가 잘못할라치면 사람의 도리에 대해 몇 시간씩 무릎을 꿇어앉히고 훈계하셨다. 독선과 권위적인 아버지에게 우리는 익숙해져 있었고, 아버지에게 사랑받기를 체념했다.

병약했던 나를 위해 병원 문턱을 내 집 드나들 듯 업고 뛰는 엄마의 애달픔을 외면했지만, 냉정함 뒤에 감추어진 아버지의 자애로운 모습을 볼 때가 있었다.

그해 겨울날 아버지는 눈을 잔뜩 짊어지고 들어오셨다. 아버지의 손에는 군밤 봉지가 들려 있었다. 아버지는 잘게 웃으시면서 군밤 봉지를 내미셨다. 우리는 군밤을 맛있게 먹었지만, 아버지는 지독한 감기몸살에 사흘을 누워 계셨다. 웬만하면 아프다는 신음 정도는 하실 것 같은데 늘 웃는 모습이었다.

이처럼 아프면서도 웃음을 잃지 않고 대하실 때는 한없이 자애로웠다. 그러나 그 자애로움 뒤에는 항상 우리와는 거리를 두었기 때문에 우리는 아버지에게 다가갈 수가 없었다. 가족을 위해선 최선을 다하시며 묵묵히 그 자리를 지켜내셨다지만, 또 다른 냉정함에 우리들은 아버지의 사랑을 느끼기보다는 두렵기까지 했다.

아버지는 남을 위해서는 큰 바위 얼굴이었다. 그래서 가족이 아닌 남을 위해서 사는 인생처럼 보였다. 그럴 때마다 우리는 아버지를 이해하기보다는 미워하며 반발했다.

아버지의 생신날, 나는 아버지가 좋아하실 것 같아 빨간 장미와 안개꽃이 섞인 꽃다발을 사들고 집에 갔다.

"아버지, 선물!"

나는 싱싱하고 향기 짙은 장미를 아버지에게 내밀었다

"이, 이게 뭐야!"

아버지는 벌컥 화를 내며 꽃다발을 내동댕이쳤다. 아버지는 그것에 그치지 않고 부릅뜬 눈으로 장미를 노려보다 마구 짓밟기 시작했다. 나는 그런 아버지를 보면서 '장미를 싫어하시나?' 생각했지만 나의 성의를 무시한 처사에 너무 놀랐고 화가 났다.

어느 날은 엄마와 내가 빨간색 옷을 입을라치면 눈을 부라리며 당장 벗어버리라며 화를 내셨다.

"아니 여자가 고운 옷 입는 것이 어때서 그래요?"

"꼴도 보기 싫으니까. 벗으라는데…… 왜 말이 많소?"

엄마는 야속해서 울고 있는 나를 다독였고, 아버지와 언성을 높이시며 다투셨다.

아버지는 붉은 색에 민감한 반응을 보였고 그때마다 이성을 잃고 험상궂은 얼굴이 되었다.

"아버지 정말 이상하세요! 아버지의 그런 독선을 참을 수 없어요."

내가 악을 쓰며 항의했지만, 아버지는 한 마디 말도 없이 밖으로 나가셨다. 나는 이런 아버지를 존경하기보단 미워했다. '옳다고 생각하는 일에는 항상 목에 칼이 들어온다 할지라도 굽혀서는 안 된다'고 아버지가 말씀하셨는데 나는 그게 아버지의 위선이라 여기고 아버지를 원망하며 갈등만 키웠다.

아픔을 노출하지 않으려고 참아왔던 어둠의 터널이 허물어지는 순간 아버지는 작은 노인이 되었다. 그동안 참고 살아왔던 고통이 피눈물이 되어 한꺼번에 봇물 터지듯 흘러내렸다. 어깨를 들썩이며 숨죽여 우시는 모습은 인고의 세월을 견딘 메마른 고목과 같았다.

아버지는 통한의 눈물을 쏟아냈고, 당신으로 인해 고통 받고 상처 받으며 살아온 가족들에게 용서받지 못하면 죽을 수도 없었다. 영원한 철인 같았던 아버지는 결국 한 인간에 불과했다.

개나리가 흐드러지게 피던 봄날, 아버지가 쓰러지셨다.

"의사 선생님, 저 좀 살려 주세요. 지금 죽을 수 없습니다."

아버지는 의사에게 살려달라고 애원했다.

"아, 네. 의지를 가지세요. 살고자 하는 마음이 강해야 살 수 있습니다."

"아! 네. 고맙습니다. 고맙습니다."

아버지는 의사의 형식적인 말에도 비굴할 정도로 연신 고개를 조아렸다.

살아야 되겠다는 의지는 아버지를 일으키는가 싶더니, 고열이 오르내렸고 그럴 때마다 보고 싶은 고향의 가족들을 만나는지 눈가에는 이슬이 흥건히 맺혔다.

"미안하다. 미안하다."

아버지는 허공 속에 손을 내저었다.

아버지를 중환자실로 옮겼다는 전화를 받았다. 나는 중요한 약속이 있었지만, 취소를 하고 병원으로 달려갔다.

"면회시간이 지났습니다."

"아버지에요, 제, 제 아버지라고요."

"죄송합니다. 중환자실은 환자가 절대 안정을 해야 하기 때문에 들어갈 수가 없습니다."

간호사의 얼굴은 자존감과 긍지가 넘쳐흐르고 있었지만, 내 가슴은 절망으로 녹아들었다. 아버지와 영영 이별할 수도 있다는 불안이 엄습해 오며 병동 복도를 서성이던 나는 다리가 풀려 서 있을 수조차 없었다.

피를 말리는 긴장이 병동 복도에 내려앉았다. 숨소리도 제대로 낼 수가 없었다. 의자에 앉아 고개를 숙이고 계신 엄마의 어깨가 들썩거렸다. 어머니는 숨 죽여 울고 계셨다.

중환자실이 열리며 의사가 보호자를 찾았다.

"의식이 회복되었습니다. 안심하셔도 될 것 같습니다."

"계속 중환자실에 계실 건가요?"

"아니요, 안정을 하시면 바로 일반병실로 옮길 겁니다. 일반병실로 가 계세요."

긴장 속에서 풀려난 나는 허탈감으로 갈증을 느껴 밖을 내다봤다. 병원 마당의 붉은 목련이 수줍은 듯 고개를 내밀었다. 아버지가 봄의 기운을 받고 툭툭 털고 일어나실 것이라고 얘기하는 것 같았다.

아버지의 병세는 하루가 다르게 좋아졌다. 퇴원을 해도 별 무리가 없겠다는 의사의 말에 안심을 했고, 퇴원수속을 밟았다.

집으로 돌아온 아버지는 엄마의 극진한 간호로 건강을 회복하셨

다. 바깥출입도 할 수 있게 되었을 때, 아버지는 지인의 집에 초대를
받았다.

"다른 집의 딸들은 아버지 볼에 뺨을 부비 대고 아버지 품에 안기
면서 애교를 부리더라."

"네?"

나는 아버지가 그런 걸 부러워 할 사람이라고 생각해 본 적이 없
었기에, 의아해 하며 아버지의 얼굴을 찬찬히 들여다봤다. 이제까지
아버지의 얼굴을 자세히 들여다 본 적이 없던 나는 비로소 아버지의
얼굴을 자세히 보았는데, 대쪽 같았던 모습이 아니라 그저 힘없는
노인의 얼굴이었다.

"아버지가 우리를 그렇게 키우질 않으셨잖아요. 익숙하지 않아 애
교를 부린다는 것은 상상도 하지 못했어요."

"그랬구나! 그랬구나! 그랬었구나!"

입속에서 중얼거리는 아버지가 한없이 슬퍼보였다. 아버지가 무
엇을 고민하고 아파하시는지 한 번도 생각해 본 일이 없던 나는 아
버지의 그런 모습이 당황스러웠다. 가족들이 자기로 하여금 상처받
고 힘들어 했다는 것을 알면서도, 외면했던 자신을 용서해달라는 듯
내 손을 잡은 아버지 손에 힘이 느껴졌다. 그렇게 당신 자신을 돌아
보며 정리하고 계시다는 것을 나는 뒤늦게 알았다.

아버지는 생과 사의 갈림길에서 이승의 끈을 놓지 않으려고 사투
를 벌였지만, 아버지는 폐렴으로 세상을 떠났다.

아버지의 죽음은 내가 처음으로 겪은 영원한 이별이었기에 받아

들이는 것이 쉽지 않았다. 인간은 영원하지 않기 때문에 언젠가는 떠나리란 것을 예상했지만, 그렇게 갑자기 떠나실 줄은 몰랐다. 어두운 정적을 깨는 섬뜩한 전화벨 소리에 아버지의 운명을 직감했고, 전화 너머 엄마의 울음 섞인 절규가 들려왔다.

"애야, 아버지가 이상하다. 얼른 오너라. 정신 좀 차려 보세요. 정신을 차리시라니까요."

전화를 끊지 않은 채 들려오는 엄마의 목소리가 떨리고 있었다. 나는 어떻게 해야 할지 당황스러웠고 아무 생각도 떠오르지 않았다. 심장의 박동은 거세게 두드려대며 온몸을 강타했고, 걷잡을 수 없는 눈물이 쏟아져 내렸다.

'정신 차리자. 정신 차리자.' 주문을 걸며 친정집에 당도했을 때 엄마의 절규가 나의 심장을 후벼 팠다.

"아버지가 가셨어. 옆에 있던 나에게도 알리지 않고 혼자서 먼 길을 떠나버렸어. 불쌍해서 어떻게 하냐."

어머니는 눈물범벅이 되어 들어선 나를 보더니 더욱 섧게 우셨다.

"그럼 저한테 전화할 때 아버지가 운명하셨던 거예요?"

"그렇단다. 불쌍한 양반, 무던히도 고통을 참아내시더니…… 아무 말도 못하고 가셨네!"

나는 아버지의 손과 발을 만져보며 체온을 느끼려 했다. 그러나 얼음장처럼 차디찬 체온은 나에게 왜 이제 왔느냐며 힐난해 대는 것 같았다.

나는 아버지의 운명을 지켜보지 못했다는 아쉬움에 오열했고, 뜨거운 후회의 눈물이 쉼 없이 흘러내렸다.

"아버지 죄송해요. 아버지를 외롭게 해 드렸어요."

아버지의 얼굴에 내 체온을 느끼게 해 드리면 눈을 뜨실 것 같아 내 얼굴을 비벼댔지만, 차디찬 침묵이 돌아올 뿐이다. 영원할 것 같았던 아버지는 돌아올 수 없는 영원한 세계에 안착했고, 그렇게 고통과 고독으로부터 벗어나셨다.

아버지의 죽음은 지인들에게도 아쉬움으로 다가왔다. 우리 가족은 막상 아버지의 죽음 앞에서 무엇을 어떻게 해야 할지 몰라 당황스러웠기 때문에 지인들의 도움을 받아야 했다.

지인들의 입과 입을 통해 아버지의 타계 소식이 알려졌고, 놀라 달려와 준 문상객들은 아버지의 인품에 대해 입 다퉈 안타까워했다.

"얼마나 상심이 크냐."

"신세 많이 졌는데 갚지 못했네요."

"어려운 일 있을 때마다 해결해 주며 위로까지 받았는데……."

나는 아버지를 그리워하며 오열하는 그들의 모습이 당황스러웠다.

온 가족이 함께 달려와 준 문상객들을 보며 아버지가 남들에게는 어떤 존재였던가를 생각해 보게 되었다. 다른 사람들에겐 항상 친절했고, 사랑과 포용과 관용이 있었는데, 왜 당신과 제일 가까운 피붙이에겐 그토록 냉정했을까?

우리에게 아버지의 모습은 엄격하고 권위적이었으며, 독립심과 사람의 도리에 대해 엄격한 잣대로 키우려 한 흔적만이 남아 있을 뿐이다.

아버지께서는 생전에 고통 받는 시간이 길어지면서 사후에 당신이 묻히실 곳을 찾아다니시며 준비하셨다. 어느 날, 옥천에 사시는 엄마의 이모님이 연락도 없이 찾아오셨다.

"어쩐 일이세요? 무슨 일이라도 있으세요? 안색이 좋지 않아 보이는데……."

나이가 많으신 이모할머니님의 표정에서 심상치 않은 것을 느낀 엄마는 걱정을 담아 물었다.

"얘야. 내가 다 죽게 생겼어."

"아니, 왜요?"

"그놈이 사업하다 집안 다 말아먹었어. 어쩌면 좋다냐."

엄마의 이종사촌동생이 사업을 하다 부도가 나 쫓겨 다니는 신세가 되었다는 것이다.

"어째 그런 일이 다 있어요?"

"다른 것은 몰라도 선산을 남의 손에 넘어가게 할 수는 없는 노릇이라 너를 찾아왔어."

"아니, 그 정도로 다 말아먹었어요?"

"그렇단다. 조상님들이 계시는 선산을 어떻게 남의 손에 넘긴다니……."

"글쎄요. 나 혼자 결정할 문제는 아니라서 그이 들어오면 상의해 볼게요."

이모할머니의 애절한 표정에 엄마는 눈시울을 적시며 염려 말라는 듯 이모할머니의 두 손을 잡아 드렸다.

"그래. 꼭 좀 부탁한다. 오죽하면 염치불구하고 너를 찾아 왔겠냐."

"그러지 않아도 요즘 그이가 묻힐 산을 보러 다니는 중이에요. 화장하는 것은 질색을 하더라고요."

"그렇다면 잘 되었구나. 금강댐이 바라보이는 곳이라 사 두면 후회는 하지 않을 거란다."

이렇게 하여 구입한 산을 아버지는 여러 번 다니셨고, 묏자리를 어디다 쓰면 좋을지 풍수지리에 밝은 지인과 방문하며, 터를 닦으시고 좋아하셨다.

멀리 있다는 것이 단점이긴 하지만, 산세가 좋고 금강댐이 바라보여 죽어서도 답답하지 않을 것이라며…… 무엇보다 관리를 해 줄 사람이 있다는 것이 아버지 마음에 들었던 것이다.

"나 죽으면 그곳에 안장시켜줘라."

아버지는 화장을 하면 두 번 죽는 것이라며 매장을 유언하셨다. 묏자리를 준비하시고 한시름 놓았던 이유는 끔찍하게 보살피던 큰아버지의 사후 문제를 책임질 수 있다는 것이었다.

큰아버지는 아버지의 하나밖에 없는 혈육이었다. 피난 시 고문으로 사경을 헤매는 자신을 살렸다는 고마움 때문에 평생을 불평 한마디 없이 큰아버지의 경제적인 면까지 책임지며 부모님 이상으로 극진히 모셨다. 이렇게 끔찍하게 섬기며 최선을 다했던 큰아버지이기에 마지막까지도 책임을 져야 한다는 아버지의 강박증이 엄마를 당황스럽게 했다.

"누가 뭐라 해도 내 형님이고 부모님 이상이요. 당신이 이해해야 하오."

엄마의 불평과 불만은 들어갈 자리가 없었다.

큰아버지가 돌아가시던 날, 제일 좋은 상석에 모시며 안타까워하시던 아버지의 모습이 눈에 선하게 박혀왔다.

아버지가 큰아버지를 만나러 가는 날, 가족과 지인들은 오열하며 아버지를 떠나보냈다.

'차디찬 웅덩이에서 답답해 어이 할까……'

나는 심장이 멎는 것 같았다. 나는 아버지를 도저히 그 웅덩이 속으로 보내고 싶지 않았다. 육체가 영원히 영면할 차디찬 웅덩이를 보며 나는 실신하고 말았다.

칠흑 같은 어둠 속에 보내 드려야 한다는 것은 견딜 수 없는 슬픔이었다. 나는 극도로 예민한 채로 아버지를 따라가겠다며 울부짖다가 결국 아버지의 집이 완성된 후에야 깨어났다.

아버지를 혼자 두고 오는 것이 못내 아쉬워 발길이 떨어지질 않았다. 나는 발만 동동 구르며 하염없이 눈물만 떨구었다.

나는 돌아오는 장례차량 속에서 아버지의 살아왔던 삶을 되짚어보며, 가족에게 아버지의 존재가 어떤 의미로 받아들여지며 살아왔나를 생각해 보았다.

따뜻하고 온화한 아버지의 모습은 없었지만, 세상을 어떻게 살아야 하는지 행동으로 보여주셨다는 것을 아버지를 보내면서야 깨달았다.

회상

아버지가 그리워하던 고향은 평안남도 두만강이 바라보이는 마을이었다. 아버지는 사형제 중에 막내로 태어났는데, 위의 형들에 비해 체구가 건장했고 범상치 않았다.

"그놈 장군감이네. 큰일 할 놈이군."

아버지는 보는 이들의 입에 오르내리며 기대를 저버리지 않고 성장했다.

아버지의 형들은 나약하고 몸도 왜소하여 할아버지 할머니의 걱정이 떠나질 않았다. 그런데 그에 비해 아버지는 체구가 육척장신이고 마음 씀씀이도 대범하여 어느 누구와 견주어도 손색이 없었다. 할아버지 할머니는 이를 자랑으로 여기며 아버지를 귀이 키웠다.

아버지는 그런 부모님에게 보상이라도 하듯 반듯하게 자라 주었다. 체구가 건장해 씨름대회에 나가 황소를 상으로 받아올 정도였으니, 그 주변에서는 모르는 사람이 없을 정도였다.

아버지의 형들은 결혼해서 분가를 하였으나, 할아버지, 할머니께서는 막내아들인 아버지와 같이 살기를 원했다.

아버지는 교편을 잡고 있는 여성과 결혼을 하여 아들과 딸을 두었다. 다복한 가정을 꾸린 아버지는 할아버지, 할머니와 함께 남부러울 것이 없을 정도로 행복한 시간을 보냈다.

북한공산당은 사유재산제도의 폐지와 모든 생산수단의 사회화 및 노동자 계급의 사회 건설을 목표로 지주들의 토지를 빼앗아 모든 토지들을 국유화 시켰다. 남녀 평등법을 제정하여 여성 노동력을 산업 현장에 동원했다. 산업 국유화법을 통과시켜 모든 산업 시설도 국유화시켰다.

아버지는 공산당에 의해 악덕지주로 몰려 전 재산을 몰수당했다. 아버지는 공산 당원들에게 처형당하거나 끌려가 노역을 하게 될 사람들을 피신시켜 유격대를 결성하였다. 평안도 일대에서 활약하던 반공 청년들의 무장조직을 규합하여 이끌던 보스였다. 조직을 이끌어야 하는 책임감은 재정적인 부분까지도 도맡으며 공산당과 맞서 싸웠다.

사유재산을 인정하지 않지만 자기가 노력해서 재화를 모으는 것은 그때 당시만 해도 제재를 하지 않았다. 사업수완이 좋으신 아버지에게 전광석화처럼 떠올랐던 생각이 미곡(米穀)장사였다. 북쪽의 주민들은 농토를 빼앗기고 식량을 배급받아야 했기에, 항상 식량이 부족한 상태였다. 부족한 식량 부분을 담당하기 위해 마차 부대를 동원하여 각지에서 생산되는 미곡들을 수집해 판매하는 대상이 되었다. 그 수익으로 조직원들을 관리할 수 있었다.

이 소식을 들은 각지의 뜻있는 사람들이 몰려들기 시작하였고, 규모가 커져 산속에 아지트를 두고 조직의 세를 넓혀 나갔다. 각지에 흩어져 있던 미곡을 수집하며, 그 지역의 지리적인 특성과 동태를 살피는 것이 대원들이 할 일이었다.

그 지역에 대한 세밀한 정보가 있어야 그 지역에서 일어날지 모를 작전의 효율성과 안전성이 보장이 된다. 재산을 몰수당하고 억울하게 끌려간 사람들의 구출과 공산당 반대운동을 하는 일은 위험한 일이었기에, 철저한 기밀 유지 속에서 작전 계획을 세워야 했다. 그 와중에 대원들의 수는 386명이나 늘어났고, 그들을 지휘하며 관리한다는 것은 쉬운 일이 아니었다. 그 중에는 위장 지원하는 사람도 끼어 있을 수 있어 철저한 보안이 필요했다.

다행히도 미곡장사는 잘 되었고, 대원들을 관리하는데 별 어려움은 없었다. 공산체제에서 돈으로 할 수 있는 것은 제한이 되었기에, 장사를 하면서 얻은 수익금은 집에 보관해야만 했다.

화폐개혁이 예고도 없이 일어났다. 할머니께서는 궤짝에 차곡차곡 쌓인 재화를 3일 밤낮으로 아궁이에 태웠다.

"내 아들이 목숨 내걸고 고생해서 번 돈을 불로 태워야 하다니…… 이런 억울한 일이 어디 있간?"

공산당이 뭔지 잘 알지 못했던 할머니는 황당한 억울함을 주는 것이 공산당이란 것을 인식하고 증오했다.

"나쁜 놈들. 이런 떼강도 같은 놈들. 있는 재산 다 빼앗아 가고도 모자라 내 아들의 천금 같은 돈을 휴지 조각으로 만들다니……."

할머니는 상심 끝에 시름시름 앓으시다 돌아가셨다. 그 소식을 전해들은 대원들과 대원들의 가족들이 구름떼처럼 몰려들었다. 제일 좋다는 오동나무 관을 짜서 가져 왔고, 대동강에서 잡은 숭어로 문상객들을 대접했다.

아버지의 고향에서는 관혼상제에 빠지지 않고 상에 오르는 생선이 숭어다. 대동강에서 잡은 숭어는 평안도 지방의 특산물로 귀한 대접을 받는다. 그 지역에 가서 숭어를 못 먹고 오면 손님대접을 제대로 받지 못했다고 생각할 정도였다.

대원들은 찾아오는 문상객들을 세심하게 배려하면서 부족함이 없이 준비해 주었다. 자기 일처럼 각자의 위치에서 일사불란하게 도와준 대원들과 많은 사람들의 애도 속에 할머니의 장례를 치를 수 있었다. 장례행렬은 끝이 안 보일 정도로 인산인해를 이루었다.

아버지에게 이런 기억은 사람의 언행일치와 인품의 중요성을 각인시키는 계기가 되었으며, 베푸는 생활은 살아가는 방법이 되었다.

6·25 발발과 더불어 공산세력이 혈안이 되어 아버지를 찾아 나서게 되자, 1·4후퇴를 기해 피신을 하지 않으면 안 되게 되었다. 혈안이 된 공산당에게 붙잡히면 총살형을 당할 다급한 상황이었다. 그러나 연로하신 할아버지를 모시고 피난길에 오른다는 것은 무리가 있었다.

"늙은이를 어떻게야 하겠냐. 너 혼자만이라도 피신해 있어라."

할아버지께서는 자신으로 인해 아들의 고민이 깊다는 것을 알고 용단을 내리셨다.

"아버님 걱정은 하지 마세요. 제가 잘 모실 테니, 당신은 빨리 떠나세요."

촌각을 다투는 상황에서 남편이 고민이 많다는 것을 안 부인은 자신이 남아서 할아버지를 보필하겠다며 아버지의 걱정을 덜어주었다.

"그럼, 상황을 보아 연락을 할 테니 조심하고…… 아버님을 부탁하오."

"걱정 마세요. 몸 건강하셔야 되요. 조심 또 조심하시고요."

"알았소. 잘 부탁하오."

무슨 일이 일어난 지도 모르는 철모르는 어린 자식들은 아버지를 바라보고 생글생글 웃으며 재롱을 피웠다.

"안녕. 안녕."

연신 고개를 끄덕거리며 인사를 하는 모습을 보면서 아버지는 눈시울이 붉어졌다. 아버지는 천진스런 아이들의 체온을 담아두려는 듯 꼭 껴안았다. 아이들은 숨이 막힌 듯 몸부림을 쳤다. 부인은 아이들을 떼어내며 보따리를 내밀었다.

아버지는 해맑은 아이들의 얼굴을 다시 볼 수 있을까? 하는 막연한 불안감을 뒤로하고 급히 집을 빠져 나왔다.

"몸조심 하구려."

"여기 걱정은 하지 마세요."

그러나 그 말이 마지막이 되리라고는 꿈에도 생각지 못했다.

아버지는 며칠만 피해 있으면 될 것이라는 생각으로, 조직원 6인과 함께 단체 피난증을 발급받았는데, 그것이 화근이 되었다. 휴전선을 넘어오다 검문을 받는 과정에서 단체 피난증에 의혹을 가진 관리는 여러 과정을 묻지도 않고 지하에 있는 고문실로 아버지를 끌고 갔다.

시멘트 콘크리트 건물에 낡은 책상 하나와 고문기구들이 널브러져 있는 바닥으로 아버지를 밀쳐 내동댕이친 그들은 아버지를 워커발로 걷어찼다.

아버지는 순식간에 당하는 일이라 거부할 사이도 없이 얻어맞아 의식을 잃었다. 정신을 차리고 보니 온몸에는 재갈이 물려 있어 움직일 수도 없었다. 심지어 그들은 아버지를 거꾸로 매달아 고춧가루를 넣은 물을 코에 들이부었고, 사정없이 매질을 하며 강제자백을 받아 내려 했다.

"너의 정체가 뭐냐! 빨갱이 스파이 짓 하려고 남하하는 거지? 바른 대로 불어라."

아버지는 귀를 의심했다. 빨갱이 소리만 들어도 피가 곤두서는 일인데, 빨갱이란 엄청난 죄목에 고문까지 당한다 생각하니 기가 막혔다.

"너희들이 인간이냐! 공산당이 싫어 가족 친지들 다 버려두고 살겠다고, 자유를 찾아 나서는 이에게……."

고문으로 정신이 혼미한 상태에서도 아버지는 대쪽 같은 성격답게 호통을 치며 거세게 항의 했다.

"빨갱이 새끼들은 믿을 수 없는 놈들이니 아무리 그래도 소용없다. 바른 대로 불어!"

"뭘 불으라는 거냐? 나는 빨갱이 놈들한테 쫓기어 내 몸뚱이 하나 살겠다고…… 가족도 팽개치고 피난길에 올랐는데, 당신들 하늘이 무서운 줄 아시오."

"6인이 함께 넘어오는 목적이 뭔지 빨리 불란 말이다."

관리는 아버지의 항변에도 불구하고 억지자백을 받아 내려고 혈안이 되었다.

"그쪽에서 편의상 그렇게 해 주었는지는 모른다. 문제가 되리라고 생각도 하지 못했다."

"이 새끼. 고생 좀 해 봐야 정신 차리겠군."

거꾸로 매달린 채 매질은 계속되었다. 실신하면 물을 들이붓고, 정신이 돌아오면 다시 매질을 시작했다. 이러한 고문에도 아버지가 항변을 하자 전기 고문까지 시작했다.

"이 새끼, 악질이구만. 죽고 싶지 않으면 빨리 불란 말이다."

아버지는 더 이상 항변할 힘이 없었고, 터무니없는 누명으로 고통을 받으니 죽고 싶다는 생각뿐이었다. 뒤늦게 상관이 나타나 구사일생으로 살아났지만, 아버지는 이미 만신창이가 된 상태였다. 아버지는 피투성이가 된 채로 가마니 들것에 들려 밖으로 내쳐졌다. 큰아버지는 만신창이가 된 아버지의 몸을 이끌고 살려 보겠다고 온갖 노력을 아끼지 않았다.

먹을 것을 찾아 쓰레기통까지 뒤지며 아버지를 살리려 애를 썼지만 전시상태라 쓰레기통을 뒤진들 먹을 것이 있을 리가 없었다. 심지어 장독에는 똥물이 좋다는 말을 들은 큰아버지는 아버지에게 맑게 찬 똥물까지 마시게 했다.

아버지는 사경을 헤매면서도 생사를 같이 했던 동료들이 걱정되었다. 큰아버지에게 동료들의 안부를 묻자 큰아버지는 버럭 화를 내며, 그런 인간들의 소식은 물을 가치도 없으니 잊어버리란 얘기만 하셨다.

"왜 그러십니까. 형님."

"자네가 고문을 당하자 불이익이 두려워 그놈들은 도망을 갔단 말이다. 나쁜 놈들."

아버지는 생사를 같이 하던 동지들이 자신을 배신했다는 현실이 믿겨지지 않았다. 육체적인 고통보다 쓸쓸한 비애와 배신감이 아버지를 더 아프게 했다.

붙잡히면 총살형을 당할 위기에 준비 없이 떠난 피난길은 고행이었다. 고문 후유증과 제대로 먹지 못해 피골이 상접해져 눈 뜨고는 볼 수 없을 지경에, 설상가상 장티푸스까지 아버지의 생명을 위협하고 있었다.

그때, 최전선의 미군파병부대에 지원하게 되면 위험하긴 했지만 먹을 것에 대한 걱정은 없다는 소문이 들렸다. 아버지는 어떻게든 살아야 했다. 삶을 위한 투쟁은 그 어떤 것도 장애가 될 수 없었다. 최전선은 그야말로 생사를 넘나드는 전투였다. 살기 위한 선택이 오히려 총알받이가 되어 언제 죽을지 모르게 되는 아이러니였다. 하지만 공산세력들과의 싸움이었기에 아버지 당신 목숨의 소중함보다는 긍지를 느끼며 최선을 다해 종횡무진 전투에 임할 수 있었다.

장티푸스로 인해 머리가 빠지고 피골이 상접했던 아버지의 건강이 어느 정도 회복이 될 즈음, 미군 장교가 인터뷰를 청해 왔다. 모자를 꾹 눌러 쓴 병사가 걸신들린 것처럼 많은 양의 음식을 먹어 치우는 모습이 그들에게 충격으로 받아들여졌던 모양이다.

통역을 대동한 미군장교가 아버지에게 다가왔다.

"너의 모습과 행동이 이상하다. 웬 음식을 그렇게 많이 먹느냐?"

아버지는 대답 대신 모자를 벗어 보였다. 장티푸스로 인해 머리가 빠지고 없었기에, 항시 모자를 눌러 쓰고 있었다.

"난 피난길에 고문 후유증으로 장티푸스에 걸렸습니다. 살기 위해 이곳까지 왔고, 잘 먹어야 회복이 빠르다기에 체면불구하고 닥치는 대로 음식을 먹었습니다."

아버지는 그들이 묻는 의도를 충분히 이해할 수 있다는 듯 겸연쩍게 웃으며 대답했다.

"미안합니다. 그런 줄도 모르고 오해를 했습니다. 먹고 싶은 것이 무엇인지 말해 보십시오. 돕고 싶습니다."

미군장교는 무안해 어쩔 줄 몰라 하며 사과를 했다.

"김치가 먹고 싶습니다. 기름진 서양식 때문인지 한국음식이 그립습니다."

"식당에 얘기 해 놓을 테니 언제든 먹고 싶은 것이 있으면 부탁하십시오."

아버지는 최전선의 생과 사를 넘나드는 긴장 속에서 모처럼 훈훈한 정을 느꼈다.

전시 상태라 식재료들을 다 구할 수가 없어 소금만 넣고 양배추로 물김치를 담았다. 적당히 숙성된 물김치를 맛있게 먹는 아버지의 모습이 입맛을 자극했는지 미군장교가 입맛을 다셨다.

"김치라는 것이 그렇게 맛이 있냐? 나도 먹어보자."

미군장교는 물김치를 먹어 보더니 머리를 절레절레 흔들었다. 그 모습에 아버지는 모처럼 활짝 웃었다. 오랜만에 걱정 근심 내려놓고 마음껏 웃을 수 있었다.

아버지와 미군장교는 이런 인연으로 정이 돈독해졌고 형제와 같은 살뜰한 보살핌을 받았다. 장티푸스에 필요한 약품을 미국본토에까지 신청하는 그의 성의로 아버지는 건강을 되찾았다.

총알이 빗발치는 전선에서 사력을 다해 싸웠지만, 38선을 사이에 둔 채 많은 사람들의 희생과 상처의 흔적을 남기고 남과 북이 대치하는 비극이 시작되었다.

후방으로 병력을 이동하는 미군부대를 따라 아버지는 미군장교 직속 통역관으로 근무하게 되었다. 미군부대의 원활한 물자 수송을 위한 입지 조건으로 기차역은 중요했다. 기차역 주변의 산을 중장비로 밀어내고 미군들이 주둔하게 되었다.

아버지는 남쪽에 연고지가 없어 미군부대를 따라오긴 했지만, 앞으로 무엇을 어떻게 해야 할지 고민을 해야 했다. 아버지는 미군부대와 가까운 기차역 주변에 임시로 거처할 집을 마련했다. 동네에는 철도에 관련된 사람들이 살고 있었다. 미군부대와 철도청 부지의 경계를 이루고 있는 야산은 중장비가 할퀸 상처로 벌건 황토를 흘리며 기묘한 형태로 몸을 드러냈다. 봄에는 진달래꽃이 동네 아이들을 산등성이로 불러내며 수줍게 맞이했다. 볼품없는 산등성이였지만 봄에는 진달래꽃이 흐드러지게 피었던 것이다.

나는 자연스럽게 만들어진 웅덩이에 들어앉아 친구들과 소꿉놀이를 하였다. 황토 언덕에서 미끄럼을 타며 시간가는 줄 모르고 놀다 저녁노을이 짙게 드리울 때라야 집으로 향했다. 황토가 줄줄 흘러내리는 언덕에서 두꺼운 비닐을 깔고 미끄럼을 타면 눈에서 미끄럼을 지치는 것처럼 재미있고 스릴이 있었다. 모래처럼 흘러내리는 흙이라 넘어져도 다치지는 않았다. 손과 발, 옷은 온통 황토 범벅이 되었지만, 그런 것은 아랑곳하지 않았다. 황토 언덕은 동네 아이들의 꿈을 키워준 놀이동산이었다.

기차 정거장 주변의 편리함을 느끼는 사람들이 철도청 땅에 불하를 받아 하나 둘 모여들면서 30여 가구가 정착하게 되었다. 아버지는 고향에 다시 가야 한다는 절박함이 있었다. 고향에 두고 온 할아버지와 처자식 생각에 가슴을 태웠다. 아버지는 애타는 감정을 잊기 위해 많은 일을 찾아 다녔다. 통역사 일만으로는 만족할 수 없었던 아버지가 일을 찾아다닌 끝에 얻어낸 결론은 석탄 장사였다. 연탄이 나오기 전이라 석탄은 연료용으로 수요가 많았다. 기차역은 석탄을

수송 받아 석탄이 필요한 사람들에게 공급할 수 있는 최상의 조건이
었기에, 아버지는 그 지역에 둥지를 틀기로 했다.

석탄 수요를 다 따라갈 수 없을 정도로 바쁜 나날들로 아버지의
몸은 지쳤지만, 고통은 잊게 해 주었다. 고향의 가족들이 당신으로
인해 고문과 핍박을 받을 생각을 하면 잠시도 편할 수가 없었다.

아버지는 먼 거리도 마다하지 않고 자전거로 손수 배달까지 하며
돈 버는 일에 악착을 떨었다. 고향의 가족들을 편하게 해 주기 위한
일념뿐 다른 것은 생각할 수도 없었다. 가로막힌 휴전선은 요원한
일이라고 포기하라는 주변의 원성을 살 때마다 아버지는 더욱 더 돈
버는 일에만 집중했다.

큰아버지께선 3년이 지나자 주변의 소개로 가정을 이루셨고, 한집
에 같이 동거하며 아버지 일을 도우셨다. 고향에 두고 온 가족을 그
리며 노심초사하시는 아버지를 보다 못한 큰아버지께서는 아버지의
재혼을 채근하시게 되었다.

"너도 새로운 가정을 꾸려야 되지 않겠나. 이젠 고향 생각을 떨쳐
버려라."

"형님, 고향에선 제가 돌아오기를 눈 빠지게 기다리는 처자식이
있고, 아버지께서 살아 계시는지 돌아가셨는지 모르는데 나 편하자
고 새장가를 어떻게 갑니까!"

"고향으로 돌아갈 수 있으면 좋겠지만 나라 돌아가는 것을 보면
고향가기는 틀린 것 같아."

"저 때문에 모진 일은 당하지 않았는지 자나 깨나 걱정으로 피가

마를 지경입니다."

"그렇긴 한데 산 사람이라도 살아야 하지 않간."

"빨갱이 놈들한테 식구들이 총살당해 붉은 피가 사방팔방으로 튀겨나가는 꿈을 꾸어요. 그럴 때면 죽는 한이 있더라도 뛰어 들어가고 싶어 견딜 수가 없어요. 새장가라니요, 말도 되지 않는 소리 하지 마십시오."

"난 자네가 걱정되어서 하는 말이네."

"걱정하시는 것을 모르는 바는 아니지만 제 걱정은 하지 마십시오. 제가 알아서 할 테니……."

북쪽에서는 반동분자라고 일컬어지는 사람들이 열악한 탄광촌이나 수용소에 끌려가 굶주리거나, 인간 이하의 생활로 내몰리고 총살형까지 당한다는 소식만이 들려올 뿐이다. 고통을 감내해야 하는 고향의 가족들을 위해 아버지가 할 수 있는 일이란 없었다. 당신의 몸을 혹사해가며 밤낮으로 쉬지 않고 일에만 매달렸다.

고향의 가족들이 살아있기만 하면 언젠가는 만날 수 있으리란 기대는 점점 엷어졌다. 10년이 지난 어느 날, 엄마를 만나면서 고향에 두고 온 가족들의 생각을 조금씩 지워낼 수 있었으나, 죄의식은 떨쳐낼 수가 없었다.

한집에 두 가족이 동거하면서 갈등이 시작되었다. 그동안 살림을 큰어머니가 해 오셨는데, 엄마의 등장이 큰어머니를 불편하게 했다. 두 분이 옥신각신하는 것을 보아야만 했던 아버지는 이유 불문하고, 엄마에게 불호령을 내리며 사태를 수습했다.

"형님이 내 목숨을 살리기 위해 쓰레기통까지 뒤져가며 애쓰신 은인이자 부모인데, 그걸 이해하지 못하겠으면 나를 떠나라."

아버지에게 큰아버지의 존재는 절대적이었기에 다른 이유가 끼어들 수가 없었다. 이런 것을 받아들여야 하는 엄마의 가슴에는 상처가 생기게 되었다.

엄마는 6·25 전쟁 중에 아들 하나를 낳고 남편의 귀가를 기다리던 중, 청천벽력과 같은 소식을 접했다. 징집 명령을 받았던 남편이 사망소식으로 돌아왔고, 젊은 여자가 혼자 살 수 없다며 시집에서 한사코 밀쳐내는 통에 핏덩이 같은 아들을 떼놓아야 했다. 그런 아픔을 감수하면서 선택한 행복이었는데, 행복을 다시 찾기엔 넘어야 할 산이 많다는 것을 뼈저리게 느꼈다.

여자에게 있어 재혼이란 쉬운 것이 아니었다. 과거 있는 여자로 살아가기엔 참아야 하는 것도 많았고, 또 실패하면 안 된다는 생각이 아픔을 안으로 꼭꼭 숨기게 했다. 큰어머니의 성격은 교묘히 이런 상황을 이용하며 엄마를 괴롭혔다. 설상가상 큰아버지까지 우유부단하게 지켜만 볼 뿐이었다. 그러던 어느 날, 큰아버지는 독립해 나갈 것을 제안하셨다.

"아우! 집사람의 고향으로 갔으면 하네. 그곳에 가서 국수가게를 했으면 한다네."

큰어머니의 고향은 강원도 속초였다.

"경험도 없이 어떻게 국수가게를 하신다고 그러세요?"

큰아버지께서 뜬금없이 꺼내 놓는 얘기에 아버지는 정색을 하며 언성을 높이셨다.

"아우, 내가 들은 바로는 뱃사람들이 바쁘게 움직이며 끼니를 거를 때가 많다고 하네. 빨리 해 먹고 손쉬운 국수가게가 문전성시를 이룬다는구먼."

큰아버지께서는 그동안 많이 준비했다는 듯이 장황한 설명을 늘어놓으셨다.

"그래서 어떻게 하시겠다는 얘깁니까?"

"국수기계 틀을 장만해 주게. 그러면 속초에 내려가 국수가게를 할까 하네. 그리고 속초에는 실향민들이 많다고 들었네, 그들과 어울려 살다보면 좋은 시절 오지 않겠나? 집사람도 고향에서 살고 싶다고 하네 그려."

"형님이 꼭 가야겠다면 어쩔 수 없지만 저는 내키지 않습니다."

"걱정하지 말게. 아우의 걱정을 모르는 바는 아니지만 집사람의 친정이 있으니까, 그리 걱정 안 해도 된다네."

아버지가 결정을 내리자 큰아버지와 속초로 내려가 바로 시장조사와 동시에 몫이 좋은 곳에 국수가게를 열었다. 아버지는 국수가게 운영이 안정될 때까지 그곳에 머물며 정성을 다하다가 집으로 돌아오셨다.

서울 외곽에는 수도 시설이 보급되지 않아 우물물을 사용한다든가 펌프로 지하수를 뽑어내서 사용하였다. 그러나 수맥이 흐르지 않는 지역이라 관정을 뚫을 때마다 허탕을 치기 일쑤였다. 멀리까지 가서 물을 길어 와야 하는 불편이 간절함이 되었다. 물이 나올 때까지 여기저기 관정을 뚫었다. 많은 시행착오 끝에야 물이 콸콸 쏟아졌다. 아버지는 사막의 오아시스를 만난 것처럼 기뻐하셨다.

동네의 하나뿐인 우물이라 모든 사람들에게 개방했다. 우물가는 사람들이 모이는 장소가 되었고, 집집마다의 대소사를 우물가에서 만나게 했다. 이런 이유가 사람들의 정을 끈끈하게 연결해 주며 저마다의 상처를 씻어내게 했다.

동네의 대부분은 철도청에 근무하는 사람들로 이 역장, 박 역장, 김 조역 등, 기차선로 기술자들이 관사에서 살았다. 그렇지 않은 사람들은 불하받은 땅에 용도에 맞게 집을 한 칸, 두 칸 늘려가며 지어서 그럴 듯한 집의 형태는 아니었다. 사느라 힘들었던 사람들은 몸을 의지할 수 있는 공간이 있다는 것만으로도 만족할 수 있었다.

철도청의 역장은 철도청에 몸담고 있는 사람들에게는 갑이었다. 동네 자체가 그들 중심으로 이루어지다 보니 을의 관계에 있는 사람들은 역장의 눈치를 볼 수밖에 없었다.

이 역장은 이들을 무시하고 하대하면서 자신을 높이려고 거드름을 떨었다. 심지어 지적 수준이 낮은 큰아들을 머슴이나 다름없이 부렸다. 큰아들은 동네에서 공 서방이라 불리며 동네 사람들의 측은지심을 자아냈다.

"공 서방 힘들지 않아?"

"아니요!"

그는 해맑간 웃음을 보이며 물지게로 물을 퍼 날랐다.

이 역장의 관사는 언덕배기에 있어, 가파른 돌계단을 오르내리는 것이 쉽지 않을 터였다. 공 서방은 목을 쭉 빼고 눈을 하늘을 향해 이리저리 흔들며 불안하게 몸을 가누었는데, 이 모습은 낯선 이에게는 공포로 다가왔다.

"안녕하세요."

공 서방은 사람들을 볼 때마다 선한 눈을 굴리며 반갑게 인사를 했다. 특히 아이들을 더 예뻐하며 친절하게 대했다. 그러면 아이들은 기겁을 해 도망치며 놀려댔다.

"공 서방! 공 서방!"

그는 아이들이 놀려대도 특유의 몸짓을 하며 해맑게 웃기만 했다. 공 서방이란 이름이 왜 붙여졌는지는 모르겠지만, 특유의 몸짓은 그 이름과 어울렸다. 어쩌면 친근하기까지 했다. 동네 사람들은 이 역장이 성하지 못한 아들을 머슴처럼 부려먹는다며 입을 모아 수군댔다. 하지만 그의 가족들은 모른 체하고 동네 사람들과 어울리려 하지 않았다.

선로 기술자인 아저씨로 인해 붙여진 선로반 집 부부는 아이가 없어 마치 오누이 사이 같았다. 아주머니의 깔끔한 살림 솜씨는 부엌살림에서부터 남달랐다. 양은솥, 양은냄비는 반짝반짝 윤이 나서 보고 있으면 기분이 좋아질 정도였다. 빛을 발하는 솥 속에서 삶은 고구마나 옥수수를 내어 주곤 하였다.

선로반 집 아저씨는 아버지와 같은 고향으로 형님 아우하며 가깝게 지내셨다. 솜씨가 좋으셨던 아저씨는 쉬는 날이면 종종 우리 집에 오셔서 손 볼 곳이 있는지 살펴보시고 뚝딱 마법 같은 솜씨를 벌이곤 했다.

도심 외곽에 자리 잡은 기차역의 입지성 때문에 연탄공장이 들어서게 되었다. 산더미처럼 쌓아올린 석탄은 검은 산을 만들었다. 쉴 새 없이 찍어내는 연탄을 실은 화물차량은 주변을 검게 물들이며 바쁘게 드나들었다.

한해살이가 든든하려면 김장과 연탄을 들여 놓는 일이 우선이었는데, 각 가정의 일 년 행사였다. 김장을 하는 날이면 별일이 없는 한 모여서 서로 품앗이를 해 주었다. 절인배추 속을 떼어내서 만든 겉절이와, 동태나 돼지고기를 뚝뚝 썰어 얼큰하게 끓여낸 배춧국은 동네잔치를 벌이기에 충분한 먹을거리였다.

우리 집은 만두를 좋아하는 아버지 덕분에 김장을 많이 했다. 만두소에 신 김치를 잘게 썰어 넣고, 으깬 두부와 더불어 애호박, 숙주나물, 부추, 돼지고기 등을 다져 넣고 빚는 만두는 우리 집에 없어서는 안 되는 음식이었다. 특히나 아버지는 추운 겨울 긴 밤의 출출한 간식거리로 살얼음 동동 뜬 적당히 익은 김칫국물에 참기름을 한 방울 띄워 밥을 말아 먹는 것을 즐기셨다.

한편, 연탄 공장이 들어서면서 동네는 검은 먼지로 몸살을 앓았다. 주민들은 급기야 연탄공장에 환경을 개선해 줄 것을 요구했다. 연탄공장에선 검은 먼지가 날리지 않게 물을 뿌려대며 주민들과의 마찰을 줄여나갔다.

동네의 크고 작은 일들은 사람들의 입을 통해 우물가로 모였고, 문제가 있는 것들은 아버지가 해결해 주기를 원했다. 아버지는 그런 동네 사람들의 부탁을 한 번도 거절하거나 기분 나쁘게 생각하지 않고 발 벗고 나서며 해결해 주려 했는데, 그 모습은 엄마를 불편하게 했다.

"어찌 당신은 내가 원할 땐 들은 척도 하지 않더니, 남의 일에 그리 열심히 쫓아 다녀요?"

"그 사람들이 오죽이나 답답했으면 나에게 부탁하겠소!"

"저도 당신의 도움이 필요하단 말이에요. 당신이 제 남편인지 의심스러울 때가 많단 말이에요."

엄마는 아버지에게 불만을 쏟아 부었지만 메아리만 돌아올 뿐이었다.

선로반 집 아저씨네 집에 연탄공장을 다니는 총각이 세를 들었다. 전쟁통에 부모를 잃은 전쟁고아였다. 인정이 많은 아주머니는 부모 없이 혼자 사는 총각이 측은해 보였다. 총각을 아들을 대하듯 하며 정을 주었는데, 정이 그리웠던 총각은 아주머니의 성의에 고마움을 표했고, 그런 총각이 아주머니 눈에 예쁘게 다가왔다.

남편만을 바라며 살아왔던 무미건조한 생활에서 챙길 사람이 생겼다는 것은 아주머니를 긴장시키며 묘한 설렘을 주었다. 그래서였을까, 아주머니와 총각이 다정한 모습을 보이게 되는 일이 많아졌고, 이웃 사람들은 이를 의아한 시선으로 쳐다보며 한 마디씩 했다.

"아들 하나 생기셨네?"

"글쎄 말이야. 아들이 하늘에서 뚝 떨어진 것 같아. 얼마나 좋은지 모르겠어."

아주머니는 싱글벙글하며 동네사람들에게 자랑했다. 그러던 어느 날, 아주머니가 총각의 방에서 자는 날이 많아졌다는 소문이 퍼졌다.

"남녀가 유별한데 친아들도 아닌 총각과 한 이불을 덮고 잔다는 것은 말도 안 되는 일이야."

사람들은 우물가에 모여 이런 소문들을 나누었고, 각자의 생각을 눈덩이처럼 굴리며 덩치를 키웠다. 소문은 아주머니를 난처하게 만들었다. 그러던 어느 날, 아주머니는 총각과 함께 사라졌다.

갑자기 당한 이 같은 소식은 선로반 집 아저씨를 당황스럽게 만들었고 아저씨는 결국 몸져눕고 말았다. 이 소식을 들은 아버지는 위로의 말을 건네려고 아저씨를 찾았다.

"이 모든 것이 꿈이었으면 좋겠네. 믿어지지 않네그려. 아우! 집사람 좀 찾아 주게. 집사람 없으면 난 살 수 없네."

"자초지종을 말씀해 주세요. 형수님이 소문처럼 심지가 약한 사람이 아닌데……."

"그렇다네. 자네도 알다시피 집사람은 그런 짓을 할 사람이 아니라네. 자식도 없이 외로워해서 아들처럼 의지하며 지내는 것도 괜찮을지 싶었다네. 그래서 나도 좋아했는데……."

"그런데 동네 사람들 얘기는 어떻게 된 겁니까? 한 방에서 잔다는 게. 형님을 놔두고."

"나도 처음엔 의심하며 왜 그 아이 방에서 자냐고 물었다네. 그 아이가 아프다고 하더군. 그래서 그런 줄 알았지. 그리고 집사람이 그 전보다 더 극진하게 나를 대했고, 그래서 별 의심 없이 지냈던 것인데……."

"형님 말이 사실이라면 곧 돌아오시겠죠. 너무 상심하지 마세요."

"알았다네. 고마우이."

"고맙기는요."

"형님. 제가 백방으로 수소문하고 있으니까 식사도 하고 정신 차리셔야죠."

아주머니의 소식은 무성한 소문만 나돌며 오리무중이었다. 골목과 골목이 이어주는 집들의 구조 때문에 소문은 걷잡을 수 없이 바람을 먹고 빵빵하게 풍선을 키웠다.

"아 글쎄, 손자뻘 되는 애하고 바람이 났나 봐."

"아이고, 망측해라. 사람 속을 알 수가 없다더니. 무슨 일이래?"

"살림 잘하고 남편 봉양 잘하더니……."

동네사람들은 신이 난 듯 이구동성으로 믿을 수 없다는 반응이었지만, 그것은 남의 집 불구경에 지나지 않았다.

아저씨는 소문을 쫓아다니다 결국 어디론가 종적을 감추었다. 아버지께서 그의 종적을 찾아다니다 며칠 만에 들어오셨다.

골목 안쪽에는 술 빚는 할머니가 사셨다. 백발의 흰머리에는 쪽을 틀어 비녀를 꽂고 있었다. 술 맛 좋기로 이름이 나 있어 멀리서도 할머니가 빚은 술맛을 보러 오는 사람들이 많았다.

아들과 둘이 사는 할머니는 정갈한 외모에 기품까지 풍겼다. 술을 빚어 생계를 꾸린다는 것과 전쟁통에 남편과 사별했다는 것 외엔 아는 것이 없었다. 할머니의 사연이 궁금해서 사람들이 묻곤 하였지만,

돌아오는 대답은 시큰둥했다.

"남의 일에 뭐 그리 궁금하답니까."

"술 빚는 것을 누구한테 배우셨어요?"

"시어머니한테 배웠다오. 시아버지께서 약주를 좋아하셔서 술 빚는 일은 집안의 큰 행사였다오. 술을 빚어 먹고 살줄이야 누가 알았겠소."

술을 먹으면 사람들은 짐승이나 다름없이 행동했다. 사느라 힘들고 사연들이 많았던 시절이었기에 억눌려 있었던 울분을 술로 토해냈다. 싸움질을 해대는 현장에도 아버지의 도움이 필요했다.

순이 아버지는 항상 술에 절어 무슨 말인지도 모를 말을 히죽히죽 웃으며 혼자 되뇌곤 하였다. 하수구 옆이 순이네 집이라 장마철이 되면 좁은 하수구가 역류하여 방까지 물이 차올랐다. 그럴 때면 순이 엄마가 악다구니와 함께 물을 퍼내며 푸념을 늘어놓았다.

"저런 웬수는 안 잡아가고 뭐 하누."

"하늘같은 지아비에게 뭐라 하는 거야? 여편네가 재수 없게."

"아유, 내 팔자야!"

순이 엄마는 눈물범벅 물 범벅이 되어, 둥둥 떠다니는 가재도구들을 높은 곳으로 집어 올리며 계속 물을 퍼냈다. 가장이 술에 절어 세상과 등지고 살고 있으니, 순이 엄마는 고된 몸놀림으로 종종대며 닥치는 대로 일을 해야 했다. 딸 넷에 아들 셋을 둔 순이 엄마의 허리가 펴질 날이 없었다. 그러나 여자의 몸으로 할 수 있는 것은 허드렛일 정도여서 입에 풀칠하기도 어려웠다.

삶의 무게가 버거워 자식들에게 신경 쓸 여력도 남아 있질 않았다. 큰아들과 큰딸은 초등학교만 졸업하고 생활전선으로 뛰어 들었다.

순이의 둘째 언니는 공부를 잘했다. 학교 급사를 하며 야간 학교를 다녔고, 동생들도 야간 학교에 다닐 수 있도록 이끌었다. 그러나 순이는 매일 싸우는 부모를 보면서 반항을 했고, 불량스러운 친구들과 어울려 다니기 시작했다. 급기야 순이는 가출을 했고, 집을 나간 2년 만에 나타났다.

순이는 한국에 기생관광을 온 일본사람들의 상대역을 맡아 돌아갈 때까지 서비스를 해서 받은 돈으로, 남동생 둘을 대학에 보내고 생활비까지 책임졌다.

딸이 어떤 생활을 하는지 알고 있지만, 말리지 못하는 순이 엄마는 딸을 안타깝게 바라볼 뿐, 어떤 말도 할 수 없었다.

순이 아버지는 술에 중독이 되어 술이 없으면 술을 사 오라고 소리를 질렀다. 사다 주지 않으면 집안 살림을 엉망으로 때려 부쉈다. 가족들은 그 꼴이 보기 싫어 술을 사다 줘야 했다. 잔뜩 취한 순이 아버지는 동네 사람들에게 자랑해대곤 했다.

"우리 순이가 돈을 많이 벌어 용돈을 두둑하게 주었소 우리 순이가 효녀란 말이요"

"딸이 무슨 짓하면서 돈을 버는데 애비가 돼서 술에 절어있담."

순이가 일본을 드나들면서 장사를 한다고 말했지만 그 얘기를 믿는 사람들은 없었다.

"너희들이 뭔데 떠들어?"

순이 아버지는 창피한 것을 아는지 모르는지 횡설수설하며 싸우려고 달려들었다.

그는 동네의 토박이였다. 인근에는 같은 성씨를 가진 사람들이 많이 살고 있었다. 인근의 땅들은 그들의 소유가 많았고, 선대로 물려받은 땅을 미끼삼아 놀음과 술로 세월을 보내왔던 것이다.

"어디서 저런 인간이 생겨났는지 모르겠어."

집안사람들은 그를 가까이 하려 하지 않았다. 외톨이가 된 그는 방탕한 생활로 세월을 보냈고, 결국 가사를 탕진한 채 가족들을 가난으로 내몰았던 것이다.

잘 살아 보자는 슬로건으로 새마을운동이 전국 어디서나 일어났고, 시골은 농지 개량이다, 지붕개량이다 하며 잠들어 있던 모든 것을 깨우려고 야단법석이었다.

그때 아버지에게 번뜩 스쳐가는 생각이 있었다. 순이 아버지를 새마을운동 지도자로 추대하여 자긍심을 느끼게 하면 변하지 않을까 하는 것이었다. 아버지는 그 길로 순이 아버지를 찾아갔다.

"순이 아버지, 당신이 이 동네를 위해서 새마을운동 지도자가 돼 주시오! 이 마을의 산적한 문제들을 해결해 주었으면 좋겠소."

동네에는 석탄가루 분진과 비만 오면 물웅덩이가 생겨 하루살이와 모기가 극성을 부리며 주민들을 습격해 왔다.

"아니! 내가 그런 일을 왜 해야 합니까? 싫소."

순이 아버지는 일언지하 거절했고, 어이없다는 듯 피식 웃기까지 했다.

"이 일은 당신이 제일 적합하다 생각해서 드리는 말이오."

"적합하다는 근거는 어디다 두고 하는 말인지 나는 도통 모르겠소."

그가 어이없다는 표정으로 아버지를 바라봤다.

"당신은 그래도 이 동네에서 배움이 많다고 소문난 글쟁이 아니오. 글쟁이가 설득력 있게 말도 잘할 수 있으니까. 그리고 나는 당신의 잠재력을 믿고 있소."

"아참! 무슨 말을."

"우리 한번 잘해봅시다. 나도 틈틈이 도울 테니 염려하지 말고 추진해 봅시다. 그렇게 알고 있겠소."

칭찬은 고래도 춤을 추게 한다고, 순이 아버지의 마음이 조금씩 움직이기 시작했다. 그는 동네일을 하면서 변해갔다. 제일 반기는 것은 그의 가족들이었다. 술에 취해 비틀거렸던 가장이 변하자 그의 가족들이 여간 반가워하는 것이 아니었다. 그의 부인은 시부모님도 어쩌지 못했던 사람을 딴 사람으로 거듭나게 했다며 눈물을 글썽이기까지 했다. 그러나 동네의 이런 저런 사연들과 동고동락하며 집안일을 등한시 하게 된 아버지를 향한 엄마의 원망은 커져만 갔다.

슈퍼에고가 강한 아버지는 윤리적인 잣대로 사람에게 도덕적인 사람이 될 것을 강요했다. 하지만 그들의 삶이 평생으로 굳어진 것이고 그들의 가족들도 어쩌지 못했는데, 그들의 삶을 바꾸려하는 남편을 향해 엄마는 쓴소리를 해댔다.

"당신 가족들도 당신의 도움이 필요하다는 것을 모르세요? 당신이 그러고 다닐 때 난 무엇을 해야 할지 몰라 동동거리며 힘들어 한다는 것을……."

아버지는 엄마의 푸념을 듣는지 마는지 표정도 없고 대꾸도 없었다.

나와 친한 영희의 부모도 순이네와 별반 다르지 않았다. 영희 아버진 뒷문만 열면 술맛 좋은 할머니가 있어 자고 깨면 외상술이라도 받아 와 해장술로 배를 채웠다.

영희 엄마는 기차를 타고 장날을 쫓아다니며 계절에 나는 것을 싸게 사다가 얼마간의 이문을 남겨 생활을 했다. 엄마는 강하다고 했던가. 그녀는 키가 크고 고운 선을 느낄 수 있는 가녀린 여자였다. 삶을 위해 강해져야 했던 숙명을 보여주기라도 하듯 그녀는 씩씩하게 보이려고 노력했지만, 집에 돌아오면 뼈마디가 녹아내리는 아픔을 느꼈다. 지친 몸과 마음을 기대고 누울 수 있어야 했지만, 집에는 술로 허송세월을 보내는 남편이 술에 취해 잠들어 있다.

"내가 미친년이지. 아닐 성 싶을 때 도망갔어야 했는데."

그녀의 입에선 신세 한탄이 절로 나왔다. 그녀는 설거지통에 가득 쌓여 있는 그릇에다 화풀이를 하듯 거칠게 소리 내어 닦았다.

영희 오빠는 일찍부터 생활전선에 뛰어들었다. 영희 언니는 장사하는 엄마를 대신해 집안일을 도왔다. 아버지의 무능을 보고 자란 영희 오빠는 더 이상 자제하기 힘든 분노를 느꼈고, 어머니의 고생이 보기 싫었다. 오빠는 베트남전이 한창일 때 파병을 신청했다. 전

사자와 부상자가 많다는 소문을 듣고 있었던 영희 엄마는 아들의 참전을 말렸다.

"나는 더 이상 이 집에 있으면 질식해 죽을 것 같아요. 나를 말릴 생각은 하지 마세요."

죽는 것도 불사하며 떠난 아들의 생각은 안중에도 없는 듯 영희 아버지는 변함이 없었다. 어려운 시절에 너나없이 잘 살기 위한 몸부림으로 역동하고 있었지만 영희 아버지의 시계는 멈춰있었다.

영희 엄마는 베트남 전 상황에 귀 기울이며 아들의 무사를 바랄 뿐, 아들을 위해서 할 수 있는 일이 없다는 것을 안타까워했다. 그녀를 닮아서 예뻤던 영희의 언니는 껄렁껄렁한 사내를 만나 가출했다. 이런 집안 사정 때문에 영희는 일찍부터 철이 들어야 했다.

영희는 야간 고등학교를 다니면서 집안일을 도왔다. 사춘기를 집안 형편의 굴레 속에서 힘들어 하며, 상처를 가슴에 묻고, 부모와 사회를 원망하며 지냈다. 상업학교를 졸업한 영희는 전자회사를 다니게 되었다. 집안을 벗어난 사회는 보람도 있었고 그동안 짓눌려 왔던 가슴을 열어 호흡을 할 수 있는 통로가 되었다.

나는 그런 영희의 모습이 좋아보였고 부럽기까지 했다. 퇴근 시간에 맞추어 영희를 만나 명동을 활보하며 젊은이들의 활기를 온몸으로 받아들이고 깔깔대며 신나했다. 한동네에서 눈만 뜨면 보고 네 집 내 집 없이 드나들며 우정을 쌓아왔기에 영희와 같이 있으면 마냥 즐거웠다.

그러던 영희가 언제부터인지 비밀이 있는 듯 보였고, 외모에 부쩍 신경 쓴다는 것을 느꼈다.

"너 요즘 수상해. 뭔 일 있지?"

"아니."

내가 물었지만 영희는 얼버무리며 대답을 피했다. 나는 영희가 거짓말을 하고 있다는 것을 느꼈다.

"바른 대로 얘기하렴."

나에게 비밀로 한 이유가 있을 것이라는 생각에 마음이 급해졌다.

"실은 나 그 남자 만난다."

"와우! 그 남자가 누구야. 빨리 말해."

나는 궁금해 심장이 멎는 것 같았다.

"전번에 우리 미팅했잖아.

"응. 그래. 누구란 말이야. 숨넘어가겠다."

"영식이란 남자 있었잖아!"

"아!"

나는 실망을 했다. 미팅 중 이상한 행동으로 눈살을 찌푸리게 했던 그 남자라니…….

"야. 그 남자 만나지 마. 왜 그런 남자를 만나니?"

"그 남자가 어때서……?"

나는 정색을 하며 그 남자를 두둔하는 영희에게 실망했다. 미팅에 참석했던 일행에게 눈총을 받았던 남자였기에 어떻게 하든 헤어지게 하고 싶었다.

"내가 볼 땐 날라리 같아. 그 남자 너한테 도움이 안 될 거야."

나의 충고가 고깝게 들렸던지 영희가 샐쭉해졌다.

나는 그 후로도 그 남자에 관한 소문을 들려주며 헤어질 것을 충고했지만, 영희는 귀를 닫고 들으려 하지 않았다.

뜨겁게 달구어졌던 그들의 사랑은 얼마가지 않아 상처만을 남기고 깨졌다. 진정한 사랑을 보고 느끼지 못한 탓인지 영희는 사람을 보는 혜안이 부족했다.

영희는 엄마의 고생을 보면서 자란 학습적 사고관 속에 갇혀 빠져 나오지 못하는 한계를 드러냈다. 영희는 몇 차례 더 사랑이라고 믿었던 것이 깨지며 실연의 아픔을 겪었다.

삶을 위해서 어린 자식들을 방치한 채로 생활전선에서 싸워야 했던 어려운 시절. 그 환경을 트라우마로 안은 채 성장해야 했던 영희는 사랑을 하는 법을 배우지 못했고, 사랑받는 법도 몰랐다.

격동의 비월

　재판정 안에는 원인을 알 수 없는 긴장감이 감돌고 있었다. 법복을 입은 판사가 들어오자 여기저기서 가벼운 기침소리가 터져 나왔다. 재판정 안에 있던 방청객들이 긴장한 얼굴로 판사의 얼굴을 바라봤다. 판사는 10건의 사건을 일일이 호명하며 판결을 내렸다.

　판사는 버스기사에게 과실치사죄를 적용했다. 노인의 치료비와 위자료를 부담하라는 판결이 내려지자 버스기사가 선임한 변호사는 이의를 제기했다. 버스기사가 선임한 변호사가 항소하겠다는 말이 내 머리에서 떠나질 않고 윙윙거렸다.

　무거운 발걸음으로 재판정을 나오는데 운전기사의 딸이 종종걸음으로 내게 다가왔다.

　"제 아버지 좀 도와주세요"

　"내가 도울 수 있는 일이라면 도와주겠지만 벌써 판결을 내렸잖아요. 전번에 내 의사를 분명히 한 것으로 아는데요. 미안해요."

나는 냉정하게 운전기사의 딸을 뿌리치고 노인이 있는 병원으로 향했다. 노인은 몸이 완전히 회복되지 않아 재판정에 가는 것을 힘겨워 했다. 나는 노인을 대신해 법정에 참석을 했다. 노인은 나를 보더니 반색을 하며 재판 결과에 대해 물었다.

"할아버지 병원비와 위자료를 지급하라는 판결이 나왔으니, 병원비 걱정은 하지 마세요."

병원비 때문에 걱정이었던 노인은 한시름 놓았다며 안도의 한숨을 쉬었다. 같은 병실에 입원해 있던 환자들도 노인의 이 같은 판결을 반기며 기뻐해 주었다.

나는 병실 환자들과 많이 친해졌는데, 내가 병실에 들어서면 그들은 웃는 얼굴로 나를 반겼다. 그들 중, 디스크로 입원한 60대 초반의 부인은 나를 보면 유난히 반가워했다. 그 부인은 병원에 입원해 있으면서도 항상 화장기 있는 얼굴이었다. 나는 혈색 없는 얼굴로 있으면 더 아파보이고 처량해 보인다는 부인의 말에 공감하며 서로 친해졌다.

내가 병실에 들어서면 그녀는 냉장고에서 음료수를 꺼내주며 나를 친구 대하듯 했다.

"어서 오세요. 오늘도 오셨네!"

"그동안 별고 없으셨죠?"

나는 반가워하며 인사를 했다.

"별일이 없어야 집에 가는 날이 빨라진다오."

"참, 그러네요. 제가 실수했네요."

우리는 웃으며 그동안 못한 수다를 떨었다.

"디스크는 어쩌다 생겼어요?"

허리 디스크 때문에 입원해 있었던 부인의 얼굴이 갑자기 어두워졌다. 나는 괜한 것을 물었나 싶어 눈치를 살폈다.

"손자 보다가 삐끗했어요. 괜찮을 줄 알았더니 통증이 심해져 병원에 왔더니, 디스크라고 수술을 해야 한다지 않아요? 그래서 수술하고 허리에 이렇게 복대를 하고 있다오."

"그렇군요. 너도 나도 자식 키우느라 힘들었는데…… 편히 살아야 할 나이에 손자손녀 보느라 고생들이 많다고 들었어요."

"그러게요. 누가 아니래요. 진자리 마른자리 가려서 키웠더니, 이제는 손자손녀 보느라 허리가 휘어진다오."

부인은 딸만 둘이 있었는데 둘 다 시집보냈다고 했다. 큰딸은 성악을 하고, 작은딸은 고시 패스하고 검사로 임용이 되어 검찰청에 근무한다고 했다.

부인은 딸들을 키우느라 자기 생활을 포기하고 뒷바라지 해 놨더니, 남은 것은 병든 몸뿐이라며 서러워했다.

"전문직으로 키워놨더니 손자손녀도 키워 달라네요. 힘겨워 안 아픈 데가 없건만 자식들은 그런 것은 안중에도 없이, 엄마는 다른 엄마들처럼 건강하지 않다고 비난만 한다오. 자식 키워 봐야 다 소용없어요."

부인이 눈시울을 붉히며 복잡한 심정을 드러냈다.

국민들은 수출이 살길이라 여기며 공장의 생산라인에서 밤낮없이 일을 했지만 힘들게 사는 건 마찬가지였다. 저임금의 노동 착취에 반감을 가진 이들이 공장의 값나가는 비철금속을 몰래 빼돌려 유통시켰는데, 아버지는 그 자금을 대면서 투기사업의 마력에 빠져들었다.

말 그대로 작물이었기에 위험이 항상 따라다녔다. 돈만 주면 모든 것이 통용되던 시대였고 돈에 대한 욕심은 관료들이라고 다르지 않았다. 서로 통하던 윗선이 자리를 이동할 때, 봉투 두둑이 갖다 바치면 형님 아우하며 통과했다. 뇌물을 받았을 때 알고 지내던 사람들은 그 위치에서 벗어나면 언제 알고 지냈냐는 식으로 안면을 바꾸었는데, 그것이 그들이 살아가는 방식이었는지 모른다.

위험에 노출되어 있는 물건이었기에 항상 많은 현금이 확보되어 있어야 즉흥적인 흥정이 이루어진다. 그들과의 흥정은 수입으로 이어지기에 흥정의 묘미가 발휘되는 때이다.

찰나의 순간은 행불행으로 다가온다. 무사히 지나가면 안도의 긴 호흡과 함께 돈으로 보상받지만, 불행의 순간으로도 다가온다. 어려웠던 시절의 민낯이었다.

"가슴 졸이며 많은 돈을 벌며 살기보단 안 벌고 마음 편히 살면 좋겠어요."

엄마는 아버지가 위험한 일을 그만두게 하려고 걱정을 담아 얘기했다.

"당신의 만류가 있어서도 그렇겠지만 실은 나도 매번 그만해야지 했다오. 그래서 백방으로 무엇을 하면 좋을까 연구 중이었다오."

"고마워요."

엄마의 애원 섞인 만류가 아버지를 움직였고, 돈의 유혹을 밀어냈다. 아버지의 결심에 엄마는 행복한 미소를 지으며 고마움을 표했다.

아버지와 사업구상을 같이 하던 사람은 같은 고향 사람이었다. 그는 독실한 교인으로 신망이 두터웠다. 그동안 앞만 보며 살아온 아버지는 편하게 살고 싶었다. 그가 알아서 모든 것을 해 줄 사람으로 적격이다 싶었기에 아버지는 의심 없이 그에게 모든 것을 맡길 수 있었다. 하지만 아버지의 믿음은 물거품이 되어 공중으로 날아올랐다.

그가 사업자금을 가지고 종적을 감추어 버린 것이다. 사기를 치기 위해 아버지에게 치밀하게 접근했고 행동요령까지 연습했던 터라 당할 수밖에 없었다. 어느 한 지역의 땅을 사고도 남을 만큼 큰돈이었던 사업자금은 아버지 수중을 떠나가 버렸다. 사람의 운명은 인력으로 되는 것이 아니었다.

돈의 흔적을 쫓던 아버지는 무기력해졌고 방황하기 시작했다. 고향에서도 화폐개혁으로 인해 많은 돈을 잃은 기억이 떠오른 아버지는 자신은 돈에 인연이 없고, 힘들게 살아가는 팔자라고 생각하며 자포자기의 상태에 빠졌다.

어떤 일에 있어 결단이 빠른 엄마는 아버지의 방황을 그냥 보아 넘길 수가 없었다.

"우리에게 없었던 것이라 생각합시다. 남의 것 잠깐 맡았다 주인에게 돌려주었다고 생각합시다.”

엄마는 아버지를 위로하며 무기력에서 벗어나도록 힘을 쓰셨다. 시골에서 자란 엄마는 농사를 짓는다든가 짐승을 키우는 방법을 알고 있었다. 다행히 조금씩 사두었던 농지가 있었기에 먹는 것은 해결할 수 있었다.

엄마는 돈을 마련할 수 있는 방법으로 양돈사업을 하기로 했다. 돼지 축사를 짓고 본격적인 구상에 들어갔다. 외삼촌들이 와서 엄마를 도와가며 힘을 보태주었다. 엄마의 이런 대응에 아버진 조금씩 기운을 차리셨다.

돼지를 키우면서 전염병이 들면 돼지들을 잃기도 했지만, 장애가 되는 것들은 엄마의 노력에 백기를 들고 엄마 편에 서게 됐다. 사업의 노하우가 쌓이자 엄마의 고생이 시작되었다. 자신감은 본격적인 양돈사업으로 발전했다.

주변의 음식점에서 나오는 음식물찌꺼기를 끓이면 돼지들의 영양식이 되었다. 엄마의 노력에 보상이라도 하듯 돼지 식구들이 늘어났다.

돼지는 90~100kg이 될 때 팔려나가게 되었는데, 보통 6개월이면 사람들이 돼지 사육장에 찾아와 사 갈 정도로 상품 가치가 좋은 돼지가 엄마의 손에서 키워졌다. 이런 소문으로 돼지를 파는 것은 걱정이 없었다. 이렇게 엄마의 헌신적이고 억척스런 노력이 아버지를 일으켜 세웠고, 아버지의 방황을 멈추게 했다.

돼지 콜레라가 유행하면 돼지가 거의 살아나지 못했다. 그래서 면

역력을 강화시키는 먹이와 예방접종을 때맞춰 해 줘야 하는 일은 무엇보다 중요했다. 이런 일들은 수의사가 해야 했지만, 아버지는 돼지에 대해 해박한 지식을 얻으려고 백방으로 찾아다니셨다. 과학적인 방법으로 축사를 짓고, 위생에 철저를 기하면 위험을 줄일 수 있다는 것도 터득하셨다. 아버지의 이런 노력이 가세하자 날개를 단 것처럼 돼지가 늘어났다. 그렇지만 돼지가 늘어난 만큼 엄마의 어깨도 무거워지기 시작했다.

"당신 힘들지? 미안하구려."

아버지는 엄마가 힘들어하는 모습을 보고 마음이 편치 않았다.

"당신도 참. 뭘 그리 미안하다고 그래요? 난 돼지 식구 늘어나는 게 재미있는데…… 돼지 새끼들이 어미젖을 벌컥벌컥 소리 내서 빠는 모습이 예뻐서 들여다보고 또 들여다보며 이게 행복이지 하는데요 뭐."

엄마의 억척스러움에 미안하고 고마웠지만, 아버지는 가슴에만 담고 계셨다.

"오늘 밤은 돼지 막사에서 자야 할 것 같으니 당신은 주무시구려."

아버지는 담배를 달게 빨아들이며 돼지막사로 걸음을 옮겼다.

"저도 조금만 쉬다 갈게요."

엄마가 돼지 막사로 나가시는 아버지 등 뒤를 향해 소리쳤다.

"오지 말고 주무시구려."

돼지가 진통이 오기 전 산방에 깨끗한 왕겨와 볏짚을 넣어 주고 돼지를 몰아넣었다. 어미돼지는 푹신한 산방이 좋았는지 발로 볏짚을 끌어 모으며 새끼 낳을 준비를 했다. 그 모습을 보는 아버지의 얼굴에 흡족한 미소가 흘렀다.

어미돼지는 산통으로 꽥꽥 신음을 했다. 몸부림치기만 몇 시간째다. 그렇게 애를 끓이더니 양수가 터지고 두 마리가 차례대로 바깥 세상에 나왔다.

어미는 양수 막을 훑으며 새끼의 냄새를 맡았다. 계속되는 진통과 함께 12마리가 어미 몸 밖으로 나와 꼬물꼬물 까만 알몸을 드러냈다. 새끼들은 어미젖을 찾아 힘차게 빨았다. 무녀리로 태어난 새끼는 생존경쟁에서 밀려나기 때문에 살피면서 젖을 물려주어야 했다.

"뒤따라 나온다는 것이 깜빡 잠이 들었네요. 힘드셨죠?"

엄마가 쪽잠을 자다 놀라 일어났을 때는 시간이 많이 지난 후였다. 돼지 막사로 줄달음을 쳐온 어머니는 숨을 몰아쉬며 아버지에게 말을 건넸다.

"이 녀석이 막내라오."

젖을 물려주며 흡족한 미소를 띠던 아버지가 새끼돼지를 들어올렸다.

"아유, 예뻐라! 어느 꽃이 이보다 예쁘겠어요. 탄생의 꽃이 가장 예쁜 꽃이죠."

엄마의 입가에도 미소가 떠나지 않았다.

대통령 시해 사건이 일어났고 대행체제를 틈타 신군부 세력이 쿠데타를 일으키며 군사 통치시대로 회귀하려 하자 전국적인 저항운동이 시작됐다. 전국 학생연대가 서울역에 모여 대규모 민중시위를 벌였다.

계엄군은 전라도 광주의 각 대학을 장악하고 등교를 저지하자 충돌이 벌어졌다. 5·18민주화 운동에서 희생된 학생이 190여 명, 부상이 800여 명으로 6·25 전쟁 이래 최대의 희생이었다.

아버지는 언론 통제를 받으며 나오는 뉴스에 눈과 귀를 바쁘게 움직이며 탄식과 비통함을 쏟아냈다. 6·25를 온몸으로 체험하며 겪어낸 사람으로서 민주화 운동은 사치라 생각했다.

일련의 이런 시국사태가 아버지는 이해되지도 않았고 이해할 수도 없었다. 아버지는 호시탐탐 위협하는 북한 정권에 빌미를 제공하는 것이라고 개탄하며 울분을 토해냈다.

대학가는 최루가스로 인해 눈과 코가 매워 눈물과 콧물을 자아내게 했다. 생활전선에서 열심히 일하는 사람들은 사태의 심각성보다는 먹고 사는 일에 걱정을 했다.

술맛 좋은 할머니네는 입소문으로 찾아든 손님들이 안방을 차지했다. 그들은 술상을 벌이며 시국사태에 대해 시끄럽게 갑론을박을 외쳐댔다.

"빌어먹을 세상! 지깟 것들이 뭘 안다고 부모 잘 만나 대학물 먹었다는 놈들이 산다는 것이 얼마나 힘든지 알아?"

그들은 동네를 떠들썩하게 만들며 '두만강 푸른 물에 노 젓는 뱃사공 흘러간 그 옛날에 내님을 싣고' 노랫말을 흥얼댔다. 그들은 휘청거리며 골목을 빠져 나갔다. 왁자지껄한 소리에 개들이 흥분하여 어둠을 짖어댄다.

잘 살아 보자고 허리띠를 졸라맸던 시절이었기에 너나없이 사느라 힘들었다. 보수 성향의 국민들은 더 나은 삶의 질을 추구하며 민주주의보다는 국력을 신장시킬 지도자를 원했다.

자주국방을 위해 미국의 반대를 무릅쓰고 핵개발, 미사일 개발 등을 육성하고 과학기술에 대한 갈망으로 카이스트를 세웠다. 정치 지도자가 바뀌며 주권국가 자주국방 계획의 일환들은 물거품이 되어 버렸다.

1년에 두 번 돼지가 팔려 나가면 목돈을 챙길 수 있다는 것은 엄마에게 뿌듯한 행복이었다. 그것도 잠시 뿐, 아버지는 큰집 몫으로 떼어진 돈을 싸들고, 1년에 한 번씩 강원도 속초에 큰집을 방문했다. 그럴 때면 아버지와 엄마는 싸움을 했다.

"거지꼴을 해가며, 돼지 똥 냄새 풍겨가며 목돈 만져 보겠다고 아등바등 고생하는 것이 안 보이세요? 아이들 학원이다 등록금 등 쓸 것이 많은데 어떻게 하라고 그러는지 대책이 있어요? 무슨 말 좀 해 보세요. 가슴 터져 죽겠어요."

아버지의 닫혀있는 귀를 향해 엄마의 항의가 계속되었다.

"국수가게 차려 달라 해서 차려 주었으면 죽이 되든 밥이 되든 알아서 살 대책을 마련해야지, 어떻게 동생한테만 번번이 기대고 산대요?"

"경험 없이 시작해서 여러 가지 애로사항이 많았다는구려. 그리고 힘들어서 못하겠다는데 방법이 없지 않소"

아버지의 이 같은 말은 엄마의 가슴에 기름을 붓는 격이었다.

"참 대단한 사람들이군요. 어떻게 힘들어서 못하겠다는 소리가 나와요? 우리의 생활이 어떤데……."

어이가 없어 할 말을 잃은 엄마가 하늘을 쳐다보며 한숨을 내쉬었다.

"소귀에 경을 읽지. 괜히 나 혼자 떠들지."

엄마는 혼자 푸념을 하다 돼지 막사로 향했다. 돼지들이 꽥꽥거리며 밥 달라고 난리들이다.

"그래그래! 알았다. 조금만 기다려. 줄 테니. 돼지들아, 너희들은 좋겠다. 배고프면 밥 먹고, 자고 싶으면 자고. 너희 팔자가 상팔자구나."

돼지들의 꽥꽥 소리가 오히려 막혔던 가슴을 뚫어 주는 것 같아 돼지 엉덩이를 툭툭 쳐대는 엄마의 얼굴에는 쓸쓸한 미소가 흘렀다.

여름방학을 맞아 아버지와 우리 형제들은 큰댁이 있는 속초를 가기 위해 청량리 시외버스 터미널로 향했다. 버스가 한계령에 다가서자 깊이를 가늠할 수조차 없는 깎아지른 낭떠러지 도로 위를 거북이 걸음으로 움직였다. 탱크가 지나다녀야 하는 포장이 안 된 1차선 군사용 도로였다. 토사가 흘러내리면 복구공사를 끝마쳐야 차가 운행을 했다.

7시간을 달려 속초항에 도착하니 비릿한 바다내음이 코끝으로 다가왔다. 동네로 들어가려면 갯배 선착장에서 바지선을 타고 들어가야 했다.

널따란 뗏목 같은 바지선은 앞뒤로 관통하는 와이어가 있고, 연탄 집게처럼 생긴 쇠막대를 잡고 끌어당겨서 이동하는 방식이다. 그곳에서는 바지선이 중요한 교통수단이다.

줄을 당겨 바지선이 이동하는 모습이 신기해 나도 와이어 줄을 당겨보고 싶다는 생각이 들었다. 바지선에 탄 사람들은 평범한 일상인 듯 배가 반대편 선착장에 빨리 닿기만을 바라는 표정들이다.

해가 지고 있었다. 붉은 노을이 깔리는 수평선 저 너머엔 평온함이 가득 찼다. 큰집 어귀에는 덕장에 널어 말리는 오징어 냄새가 진동을 하며 손님맞이를 했다. 집집마다 덕장에 말릴 오징어 손질을 하느라 바쁜 손을 움직이며 낯선 이들이 누구인지 궁금한 눈으로 우리를 쳐다봤다.

밤바다는 오징어잡이 배가 뿜어내는 불빛으로 장관을 이루었다. 수를 셀 수 없는 배들이 대낮처럼 불을 밝히며 오징어가 많이 모여들기를 기다렸다. 불빛을 밝히는 것은 그들의 생존이지만, 검은 바다 한가운데서는 출렁이는 불빛이 별빛과 어우러져 한바탕 춤판이 벌어졌다.

밤새워 오징어와 기타 생선을 낚은 만선의 배들이 앞다퉈 항구로 들어왔고, 기적을 울리며 새벽을 깨웠다. 바다의 보물인 갓 잡은 오징어와 갖가지 생선들이 공판장 바닥에 널브러져 펄떡거렸다. 싱싱하고 생동감이 넘치는 새벽 어시장은 치열한 삶의 현장이었다.

공판장에는 빨간 모자를 쓴 경매사와 번호가 붙여진 모자를 쓴

중개인이 첩보영화의 한 장면처럼 사인을 주고받았다. 의미를 알 수 없는 말들이 오갔다. 중개인의 손짓과 경매사 손짓이 바쁘게 움직였고, 순간의 판단을 놓일세라 긴장감이 감돌았다.

경매가 끝나자 여기저기 왁자지껄 아우성이다. 오징어 선별을 하는 손길과 사가려는 사람들의 발길이 이어졌고, 항구는 이내 혼잡을 이루었다.

경매를 받아서 1차 손질을 거친 오징어를 대나무 꼬치에 꿰어 덕장에 말리는 작업을 도우며 신기하고 재미있어 하는 것도 잠시, 온통 오징어 세상에서 내뿜는 냄새가 머리를 흔들어 댔다. 오징어를 건조시키는 과정은 그리 쉬운 것이 아니었다. 햇빛에 3~4일을 말리면 반건조 상태가 된다. 그러면 덕장에 널려 있던 오징어를 걷어서 모양을 손과 발로 늘여가며 형태를 바로 잡았다. 다시 덕장에 널어 일주일 정도 건조시키는 과정을 거치고, 크기를 선별해 20마리로 각각 포장해야 상품으로서의 가치를 인정받는다.

햇볕이 좋을 때는 괜찮지만 비가 오는 날이면 덕장에 널려 있는 것을 걷어야 했는데 그 작업도 만만치 않았다. 장마철은 애로사항이 많았다. 건조장이 따로 설치되어 있어도 하자가 생기고 상품의 가치가 떨어지는데, 그런 시설이 없는 큰집은 여간 걱정이 아니었다.

이런 사정을 본 아버지는 건조장 설치가 시급하다는 것을 알게 되었다. 그래서 건조장 시설 공사 예산이 얼마나 필요한지 알아보고 다니셨다.

나는 오징어를 먹기 위해서 이런 많은 공정을 거쳐야만 한다는 것이 새삼 놀라웠다. 오징어 냄새로 골머리를 앓은 탓인지 오징어만 보아도 신물이 났다.

큰집에서의 밥상은 우리 집 밥상과는 많이 달랐다. 반찬의 가짓수가 밥상에 더 이상 놓을 자리가 없을 만큼 많았다.

"손님이라 생각지 말고 대충 차려 주세요. 형수님 힘드실 텐데 이렇게 많이 차리셨습니까!"

아버지는 큰어머니가 우리를 위해 수고를 아끼지 않는 것 같아 걱정스럽게 말했다.

"아니에요. 저희는 평소에도 이렇게 먹어요."

큰엄마는 이렇게 안 먹는 사람들이 어디 있느냐는 듯 손사래를 치며 아버지의 걱정을 일축시켰다.

평소에 입맛이 까다로운 나는 반찬이 입에 맞지 않아 먹을 수가 없었다. 익숙하지 않은 맛으로 밥 먹는 것이 괴로울 지경이었다. 우리가 좋아하는 몇 가지 반찬으로 정갈하게 차려 놓는 엄마와는 달리 큰집은 모든 것이 풍족했다. 언제 쓰던 것인지는 몰라도 한쪽 구석에 쌓여 있는 걸레를 보며 많은 것을 느꼈다. 걸레 하나라도 허투루 버리지 않는 엄마와 비교할 수 있었다. 나는 큰엄마의 경제개념이 어떠한지 알 수 있었는데, 곧 이런 점이 엄마를 힘들게 했고 아버지와 다투게 되는 원인이란 것을 알게 됐다.

집에 올라온 아버지는 건조장 설치자금을 보내야 한다는 말과 함께 집에 저축해 놓았던 돈을 챙기셨다.

"이게 무슨 일이죠? 그동안 한 것도 인정하기 힘든데…… 그분들은 양심도 없답니까?"

엄마의 얼굴이 붉다 못해 푸르러지며 목소리를 높이셨다. 나는 그때 엄마의 표정이 그렇게 무섭게 흔들리는 것을 처음 보았다. 어떤 내용으로 다투신다는 것을 알고 있었기에 엄마의 입장에서 생각해 보게 되었다.

엄마는 가족을 위해서 여자임을 포기했다. 머리에 수건 질끈 동여 매고 억척스럽게, 한푼 두 푼 모은 쌈짓돈인데, 한 마디 상의도 없이 강요만 하는 아버지의 처사에 나는 화가 났다. 부부로서 예의와 존중은 없고, 아버지의 일방적 결정을 따르라는 것이 이해할 수 없고, 납득할 수도 없었다.

엄마는 우리가 커가는 모습에 더 열심히 일해야 했다. 그래서 조금씩 저축을 한 것이었는데, 정작 모아지면 이처럼 다른 곳에 쓰였다. 엄마의 시름과 한숨은 깊어졌다.

"당신은 마누라 고생하는 것은 안 보여요? 아이들이 한여름 오이 크듯이 커 가잖아요. 당신 자식들은 어떻게 키우려 하냐고요!"

엄마의 떨리는 목소리에 분노가 담겼다.

"난 우리보다 형님이 더 중요하오."

그 말은 나에게도 충격이었다. 아버지는 그 같은 말이 불러올 파장에 대해 그땐 미처 알지 못했다. 엄마의 표정은 정지된 화면 같았다. 할 말이 많았지만 아무 말도 하지 못했다. 엄마는 침이 마르고 입술조차 움직일 수 없었던지 입술에 침을 묻히며 바들바들 떨고 계셨다.

"내가 당신한테 대우받는 것은 포기했지만, 아이들 장래는 생각해 보았어요?"

엄마는 모든 것을 포기한 듯 나직하게 말씀하셨다.

"형님은 부모 이상이요. 그리고 생명의 은인이고……."

"그 말은 수없이 들어 알고 있어요. 그동안 할 만큼 했어요. 언제까지 그분들한테 우리의 모든 것을 내 줘야 하는데요? 우리가 넉넉하면 도울 수 있어요. 그렇지만 지금의 우리는 넉넉하지 않잖아요. 지금부터 아이들한테 돈 들어갈 일만 남았는데……."

잠시 뜸을 들이던 엄마의 눈에 눈물이 맺혔고, 형용할 수 없는 검은 그림자가 스쳐갔다.

"형님네 생활이 밥을 굶나요? 집이 없나요? 조카들 공부를 못 시키나요? 그렇게 도움을 주니까 하고 싶은 것 다하고, 어째서 그분들은 맡긴 것 빼앗아가는 사람처럼 그렇게 당당할 수 있어요! 정말 나는 이제 지쳤어요."

결국 엄마는 자리에 눕고 말았다. 그런 엄마를 보면서도 아버지는 위로의 말 한 마디 건네질 않았다.

몸과 마음을 놓아 버린 엄마는 곡기를 끊고 죽기를 각오한 사람처럼 미동도 하지 않았다.

"엄마, 많이 아프면 병원 가서 치료 받아요."

나는 안마를 해 드리며 엄마의 표정을 살폈다.

"아니야. 조금 있으면 일어날 거야. 걱정하지 마라."

그 와중에도 엄마는 웃음을 지었지만, 표정은 어두웠다.

"엄마가 아파하시는데 병원에 가야 하지 않겠어요?"

나는 엄마에게 위로의 말도 건네지 않는 아버지를 야속한 눈빛으로 쳐다봤다.

"엄마 드시라고 해라."

아버지는 몸져누운 엄마가 걱정은 되었는지 약 봉지를 내밀었다. 아버지의 얼굴에도 수심이 가득했고 지쳐 보였다.

엄마는 그 이후로 말수가 적어졌고, 눈에 띄게 여위었다. 그냥 의무감으로 살아가는 사람처럼 보였다. 엄마의 연락을 받고 외삼촌이 오셨다. 엄마는 중대한 결심을 하신 듯 어렵게 말을 꺼내셨다.

"오빠, 소 키우는 노하우 좀 전수해 주세요."

외삼촌은 보은에서 소목장을 하고 계셨다.

"돼지 사육만으로는 생활하는데 애로사항이 많으니 오빠가 도와주었으면 좋겠어요."

"돼지 사육만으로도 충분할 텐데…… 힘들어서 안 돼."

외삼촌은 엄마가 고생할 것을 염려해 못하게 말리셨다. 엄마는 어차피 힘든 것은 마찬가지라며 소 키우기를 고집하셨다. 결국 외삼촌은 여러 가지 필요한 것들을 챙겨주며 힘을 실어 주셨다.

엄마가 달라졌다는 것이 아버지에게도 부담이 되었던지, 엄마의 눈치를 보게 되었다. 그렇지만 근본적으로 달라진 것은 없었다.

그때부터 엄마는 종자돈을 만들어 가며 땅을 사는데 투자했다. 가지고 있으면 또 언제 빼앗길지 모른다는 생각으로 땅을 샀다. 땅에 묻어 두면 어쩌지 못하겠지 하는 생각이었다.

엄마는 머리가 아프다며 약을 드시는 날이 많아졌다. 내가 그런 엄마가 걱정이 되어 도와주려 하면 극구 말렸다.

엄마는 여자는 귀하게 커야 귀한 대접 받고 산다며, 음식 만드는 방법만 눈으로 보고 익히기를 바라셨다. 그리고 식재료에 대한 설명과 음식 만들 때 주의할 점을 꼼꼼히 일러 주셨다.

나는 엄마가 살아온 길을 딸은 겪지 말기를 바라는 마음으로 나를 귀하게 키웠다는 것을 생각하면 눈시울이 붉어졌다.

아버지의 눈물

초저녁부터 장대같은 비가 내렸다. 유리창을 때리는 빗소리가 요란하다. 세찬 바람이 나뭇가지를 부러뜨리며 공중으로 휘몰아치다 곤두박질쳤다.

초인종을 누르는 소리가 들렸다. 운전기사와 그의 노모가 초조한 모습으로 서 있었다. 나는 그들을 집 안으로 들여야 할지 잠시 망설였다.

"일기도 사나운데 어떻게 오셨어요?"

현관문 밖에 서 있는 운전기사의 노모가 애절한 눈으로 나를 바라봤다. 나는 그 눈길을 뿌리칠 수가 없어 그들에게 집 안으로 들어오기를 권했다. 비바람을 뚫고 운전기사의 노모가 이곳까지 오면서 느꼈을 고뇌를 생각하니 마음이 아팠다.

"죄송합니다. 불쑥 찾아왔습니다. 저희에겐 다급한 일이라 염치불구하고 찾아왔어요."

그들은 내 앞에 무릎을 꿇고 봉투를 내밀었다. 한눈에 보아도 돈 봉투였다. 나는 순간 욕심이 생겼다. 모른 척하고 그 돈 봉투를 받고 싶었다. 옳은 일을 한다고 누가 알아주는 것도 아닌데 망설일 필요가 뭐 있느냐며 마음 깊숙한 곳에서 돈 봉투를 받으라고 재촉했다. 하지만 받을 수가 없었다. 내가 그들을 그냥 돌려보내자 남편은 화를 냈다.

"당신이 올바른 일을 한다고 누가 상이라도 준대?"

"누가 상 받으려고 그런 일을 해요? 양심을 속이는 일은 하고 싶지 않아요."

"양심이 밥 먹여 줘?"

남편은 비아냥거리며 억세게 쏟아지는 빗속을 뚫고 나가버렸다.

나는 혼자 주방에서 창문을 거세게 흔들어대는 비바람 소리를 안주 삼아 소주잔을 기울이며 아버지를 생각했다. 양심을 지킨다는 것을 중요한 덕목이라 가르쳤던 아버지는 이런 일을 어떻게 대처하셨을까? 나보다 못한 사람한테는 그 사람이 설령 잘못하였더라도 이기려 하지 마라. 그렇지만 나보다 잘난 사람이 잘못을 하면 반드시 이겨서 잘못을 바로 잡으라는 말을 하셨던 기억을 떠올리며 다시금 아버지의 깊은 뜻을 헤아려 보았다.

며칠이 지난 어느 날, 병원에 갔다가 노인이 버스기사, 그의 노모와 함께 휴게실에서 무엇인가를 주고받는 것을 보았다. 나는 그들 곁으로 다가갔다. 내가 거기 와 있는 것도 모르고 그들은 얘기에 열중했다.

"제 아들이 이번 사고로 실직이 돼도 안 되지만, 사고로 인정이 되면 그동안 준비해 온 개인택시 면허를 받을 수가 없게 되요. 운전으로 잔뼈가 굳은 내 아들이 다른 직업을 가질 수도 없지 않겠습니까? 천생 할 수 있는 일이 운전인데 이번 일로 그르치면 개인택시 면허를 받을 수 없게 되요. 한 번만 봐 주시오."

노모가 노인의 손을 붙잡으며 애절하게 간청했다. 노인은 자기로 인해 곤란한 처지에 처해 있는 것이 미안해 몸 둘 바를 몰라 하는 것 같았다. 나이 드신 노모가 애절하게 간청하는 것을 뿌리치기 힘들어하는 모습을 본의 아니게 보고 듣는 순간, 나는 그 자리를 슬그머니 피해 나왔다.

설마 내가 우려하는 일은 일어나지 않겠지! 나는 그런 일이 일어나지 않기를 바라며 병원 문을 나섰다.

한국방송공사는 휴전협정 30주년을 맞이해 <이산가족을 찾습니다>라는 특별 생방송을 기획했다. 남북 이산가족 찾기 방송은 전국을 감동의 도가니로 몰아넣으며 TV모니터 앞에 사람들을 불러 모았다. 한반도의 비극적인 분단 상황을 고스란히 담은 생생한 방송은 모든 사람들의 슬픔이었고 기쁨이었다.

첫 방송이 전파를 타자마자 곧바로 상봉이 이뤄졌고, 상봉의 주인공은 피난길에서 헤어진 동생을 찾는 장면이었다. 서울에 사는 언니와 대구에 사는 동생이 화면에 나타나자 누가 봐도 혈육이라는 것을 직감할 수 있었다.

"너 몇 살이니?"

"확실한 나이는 모르겠어요."

"그럼, 6 · 25때 어디서 살았니?"

"청량리에서 살았어요."

"아부지 이름은?"

"아부지 이름은 몰라요."

"그럼 고아원 어디에 있었니?"

"처음에는 동대문시장 안에 어디에 있었어요."

"맞아, 맞아."

서로 확인하는 순간 자매는 오열하며 기쁨의 눈물을 흘렸다. 이 광경을 지켜보던 시청자들의 눈시울도 뜨거워졌고 목이 메었다.

이후 상봉은 봇물 터지듯 계속 이어졌다. 동시에 KBS의 전화통은 불이 났고, 밤 11시가 넘은 시각까지 여의도 방송국으로 1천여 명이 넘는 사람들이 몰려들었다.

"나도 이산가족인데 찾고 싶은 가족이 있습니다."

"저도요, 저도요!"

많은 인파가 모여들자 방송은 예정된 시간을 훌쩍 넘기고 연장방송을 하기에 이르렀다. 하지만 1만여 명의 사람들은 여전히 방송국으로 몰려와 아예 장사진을 치고 있었다. 전화 접수가 용의치 않자 무작정 달려왔던 것이다. 이번이 마지막 기회일지도 모른다고 생각한 사람들이 마구 몰려들었고 업무가 마비가 될 지경이었다.

어쩔 수 없이 방송국은 <이산가족 찾기> 생방송을 5일 편성에서 상시편성으로 전환하며 뉴스와 드라마도 결방하고 방송을 시작했다.

4살 때 헤어졌던 여동생이 극적으로 오빠를 찾는 장면은 모든 사람들을 TV화면에 고정시키며 같이 웃고, 같이 울며 감격의 순간을 함께 했다.

전쟁고아가 된 남매는 오빠는 고아원, 여동생은 정미소의 양녀로 보내졌는데, 후에 오빠가 동생을 찾으러 갔으나, 정미소가 이사를 간 바람에 찾지 못하고 헤어져 살았던 것이다.

"저 어렸을 때 정미소 집에 맡겨 놓고 갔어요."

"네, 맞아요."

"비가 왔어요."

"네, 맞아요."

"오빠!"

그러자 박수가 터졌다.

"너 이름이 경자야, 경자. 이름이 경자라고."

"네, 감사합니다. 그동안 이름도 몰랐는데……."

"넌, 이 씨가 아니고 김 씨야."

이름도 성도 모르는 여동생을 '비 오는 날, 정미소'라는 단서만으로 30년 만에 찾게 되었으니 생방송의 힘이 기적을 만들어냈다. 30여 년을 이름도 성도 모른 채 살기에 바빠 혈육을 찾는 것은 생각지도 못하며 살아왔던 것이다.

전쟁의 참상을 전 세계에 고발하고 인권과 인류애를 고취시킨 이산가족 찾기 방송의 생생한 기록물 앞에서 아버지는 꼼짝도 하지 않았다. 혹시 모를 가족의 생사에 눈과 귀를 늘리며 연신 눈물을 찍어내셨다. 그 감동의 물결로 인해 아버지는 피켓을 들었다.

'평안남도 중화군 중화면 산신흥리에 살던 아버지, 처자식을 찾습니다.'

아버지는 숨기며 살아야 했던 상처를 다 드러내며 절박한 심정으로 가족을 찾아다녔다. 벽보에 붙여진 사람 중에 당신을 찾고 있지나 않을까 해서 보고 또 보고, 기적 같은 일이 이루어질지도 모른다는 희망 하나만으로 가족을 찾아 헤매셨다.

KBS 방송사옥의 벽과 바닥, 나무기둥, 풍선 등 붙일 만한 공간에는 가족을 찾기 위한 벽보가 빼곡하게 붙여졌다. 나중에는 붙일 만한 공간이 없었지만 남의 벽보를 뗀다던지 그 위에 포개 붙이는 행동 따위는 하지 않았다. 누구나 절박한 심정을 알기에 배려를 하며 자기 일처럼 아파하고 기뻐하는 가운데 질서를 지키는 성숙한 시민의식을 보여 주었다.

아버지는 밤낮을 가리지 않고 기적을 찾아 다녔다. 실낱같은 단서라도 찾으면 가족의 생사를 알 수 있을까 하였지만 희망은 이루어지지 않았다.

같은 나라 땅덩이에 살면서 생사를 확인할 수도 없는 절박한 현실. 이산가족 약 11만여 명이 신청을 하였고, 5만여 명이 출연하여 1만 이백여 명 가족이 혈육상봉의 기쁨을 나눴다. 이산가족이 상봉하며 절규하는 모습을 국민 모두가 함께 보며 같이 기뻐하고 같이 슬퍼했던 애끓는 감동의 드라마였다.

엄마의 입장에서는 아버지의 가족 찾기가 내키지 않을 수도 있었다. 하지만 너나 할 것 없이 모든 사람들이 그들의 입장에서 안타까워했고, 기뻐한 감동의 대서사시 앞에 개인의 감정은 끼어들 수가 없었다. 심지어 아버지가 가족을 찾으면, 엄마는 북쪽의 아버지 가족에게 양보하고, 아내의 자리까지 포기한다는 말까지 하면서 안타깝게 이산가족 상봉을 지켜보셨다.

나는 아버지를 지켜보면서 아버지가 느끼셨을 외로움과 애절함에 숙연해졌다. 그렇게 애절하게 가족의 생사를 찾았건만……

아버지의 몸과 마음을 고향으로 치닫게 했던 희망은 더 큰 상처만 남겼고 아버지는 상처를 안으로 깊숙이 숨겨야 했다.

인구가 계속해서 늘어났지만 거주할 수 있는 주택의 수는 턱없이 부족한 상황이었다. 특히 서울의 인구는 포화상태에 이르렀다. 정부는 신시가지와 지역개발을 하는 등 주택건설에 들어갔다. 하지만 늘어나는 인구를 막을 수는 없었다. 주택 부족으로 부동산 가격이 치솟았다.

농사를 짓던 땅들이 부동산 개발과 맞물려 수도권 일원이 청전부지로 오르며 졸부들이 속출했다. 부동산 정보에 혈안이 된 복부인들은 동분서주 하며 휩쓸려 다녔고, 전국의 땅들이 부동산 투기 바람을 일으켰다.

부동산 개발은 우리가 살고 있던 지역도 예외가 될 수 없었다. 불하반아 살던 집을 비워달라는 통고서가 날아들었다. 당장 갈 곳이 없는 사람들에겐 청천벽력과 같은 일이었다. 그리고 한동네에 한 우물을 쓰면서 끈끈한 정으로 뭉쳐졌던 사람들이라 헤어져 산다는 것이 더 심난했다. 동기간의 우애보다 깊은 정을 쌓아왔던 사람들이었기에 헤어짐이 아쉬웠다. 하지만 새로운 곳으로 둥지를 틀어 이사를 해야 했다.

부동산 가격이 잠자고 나면 오르는 시국이었다. 턱없이 부족한 주택은 수요를 따라갈 수가 없었다. 그 수요를 기대한 아버지는 임대소득을 목적으로 그동안 사 모았던 땅의 일부를 팔아 원룸 형태의 구조로 건물을 지었다.

임대수익과 은행에서 나오는 이자소득으로 생활하는 데는 지장이 없었기에, 돼지와 소를 사육하는 일은 정리했다. 쉼 없이 달려오느라 자신을 돌아볼 여유도 없었는데, 엄마의 어깨가 덜어지자 그동안 눌려왔던 정신적, 육체적 고통이 한꺼번에 밀려들었다.

목 디스크 수술을 시작으로 인공관절 수술 등 병원 문턱을 두드리며 엄마의 약 봉지가 쌓여갔다. 앞만 보고 달려오느라 참고 방치했던 증상이 고통과 함께 엄마를 짓누르며 괴롭히기 시작했다.

이사한 동네엔 아버지와 비슷한 연배로 북쪽이 고향인 분들이 많았다. 아버지는 그분들과 의형제를 맺으며 시국 얘기에 격분도 하고, 고향을 떠올리며 향수에 젖기도 하셨다. 고향음식의 맛을 음미하기 위해 먼 곳도 마다하지 않고 찾아다니며 시름을 달래셨다.

아버지의 연세가 많아지자 소일거리가 마땅치 않았다. 아버지는 의욕만으로 무엇을 하기엔 위험부담이 많다고 생각하신 끝에 부동산중개 사무실을 열었다. 말이 부동산중개 사무실이지, 향우회 사무실이나 다름없었다. 그곳을 드나드는 사람은 거의 북쪽이 고향인 사람들로 항상 북적댔다. 아버지는 그들의 애환을 들어주고 그들을 위해 정성을 다하셨다.

부동산 중개를 하려면 중개 물건에 대한 파악을 하는 것이 필수라며, 꼼꼼히 체크하셨다. 중개할 물건에 대한 장점과 단점이 무엇인지 고객에게 정확하게 전달했다. 그런 것을 감안하고도 거래를 하겠다면 중개를 하셨다. 그런 의지로 중개를 위한 수익보다는 경비가 더 많게 되자, 엄마는 아버지에게 바가지를 긁었다.

"당신이 하는 일이 그렇죠. 당신 성격이 어디 가겠어요?"

"중개를 하려면 남을 속여야 거래가 되니…… 이 짓도 못해먹겠구려."

부동산에 대한 관심은 우후죽순 격으로 부동산중개 사무실을 양산시켰다. 심지어 영부인이었던 사람이 빨간바지를 입고 설치었겠느냐는 말이 회자되면서 비웃음을 살 정도였다.

장화가 없으면 다니지 못할 정도의 땅들이 개발이라는 명목 하에 여러 사람의 손을 거쳐 뻥 튀겨졌다. 터무니없는 부동산 가격이 사람들을 흔들어 놓았다.

제3한강교가 개통되면서 한강둔치 모래땅에서 오리를 사육하던 사람들이 부동산 광풍에 돈벼락을 맞는 기현상들이 발생했다. 부동산을 쫓는 사람들은 정부 관료들과 밀착하여 정보를 빼내고, 그것을 이용한 사람들을 부동산 신흥부자로 만들어 내기에 이르렀다.

내 친구 미숙이의 엄마는 부동산 투기가 대세라며 살림은 등한시하고, 복부인들과 어울려 전국의 땅을 뒤지고 다녔다. 일명 말하는 복부인이란 명칭을 달고 부동산 투기에 나섰다.

미숙이네 집에 놀러갈 때마다 집 안의 분위기가 달라졌다. 집 안에는 이태리 가구며, 해외 명품과 같은 진귀한 물건들로 채워졌다.

미숙이 엄마는 작은 것에 만족하지 못했다. 귀동냥으로 들어 투자를 할 때는 벌써 큰손들이 거쳐 가 원래 가격보다 부풀려진 상태였다. 욕심이 생긴 미숙이 엄마는 부풀려진 가격을 용납할 수가 없었다. 고급정보를 알려고 갖은 방법을 동원했다. 심지어 고급정보를 가진 사람을 쫓다 스토커란 누명을 쓰고 경찰서에 고발되기도 하였다. 정보를 알아내긴 했지만 정보를 가진 사람이 요구하는 것은 부적절한 관계였다. 미숙이 엄마는 부동산으로 벌어들이는 돈을 쫓아 넘지 말아야 할 선을 넘어버렸다. 결국 돈을 쫓다가 가정을 잃는 우를 범했다.

이렇듯 부동산 투기야말로 신기루와 같은 존재로 부각될 만큼 대단한 사회의 이슈였지만, 그 폐해도 많았다.

갈등

우려하고 있던 일이 벌어지고 말았다. 버스기사가 항소를 했다. 재판 일정이 잡혔다는 통보가 왔고, 나는 노인을 도와준 것을 후회하며 노인이 입원해 있는 병원을 찾았다.

노인이 있던 병실에는 노인의 이름이 지워진 상태였고, 다른 환자가 노인의 자리를 대신하고 있었다.

"705호에 입원했던 교통사고 환자 퇴원하셨어요?"

나는 간호사를 찾아가서 노인의 소식을 물었다.

"네, 퇴원하셨어요. 아직 완치도 안 됐는데 서둘러 퇴원하셨어요. 이상해서 물었더니 집 가까운 병원으로 옮긴다고 하던데요."

나는 병원을 옮겼다는 얘기를 듣는 순간 가슴이 철렁 내려앉았다.

"어느 병원으로 옮기셨는지 아세요?"

나는 낙심을 한 채 간호사에게 노인의 행적을 알 수 있을까 싶어 물었다.

"그것은 알 수 없죠"

간호사는 귀찮다는 듯 딴청을 부렸다.

나는 뒤통수를 얻어맞은 느낌이 들었다. 한동안 무엇을 어떻게 해야 할지 몰라 멍하니 병원 복도에 지나다니는 사람들을 초점 없는 눈으로 쫓았다. 아버지를 생각하며 노인에게 친절을 베푼 것이었는데, 이런 일이 있을 것이란 상상조차 못했다. 세상의 인심이 이렇게 각박하다니 말문이 막혔다.

병원 휴게실에 앉아 TV 모니터를 응시했다. 마침 뉴스가 하고 있었다. 보험사기범이 70대 노인이라는 뉴스였다. 생계를 이어갈 수 없는 노인이 일부러 차에 뛰어 들어 운전자를 상대로 줄다리기를 해 돈을 뜯어내다 검거되는 장면이 지나갔다. 그 장면이 오버랩 되면서 결국 내가 도와준 노인도 저 사람과 다르지 않음을 허탈한 심정으로 바라봤다.

"아니 왜 온갖 근심을 다 짊어진 사람처럼 넋을 잃고 있어요?"

휴게실 의자에 앉아 있는 나를 보고 60대 초반의 부인이 다가왔다. 간호사와 얘기하는 것을 보고 나를 찾아다녔는데, 무슨 일이 있느냐고 물었다.

"네, 그 노인 말이에요. 그 노인이 나를 속상하게 하네요"

황당한 일에 망연자실해진 나는 눈물을 글썽였다.

"그 노인 퇴원했는데 무슨 문제라도 있어요?"

그녀는 내가 눈물을 글썽이는 것을 보자 걱정스럽게 물었다.

117

"문제가 생겼어요. 그 노인이 저를 법정까지 끌고 갈 모양이에요."

나는 웃어야 할지 울어야 할지 모르는 묘한 표정을 지으며 그녀를 봐라봤다.

"설마 그 노인이 몹쓸 일을 저질렀을까? 그런 일을 벌였다면 짐승만도 못하지. 친딸이라도 그런 지극정성을 다하지 못했을 텐데. 사람 마음 알 수 없다더니 그 말이 딱 맞네요."

그녀는 자기의 일인 것처럼 흥분을 감추지 못했다.

"병원을 옮기려면 나한테 말을 하고 앞으로 일어날 일들을 의논해야 하잖아요. 그 노인이 종적을 감추었으니 제가 얼마나 황당하겠어요."

나는 동정을 구하는 눈빛으로 그녀를 바라봤다.

"선량하게 보이는 노인이라 애정을 가지고 대했더니 참 나쁜 노인이네요. 어쩜 그럴 수가 있어요? 아유! 정말 속상하겠다. 노인이 어디 사는지 알아요?"

"간호사에게 물었더니 모른다고 하더군요. 주소를 알려면 방법이야 있겠지만 제 마음이 아프군요."

나는 우려했던 일이 현실이 되자 당황스러웠다. 어떻게 대처해야 할까를 생각해 보았지만, 아무 생각도 할 수 없었다.

아버지의 독선과 아집은 결국 자식들이 머리가 커지면서 반발이 심해졌다. 특히 장남인 큰동생은 아버지와 사사건건 부딪히며 갈등을 키웠다.

자신과 너무 다른 아버지의 사고방식을 피 끓는 청춘이 받아들이기는 쉽지 않았다. 남을 위해 자신을 희생한다는 것도 이해할 수 없을뿐더러, 아버지처럼 살게 하려는 사고 또한 동생으로서는 납득할 수 없었다.

동생이 철들기 시작하면서 아버지가 그동안 강요했던 것들이 불만으로 다가왔다. 아버지의 독선이 가족들을 힘들게 한다는 것을 알고는 그것이 옳지 않다고 관철시키려 했다. 하지만 아버지의 뿌리박힌 사고와 개념이 바뀌어 지기는커녕 갈등만 키웠다. 아버지는 사사건건 동생을 트집 잡으며 못마땅해 했고, 심지어 미워하는 것처럼 보였다.

이런 것을 감당하기 힘든 동생은 육군사관학교에 원서를 냈고, 합격하여 집을 떠나 있게 되었다. 나도 머리가 커지면서 아버지에게 불만을 터트리고 대립각을 세우며 반발했다. 특히 이해할 수 없었던 것은 내가 빨강색 옷을 입으면 버럭 화를 낸다는 것이었다.

"화냥질 하러 다닐 거야?"

"아버지 정말 왜 그러세요? 옷 입는 것까지 허락받고 입어야 해요? 아버지의 그 같은 생각을 이해할 수 없단 말이에요."

나는 억울하고 화가 나 닭똥 같은 눈물을 쏟았다.

"아니, 내 눈엔 예쁘기만 한데, 왜 그래요? 당신을 이해할 수가 없군요."

엄마는 눈물을 흘리고 있는 나를 다독이며, 아버지를 향해 비난을 퍼부었다.

"당신도 똑같아. 아이들 교육을 어떻게 시켰기에 아이들마다 이 모양이요?"

"아니, 당신 참 이상한 사람이네요. 왜 빨강색 옷을 못 입게 해요? 이유가 뭐랍니까!"

엄마는 이번엔 그 이유를 꼭 알아내겠다는 듯 시선을 아버지의 얼굴에 고정한 채 대답을 기다렸다.

"싫다면 싫은 거지, 무슨 이유가 그리 많소"

아버지는 얼굴에 노기까지 띄우고 짜증스럽게 말씀하셨다.

나는 그 틈을 이용해 슬쩍 빠져나왔다. 나중에 집에 들어올 때 갈아입을 옷을 챙겨들고 나오면서 묘한 쾌감을 느꼈다. 하지 말라면 더 하고 싶은 것이 사람의 마음이다. 빨강색 옷을 입으면 어울린다는 소리를 많이 들었던 탓도 있었다.

사관학교에 간 동생은 휴일이나 방학이 되어도 집엘 오지 않았다. 궁금하여 연락을 하면 밀린 공부가 많아서 못 온다는 등, 잘 있으니 걱정하지 말라며 거리를 두었다.

"나쁜 놈. 부모 마음을 이렇게 모르다니. 지도 장가가서 자식을 낳아 봐야 부모 마음이 어떤 것인지 느낄 날이 멀지 않았어."

엄마의 마음은 떨어져 지내는 아들이 안쓰러워 별다른 음식을 하면 먹지 못해 안달을 하셨다. 휴일이 되면 동생이 집으로 오기를 바랐지만 오지 않는 아들을 향해 불만을 털어놓으셨다.

"당신 때문에 원하지도 않는 사관학교에 가서 고생을 하고 있단 말이에요."

"그게 왜 나 때문이요!"

아버지는 그런 말을 들을 때마다 힘들어하셨다.

"나쁜 놈. 자식 하나 없는 셈 칠거야."

아버지의 이 같은 말은 엄마의 자존감을 상실하게 했고, 끝없는 나락으로 빠져들게 했다.

"복 없는 사람이 팔자 고쳐 행복을 찾으려 했던 것이 잘못이지!"

아버지와 큰동생의 갈등이 자신의 탓인 것처럼 엄마를 무겁게 짓누르며 할퀴었다.

엄마는 가슴 속에 담아두며 안타까워했던 아들을 떠올렸다. 핏덩이 같은 어린 아들을 떼어두고 재혼을 결심하는 순간, 그 아들을 지우려고 당신 몸을 학대하며 바쁘게 살아왔다. 그래야 고단한 몸을 누일 수 있었고, 그 생각에서 벗어날 수 있었다.

엄마는 당신으로 인해 아이들이 부당한 대우를 받는 것은 아닐까 하는 의구심이 들었다. 이런 의구심을 혼자 삭히며 애만 태웠다.

엄마가 갑자기 손을 움직일 수 없고, 손 저림 현상이 심해져 병원을 찾았다. 진찰 결과 목 디스크라는 병명이 나왔다. 의사는 목 디스크가 손에 연결된 신경을 눌러 불편을 겪은 것이라며 수술을 해야한다고 했다.

남자들도 하기 힘든 소와 돼지 사육으로 힘을 요하는 작업의 반복은 여자가 하기는 힘든 육체적 노동이었다. 반복적인 육체노동이 몸을 망가뜨리며 엄마를 괴롭혔지만, 삶을 이겨내야 했다. 그래서 악착을 떨었는데, 결국 이렇게 병만 남았다 생각하니 엄마는 위로받고 싶고 보상받고 싶어졌다. 그렇다고 달라지는 것은 없지만 그래야 덜 억울할 것 같아 아버지에게 원망을 쏟아내셨다. 엄마의 눈에 뜨거운 눈물이 흘렀다.

엄마의 수술은 3시간이 걸렸다. 목에 칭칭 감은 붕대며 지지대가 그 심각함을 말해 주었다. 의식을 회복한 엄마의 신음소리가 끊이지 않고 계속됐다. 나는 신음소리를 들을 때마다 심장이 쪼그라드는 것 같았다. 통증을 가라앉혀 줄 것을 간호사에게 부탁했지만 의사의 처방이 있기 전에는 할 수 없다고 했다. 환자가 힘들어 하는데도 병원에선 의례적인 일이라고 생각하는지 절차만 따졌다.

엄마의 고통은 큰동생을 낳던 날부터 시작되었는데 동생과 나는 연년생이었다. 동생을 낳고 외할머니께서 산 간호를 하러 오셨다가 우물가에서 낙상을 하셨다. 할머니께서 골반 뼈가 으스러져 산 간호를 받으려던 엄마는 퉁퉁 부은 몸으로, 3개월 동안 할머니를 간호해야 했다.

설상가상 할머니께서 다쳤다는 연락을 받고 달려온 외삼촌들을 위해 엄마는 엄동설한에 밥까지 해 주며 당신의 간호는 뒷전으로 밀어두었다. 회복이 되지 않은 몸으로 고생을 한 것이 산후풍 증상으로 나타났고, 엄마를 괴롭히기 시작했다.

엄마의 산후풍은 온몸에 냉기를 느끼게 해 시린 증상으로 나타났다. 그럴 때면 잠을 잘 수조차 없었다. 좋다는 약을 다 써 보았지만 백약이 무효였다. 몸의 시린 증상이 있을 때는 더운 여름이라도 두

꺼운 옷을 껴입어야 했다. 엄마는 땀을 흘리면서도 냉기로 몸이 시려 어쩔 줄 몰라 하셨다. 이런 증상은 엄마를 고통 속에 가두고 지치게 했다.

나는 엄마가 입원해 계시는 동안 간이침대에서 쪽잠을 자며 간호를 해 드렸다. 엄마의 고생을 당연시하며 엄마의 보호 밑에서 편하게 살아왔다는 생각이 들자, 후회가 물밀 듯이 밀려왔다.

"괜한 수술을 했나 봐. 이렇게 아플 줄 알았으면 하지 말 걸."

엄마는 수술한 것을 후회했고 고통스러워 진저리를 치셨다. 목 디스크 수술을 하기 위해 뒷목 부분을 15cm 절개했다. 통증으로 고개를 들 수조차 없는 엄마는 자신을 자책하며 신세한탄을 하셨다.

"아프지 않으려고 수술 했는데 조금만 힘내요."

엄마는 웬만한 고통은 참아내시는 분이셨다. 고통으로 일그러진 모습을 보고 있기가 민망할 정도였다. 나는 그런 모습을 보고 있자니 안타까워 견딜 수가 없었다.

"이렇게 아픈 걸 참아내고 있으니 수술이 잘 되었으면 좋겠다."

"잘 되었겠죠. 명의라고 소문났으니까."

"디스크는 될 수 있으면 수술하지 말라던데…… 부작용이 많다고 걱정스럽구나."

엄마는 디스크 수술에 대한 찬반론에 신경을 쓰시는 것 같았다.

"걱정하지 마세요. 이 분야에서 최고의 의사라니까."

"그렇겠지! 믿어도 되겠지?"

수술로 인한 고통이 심해지자 엄마는 혹시 수술이 잘못된 것은 아닌지 불안해 하셨다.

"네가 엄마 때문에 고생이 많구나. 엄마는 혼자 있어도 괜찮으니 집에 가서 쉬어라."

엄마는 고통으로 일그러진 자신의 얼굴을 걱정스럽게 바라보는 나에게 미안한 생각을 들었던지, 애써 웃으며 말씀하셨다.

"불편하신 데는 없으셨는지요."

담당의가 레지던트와 간호사를 대동하고 회진을 하기 위해 병실로 들어왔다.

"아직까지는 많이 아파하세요."

나는 담당의에게 수술 결과가 궁금해 걱정스럽게 말했다.

"당분간은 많이 아프실 겁니다."

담당의는 아픈 것이 당연하다는 듯 입가에 미소를 띠었고, 그런 의사에게 신뢰감을 느낄 수 있었다.

"손 좀 움직여 보세요. 어떠세요?"

"아직은 모르겠는데…… 목을 움직일 수도 없고, 눈도 빠질 듯이 아파요."

"네. 그러실 겁니다. 많이 아프면 진통제 처방해 드릴 테니 말씀하세요."

"수술은 잘 되었는지, 이상 소견은 없는지…… 궁금하신 것이 많으신가 봐요. 수술 결과는 좋은가요?"

나는 엄마를 대신해 의사에게 물었다.

"수술은 잘 되었어요. 통증이 심하지 않으면 재활운동을 많이 하세요. 그래야 빨리 회복할 수 있어요."

엄마는 걱정이 가득한 눈으로 담당의를 쳐다봤다.

"이렇게 아픈데 어떻게 운동을 할 수 있어요? 너무 아파 운동한다는 것은 상상도 하기 싫어요."

엄마는 목을 움직일 때마다 자지러지는 통증으로 괴로워하셨다. 수술만 하면 불편했던 것들이 바로 해결될 것이라 생각했는데, 고통은 여전하다며 의사에게 불만스럽게 말씀하셨다.

"조금씩 좋아질 겁니다. 물리치료를 받으면 서서히 좋아져요."

의사는 아픈 것이 당연하다는 표정으로 의례적인 대답을 했다.

"하여튼 심난하구나. 칼 대서 좋을 게 없다는데."

엄마는 고통으로 예민해지자 매사에 부정적이 되었다.

"병원에 왔으니 의사를 믿으세요. 통증은 차차 없어지겠죠."

엄마는 통증으로 입맛을 잃어 식사를 못하셨다. 회복을 하려면 잘 드셔야 하는데 걱정스러웠다. 나는 뭐든 해 봐야 할 것 같았다. 우리를 위해 당신 한 몸을 희생한 대가가 결국 발목을 잡은 것이었다. 엄마가 고통을 참고 인내하지 않으면 안 되는 운명이라면 너무 가혹하다는 생각이 들었다.

아버지는 이런 생각이나 하고 계실까? 나는 아버지에게 전화를 했다.

"아버지, 병원에 안 오세요? 엄마가 많이 아파하세요. 병원에 오셔서 엄마를 위로해 드리세요. 엄마에게는 아버지가 최고의 약이잖아요."

"엄마가 많이 아파하든?"

"그럼 아프지 않겠어요? 수술을 했는데……."

나는 퉁명스런 말투로 대답했다.

"음! 그래. 가마."

전화를 받으시는 아버지의 음성이 떨리는 것 같았다.

아버지가 지인들과 함께 병원에 오셨다. 엄마는 뒷목 절개한 곳이 아파 똑바로 눕지 못하셨다. 엎드려서 고통을 참고 계시는 모습을 바라보는 아버지의 얼굴이 걱정으로 그득했다.

"고생 많이 했구료. 견딜만한 거요?"

아버지는 엄마의 손을 잡아주며 위로를 하셨다.

"고개를 제대로 들 수가 없으니까 더 힘들어요."

엄마가 힘들어 하며 겨우 대답을 했다.

"조금만 힘내봅시다. 치료하고 있으니 차차 좋아지지 않겠소?"

아버지가 엄마의 불안을 없애려 애를 쓰셨다. 엄마의 고통스런 모습을 본 지인들은 안타까운지 폐가되겠다며 서둘러 돌아가셨다.

나는 엄마의 병이 그동안 살아온 삶의 무게로 생긴 것이란 것을 아버지도 알아야 한다고 생각했다.

"엄마! 아버지에게 많이 아프다고 엄살 좀 떠세요. 참지 마시고!"

"그래, 알았어."

말씀은 그렇게 하셨지만 엄마의 성격상 참을 것이란 생각이 들었다. 나는 아버지께서 엄마가 얼마나 괴로워하는지 알아야 할 것 같아 볼일이 있다는 핑계를 대고 병원을 빠져 나왔다.

나는 다음 날 맛집으로 소문난 곳에 가서 꼬리곰탕을 사 가지고 병원으로 들어섰다.

"아버지는 어디 가셨어요?"

"글쎄. 모르겠다. 화장실 가셨나?"

"간호는 잘해 주시던가요?"

"네 아버지 한숨도 못 주무시는 것 같더라."

"그래요? 걱정은 되시던가 봐요."

"그런가 보더라. 내가 엄살 좀 떨었거든."

만면에 웃음을 띠고 말씀하시는 얼굴엔 핏기가 없고 공허해 보였다.

아버지가 병실로 들어오셨다.

"왔구나."

아버지는 하룻밤 사이 초췌해진 얼굴로 나를 반겼다.

"고생하셨죠?

"무슨 고생. 엄마가 많이 아파선지 신음이 끊이질 않더라. 통 밥도 못 드시더라. 맛있는 것 좀 사 왔니? 회복하려면 잘 먹어야 하는데 네 엄마가 통 먹질 못해 걱정이구나."

"꼬리곰탕 사왔어요."

"잘 했구나."

아버지는 따뜻하고 온화한 미소를 띠우고 나를 바라봤다. 나는 그런 모습이 생소해 아버지를 쳐다보는 순간, 아버지의 눈에 눈물이 맺혀 있는 것을 보았다. 아버지는 어색하게 웃으시며 눈물을 훔치셨다.

"네가 왔으니 난 가야겠구나! 엄마 잘 돌봐 드리고 무슨 일이 있으면 바로 연락하거라."

병실 밖을 나가시는 아버지의 고개 숙인 뒷모습은 한없이 외로워 보였다. 축 늘어진 어깨는 힘이 없고 흐느적거렸다. 다리도 불편한 듯 절름거리셨다.

"아버진 가셨니? 아버지도 몸이 많이 안 좋으신가 보더라. 빨리 퇴원해야 할 텐데 큰일이구나. 내가 이러고 있으니까 집안 꼴이 엉 망이야."

"엄마도 참. 별걸 다 걱정하네요. 엄마 몸이나 챙기세요."

"그래도 네 아버지의 축 처진 어깨를 보니 안 돼 보이더라."

"앞으로는 힘들면 힘들다, 아프면 아프다, 엄살도 부려가며 몸 좀 아끼세요. 얘기 안 하면 남자들은 모른다나 봐요."

"이젠 나도 이젠 늙어서 힘든 일은 하지도 못해."

나는 바깥바람을 쐬고 싶다는 엄마를 휠체어에 태우고 밖으로 나 왔다.

"며칠 만에 보는 햇빛이냐."

엄마는 햇빛을 향해 올려다보려다 목의 통증을 느껴 신음을 하셨 다. 햇빛에 비친 엄마의 얼굴이 창백하다 못해 푸르렀다.

"햇빛이 좋네요."

"수술하러 들어갈 땐 내가 살 수 있을까 했는데, 햇빛을 보니 좋 구나."

소녀같이 환하게 웃는 엄마의 얼굴을 대하니 가슴이 뭉클해졌다.

나는 엄마를 그저 엄마라고만 생각했다. 그런데 엄마도 여자였다.

한

나는 노인의 돌발적인 행동에 충격을 받아 불면증이 시작됐다. 남편은 그런 나에게 위로는커녕 방관자처럼 나를 비난하기만 했다.

"내가 뭐라 했어? 내 말 안 듣더니 꼴좋다."

남편은 그럴 줄 알았다는 얼굴로 나를 비웃으며 나의 심기를 건드렸다.

나는 한밤중에 식탁에 앉아서 술을 마시는 습관이 생겼다. 아버지가 좋아하던 사과를 썰으며 분노를 삼켰다.

며칠이 지난 어느 날, 경찰서의 호출명령을 받았다. 호출명령서를 받아들고 내용을 확인하려 했으나 분노로 몸이 떨려 글씨가 눈에 들어오지 않았다.

나는 차가운 얼음물을 들이켜며 치밀어 오르는 화를 삼켰다. 음악을 크게 틀어 놓고 집안을 서성이자 애견 순둥이가 불안한지 눈치를 살피며 나를 따라다녔다.

호출시간에 맞추어 경찰서로 들어섰다. 노인이 경찰서 소파에 기대 앉아 창문 너머로 나를 보더니 흠칫 놀라는 것 같았다. 나는 노인이 미웠지만 내색을 하지 않고 인사를 했다. 내 눈을 피해 허공을 주시하는 노인의 눈동자에 슬픔이 어렸고, 깊게 패인 주름이 꿈틀거렸다.

형사가 조사실로 향하며 우리보고 따라오라며 손짓을 했다. 나는 형사를 따라가며 노인을 보았다. 불편했던 몸이 많이 좋아졌는지 걸음걸이가 아픈 사람 같지는 않았다.

우리에게 형사는 자기의 책상 앞에 있는 의자를 내밀었다.

"영감님, 제가 이 사건에 대해선 처음부터 알고 있습니다. 사고 나던 날 제가 근무하는 날이어서 이 사건에 대해서 잘 알고 있습니다. 공교롭게도 오늘 똑같은 사건으로 다른 조서를 받아야 하네요? 영감님, 어떤 사정인지는 모르지만 선량한 사람을 억울하게 하면 되겠습니까? 사건을 크게 만들지 말고 사실대로 진술하세요."

형사가 꾸짖듯이 말했지만 노인은 묵묵부답 입을 다물고 고개만 숙이고 있었다.

"어르신, 내가 죄가 없다는 것을 아시잖아요. 나는 어르신을 도우려 했는데 저에게 위증죄까지 뒤집어 씌워야만 하나요? 너무하시네요!"

말을 하다가 격해진 나는 눈물을 쏟았고, 노인을 원망스럽게 쳐다봤다.

"어르신, 나중에 일이 밝혀지면 중벌을 받을 수 있어요. 사실대로 밝히고 선처를 구하세요."

나의 울부짖음은 노인의 눈에도 이슬이 맺히게 했다. 노인의 흔들림을 포착한 형사가 노인을 향해 진실을 말할 것을 종용했다. 형사가 으름장을 놓았지만 노인의 태도는 변하지 않았다. 하지만 경찰을 대하는 노인의 태도는 정중하고 깍듯했다. 예의를 갖추고 경찰을 대하는 태도에선 잘못을 저지를 사람이 아니라는 것을 느꼈다.

서로 상반된 진술서를 쓰고 경찰서를 나온 나는 다리에 힘이 풀려 걷기조차 힘들었다. '재수 없는 사람은 접시 물에도 빠져 죽을 수 있다'는 말에 실감을 하며 걷다가 돌부리에 차여 넘어지고 말았다. 하늘도 내 마음처럼 먹구름이 잔뜩 끼었다. 당장이라도 소나기가 쏟아질 것만 같았다.

나는 노인의 돌변한 태도에 적잖이 놀랐다. 생각지도 않았던 일에 휘말리면서 정신적, 육체적 고통을 받은 생각을 하니 노인이 한없이 미워지기 시작했다. 나는 노인을 용서할 수가 없을 것 같았다.

아버지와 의형제를 맺은 전 씨 아저씨가 제일 먼저 북쪽의 가족을 만나러 가게 되는 행운을 얻었다. 그는 가족을 만난다는 설렘과 걱정에 혼란스러워 했다. 아버지는 그런 그를 대신해 선물과 그들에게 요긴하게 쓰일 생활용품을 챙기시며, 아버지 가족을 만나는 것처럼 기뻐하셨다.

전 씨 아저씨의 부인과 자식들은 이산가족 상봉 자체를 달가워하지 않았다. 그의 가족들은 북쪽의 가족을 만남으로써 야기될 여러 가지 문제를 제기했다. 상봉 이후에 일어날 불편한 관계를 어떻게 처리할지 먼저 해결하라며 항의하는 소동이 벌어졌다.

전 씨 아저씨는 북에 처와 자식을 두고 재혼을 하셨다. 분단의 아픔을 가족들이 이해하고 위로해 주기를 원했다. 열악한 환경에서 남편도 없이 고생한 북쪽의 아내와 자식들을 외면할 수 없었다. 그에게는 평생의 짐이었고, 씻을 수 없는 죄의식이었다. 가족들이 이 같은 마음을 이해하고 위로해 주기를 바랐지만 가족들의 태도는 냉랭했다.

전 씨 아저씨는 북의 가족에게 소중한 기억을 담을 선물을 준비하려고 애를 썼다. 선물이 그들의 지난 삶을 보상할 수 없지만, 그렇게라도 하면 마음의 짐이 조금은 덜어질 것만 같았다.

상봉하는 날이 가까워지면서 아저씨의 가슴 한쪽에 묵직하게 눌려졌던 아픔이 되살아났다. 예리한 칼끝이 심장을 후벼 파는 아픔을 이겨내면서 살아온 세월 동안 한 번도 잊어본 적이 없던 가족을 만나는 것이다.

판문점을 통해서 남한의 가족들이 북쪽이 마련한 숙소에 짐을 풀고, 긴장과 초조한 마음으로 가족을 기다렸다. 기다림을 조롱이나 하듯 체제를 위한 선전과 감시 속에 그들이 하라는 대로 대기했다. 짧은 일정에 밀린 이야기를 하기도 바쁜데 그들의 행태에 이산가족들의 가슴은 타들어 갔다.

TV 화면에서 비친 아저씨 가족들의 모습은 초라했다. 새 옷을 차려 입고 치장을 했지만 그들의 모습에선 힘들게 살아 왔음이 느껴졌다. 나이보다 훨씬 늙었고 힘들어 보였지만, '어버이 수령님께서 잘 보살펴주어 잘 지낸다.'고 말하는 그들을 보면서 나는 서글퍼졌다.

모진 세월이 만들어낸 굴곡의 상처는 그 어떤 것으로도 보상될 수 없다. 아버지에게 이산가족 상봉 장면은 아픔이었고 설렘이었다. 가슴에 묻어 두었던 기억들을 떠올리며 눈물을 찍어내시는 모습이 처연해 보고 있기가 민망할 정도였다.

이산되었던 가족을 만났지만 현실적으로는 아무것도 할 수 없었다. 근본적인 해결 없이 아쉬워 눈물만 흘렸던 일회성 만남이 그들에게 더 깊은 상처로 돌아왔다.

눈물로 얼룩졌던 가족상봉을 마치고 돌아온 전 씨 아저씨는 결국 열병을 앓듯이 몸져누우셨다. 가족들의 응원조차 받지 못한 가족상봉의 심리적 압박감과 북쪽의 가족들에 대한 죄책감이 그를 힘들게 했다. 그가 상봉을 포기하지 않으면 이혼도 불사하겠다는 부인의 엄포 속에서 강행한 상봉이었다. 그동안 가족을 위해서 앞만 보고 달려왔음을 인정하고 이해해 줄 것을 바랐다. 하지만 그의 부인은 현재 생활에 충실하기만을 고집했고, 그를 이해하려 않자 그의 고민이 깊어졌다.

그분의 아픔을 누구보다 힘들게 바라보던 아버지는 그의 부인을 찾아가 이해하고, 품어 줄 것을 호소해 보았지만 소용이 없었다. 그의 부인은 이기적인데다 사랑받기만을 원했다. 남편을 과거로 되돌리고 싶지 않았던 것이다. 서로가 다른 성격은 그동안 많은 갈등을 겪으며 서로를 할퀴기에 바빴다.

이산가족 상봉은 그들을 냉랭하게 만들었고, 각자의 생각을 주장하며 결국 법정으로까지 번졌다. 분단의 비극은 또 다른 비극을 만들며 그들의 삶에 파고들었다. 분단의 비극으로 망향의 설움과 이산의 아픔을 간직한 채, 잘 살아 보겠다고 몸부림치던 생활이었다. 그런데 삶은 행복하지 못했다.

"나의 인생이 허무하네그려."

전 씨 아저씨는 상실감에 깊은 한숨을 내쉬었다.

"형님. 지금은 형수님이 화가 나서 그럴 테죠. 기다리세요."

아버지는 허탈하게 웃으며 말을 이어갔다.

"형님, 우리가 힘들게 살아온 것을 누가 알겠습니까? 우리의 한맺힌 사연을 아무도 모를 겁니다."

"그러게나. 누가 이 절절함을 알 수 있겠는가. 휴……."

아저씨의 눈에 이슬이 맺혔다.

"나는 어떨 땐 말이네. 빨갱이들이라도 쳐들어 와 한판 붙었으면 할 때가 있다네. 이놈의 세상 왜 이리 질기단 말인가. 세월이 많이 지났건만 통일은 요원하고 정말 답답하네. 마누라와 자식들은 나만 나쁘다네그려."

"형님 심정이나 제 심정이나 같을 진데 그 심정 왜 모르겠습니까! 저도 그럴 때가 많습니다. 그렇지만 형수님은 좀 지나친 것 같습니다. 형님의 처지 몰랐었던 것도 아니었는데, 어찌 그리 뻑뻑하신지 형수님을 이해할 수 없군요."

"그러게나. 나도 그렇다네. 내가 고향의 가족들을 만난다 해도 그들과 같이 살 수 있는 입장도 아니지 않는가. 가서 보니 옛 모습은 간데없고 세월의 흔적만이 나를 반기네 그려. 나로 인해 고생했을 그들에게 연민이 있을 뿐 그 무엇이 있겠는가! 그걸 이해 못하고 나를 비난한다면 나도 도리가 없지 않겠는가."

"형님. 우리 고향 음식이나 먹으러 갑시다. 김 씨 형님하고 춘천에 막국수 먹으러 갈까요? 요즘 드시는 것도 제대로 못 드셨을 테니까."

"그럼세. 형님 오시라 하게"

맏형이신 김 씨 형님은 근처에 살고 계시기 때문에 항상 실과 바늘처럼 뭐든 같이 했다.

춘천 외곽에 자리한 허름하고 간판도 없는 막국수 집은 항상 사람들로 북적댔고, 찾아 온 이들에게 정성을 다해 고향의 맛을 만들어 냈다.

북쪽 지역은 메밀이 흔해서 메밀로 만든 냉면이나 막국수를 즐겨 먹었다. 추억의 입맛을 기억하는 사람들이 모여들면서 입소문은 전국으로 퍼졌고, 이 맛을 보기 위해 먼 거리도 마다않고 찾아 들었다. 그들이 쓰는 정감어린 이북 사투리가 그들에겐 고향이었고 친지였다. 왁자지껄하고 걸걸한 사투리에 귀기울여가며 고향을 떠올리는 그 자체가 좋아서 찾아들 다녔다.

"형님 솔직히 말해 보시라요. 가서 보니 어떤 마음이 들던가요?"

아버지는 가족을 만난 심정이 알고 싶어 물었다.

"아! 글쎄 썅. 눈물이 나와 아무 말 못하겠더구먼. 마누라라고 나왔는데 곱던 모습은 어디가고 할망구가 나왔어. 낯설더구먼. 멋쩍어 말도 못 붙이겠고 그리고 애들이 아버지 아버지 하는데 처음엔 어떻게 해야 할지 모르겠더구먼."

"그렇게 낯설던가요?"

"낯만 설은 게 아니라네. 고생을 해서 그런지 애들이 많이 늙었어! 많이 늙어 보여 당황스럽고, 황망하더구먼."

전 씨 아저씨는 어깨를 심하게 흔드는가 싶더니 피눈물을 쏟으셨다.

"세월이 우리를 갈라놓은 거죠. 지지고 볶고 살아야 정도 느끼는 거지. 멀어지면 이웃사촌보다 못하단 말이 있잖습니까."

"맞아요, 맞아."

고개를 끄덕이는 전 씨 아저씨의 모습이 한없이 쓸쓸해 보였다.

"단 며칠이라도 같이 있으면서 살아온 얘기 나누다 보면 피붙이니까 새록새록 정이 생겨나겠는데 만나서 얘기하는 시간은 24시간뿐이니 안 만났던 것보다 못하이."

전 씨 아저씨는 먼 허공을 바라보며 말을 이었다.

"나에게 총을 준다면 그놈들 다 쏴 죽이고 싶은 심정이었다네. 어느 나라에 이 같은 현실이 있겠나. 우리만이 이 비극을 겪는 거지."

전 씨 아저씨는 이 같은 현실에 망연자실한 심정이 되어 울분을 쏟아냈다.

"착잡합니다. 형님. 그리고 그곳 사람한테 부탁하면 사람을 찾을 수는 있답니까?"

아버지는 북한의 가족을 찾을 수 있는 방법이 있지 않을까 하는 막연한 심정이 되어 물었다.

"그건 모르지. 아마 모르긴 몰라도 시키는 대로 말하고 행동하는 것 같더구먼."

"그러겠죠! 우리가 공산당이 싫어서 나왔는데. 그놈들이 어떤 놈들인데, 그놈들이 이 세상에 존재하는 한 통일은 요원할 겁니다."

이산가족들의 인간적 고통을 해소하고 궁극적으로 재결합을 주선해 주기 위해 남북적십자 회담이 개최되었다. 정부 도움 없이 적십자의 힘만으로 이들을 찾아주려면 엄청난 시간과 노력이 필요하다. 그런데도 북한적십자는 이산가족들을 찾아주기도 전에 친척과 친우들을 더 찾아주어야 한다고 주장했다. 심지어 그들의 자유 왕래까지 요구했다. 실현 불가능한 것들을 요구하고 제멋대로인 북한정권의 작태야말로 도를 넘어서는 일이었다. 이산가족들의 생사를 확인시켜 주고, 서신 왕래라도 할 수 있도록 해야 하는데, 그들의 의도는 다른데 있었다.

이산가족으로 지낸지 반세기가 넘었다. 나이가 많아진 그들이 언제 어떻게 급박한 상황이 벌어질지 모른다. 절박한 상황에 놓여있는 그들은 생사도 모른 채 피를 말리는 고통 속에 살고 있다. 하지만 현실은 체제와 이념 문제로 보여주기 식 탁상행정에 지나지 않음을 여실히 보여줬고, 이산가족들의 애만 태웠다.

대학병원으로 환자들이 몰려서 상처만 아물면 퇴원수속을 밟게 했다. 엄마가 수술한 지 2주가 지나자 병원 측에서 퇴원하기를 재촉했다. 그러나 엄마는 몸의 상태가 완벽해질 때까지 병원에 있기를 원했다. 그렇지만 별다른 처방 없이 입원해 있는 것은 별 의미가 없다고 했다. 물리치료만 열심히 받으면 좋아질 것이라고 하는 의사의 말이 미덥지가 않은지 퇴원을 꺼려하셨다. 퇴원을 했다가 견디기 힘들어지는 상황이 올까 봐 겁이 난다고 했다. 그만큼 수술로 인한 고통이 힘드셨던 것이다.

　퇴원해 집에 오시자 어수선한 집 안을 둘러보시며 불편한 심정을 드러내셨다.

　"아! 아아."

　당신의 몸이 아프다는 것을 잊고 집 안을 둘러보시다가 고통스러워 하셨다.

　"엄마, 왜 그러세요?"

　집안 곳곳이 엉망인 채로 엄마의 손길을 기다리고 있었다.

　"엄마, 먹고 싶으신 것 없어요?

　나는 엄마에게 영양식을 해 드려야 할 것 같아 물었다.

　"먹고 싶은 것이 아무것도 없어. 입맛이 살아나질 않네. 그나저나 집 안 꼴이 이게 뭐니? 심란하다. 집 안 좀 치우지 그랬냐."

　"치웠는데……."

　"치웠다는 게 이러니? 시집가 잘 살겠다!"

　엄마가 장난스럽게 눈을 흘기시며 말씀하셨다.

"집안일을 해 보았어야지. 안 해 봐서 요령이 없어서 그렇지 뭐."

엄마의 고향 후배가 가까이 살고 있어서 음식과 청소도 해 주며 집안일을 도와주어 그나마 다행이었다. 고향 후배는 엄마가 퇴원하셨다는 소식을 듣고 갖가지 밑반찬을 만들어 가지고 오셨다.

"늙으면 하고 싶은 것이 있어도 할 수 없으니까 너는 즐기면서 살아라. 나처럼 바보같이 살지 말고."

엄마는 집안일을 도와주러 온 후배에게 고맙다는 말과 함께 애정 어린 충고를 했다.

"언니가 어때서. 형부 같은 사람 만나기가 쉬운 줄 알아요?"

"너도 한번 살아 봐라. 겉모습만 보고는 모른단다."

"언니는 복에 겨운 소리만 하네."

"참, 그 아이는 요즘은 속 썩이지 않니?"

후배는 처자식이 있는 사람과 결혼을 하였다. 아이가 생기지 않아 전처의 아이를 온 정성으로 보살폈지만, 아이는 친엄마가 아니라며 거부하고 후배의 속을 썩였다.

"언니. 나 속상해서 어떨 땐 도망가고 싶어. 전처 자식 키우는 것이 쉽지 않다더니 힘들어 못 살겠어. 그 사람도 자기 자식에게 불이익을 줄까 봐 전전긍긍하며 나를 감시하는 것 같고."

"그래, 너는 왜 그런 사람하고 결혼을 했니? 예쁘고 똑똑한 애가."

"글쎄 나도 모르겠어. 내가 왜 그랬는지⋯⋯."

"네가 모르면 누가 알아. 상처 있는 사람하고 사는 게 얼마나 힘든 것인지 내가 톡톡히 그 값을 치르면서 살고 있잖아."

엄마는 목 디스크 수술 후에 산후풍이 더 심해졌다며 한의원 출입이 잦아졌다. 그렇지만 별다른 효과가 없이 시간과 돈만 축냈다. 한의원에 가서 진맥을 하면 한의사가 말하는 증상이 신통하게도 엄마의 증상과 똑같았다. 이번에는 효과가 있겠지 하며 잔뜩 기대해 보지만, 별다른 효과는 없었고 실망만 돌아왔다.

엄마는 고통을 참느라 혈압이 상승하면서 두통이 동반됐다. 두통으로 인해 진통제를 달고 살아야 했고, 소화력이 떨어져 소화제를 먹어야 하는 악순환이 반복되어 엄마를 지치게 만들었다.

엄마의 잦은 병치레는 아버지의 양심을 움직였다. 아버지는 귀동냥으로 들은 좋다는 약을 구해다 주셨다.

"정성껏 먹어 봐요. 꾸준히 먹어 봐야 효과가 있는지 확인할 수 있다니까."

"마누라가 죽을까 걱정은 되나 보죠? 그렇게 무심하더니……."

엄마는 달라진 아버지를 물끄러미 바라보며 말씀하셨다.

"건강해야 할 텐데 자꾸 아프다니 신경이 쓰이는구려."

엄마는 아버지가 믿어지지 않는다는 듯 '사람이 변하면 죽는다던데.'라고 혼잣말로 중얼거렸지만 기분은 좋으신 것 같았다.

엄마는 몸이 편치 않아서 그런지 작은 일에도 서운해 하시고 상처를 입으셨다. 심지어 눈물까지 흘리셨다.

"자식도 다 필요 없는데 왜 이토록 미련을 떨고 살았을까!"

엄마가 아프다는 말을 듣고도 집에 와 보지 않는 큰아들에게 서운하였는지 엄마가 한 마디 하셨다.

"그 아이 성격이 그런 걸 이해해야지 어쩔 수 없잖아요."

나는 엄마 앞에선 큰동생을 변명했지만, 엄마의 심정과 다르지 않았다.

"전화 좀 해 봐라. 집에 한번 다녀가라고. 그래도 내가 해 주는 밥이 살이 가지, 눈칫밥이 오죽하겠냐."

"이제는 아들이 졸업할 때가 되었어요. 그런 걱정은 붙들어 매세요. 군인 정신이 꽉꽉 들어간 씩씩한 장교가 될 터인데 뭘 걱정한데요!"

"열 손가락 깨물어 안 아픈 손가락이 있겠냐만 그래도 그 자식이 생인손 앓는 것처럼 아프구나. 나면서부터 내 속을 썩이더니만 지금까지 속을 썩이는구나."

엄마는 외할머니가 동생의 산 간호를 하시러 오셨다가 다치셔서 힘들었던 기억을 되살리며 푸념을 하셨다.

"너희 둘이 얼마나 순하던지…… 먹을 것만 주면 보채지도 않아 그 순간 견뎠지, 그렇지 않으면 못 견뎠을 거야. 그래도 죽으라는 법은 없더라."

"내가 그렇게 순했어요?"

"순한 정도가 아니었지. 네 동생이 연년생으로 태어나 젖도 못 먹고 뼈만 남아 인간이 되겠나 싶더라. 기운이 없어서 그랬는지 울지도 못하고…… 지금은 먹을 것이나 풍부하지. 그때는 우유도 없어 미음을 끓여 말간 국물만 숟가락으로 떠먹이면 맛이 없다고 다 뱉어 내는데 얼마나 안타까웠다고…… 그 탓에 병원 문턱이 낮다하며 드

141

나들었어. 아휴, 그때만 생각하면 지금도 아찔해진다."

그렇게 진자리 마른자리 가려가며 애태우면서 자식을 키웠는데, 부모의 심정을 마다하는 자식들에게 어머니가 느꼈을 배신감과 상실감이 컸을 것을 생각하니 절로 고개가 숙여졌다.

예약된 외래 시간에 맞추어 병원에 가도 보통 2시간을 대기해야 진료를 볼 수 있었다. 아파서 병원을 찾은 환자들은 진료를 받기도 전에 지쳐버렸다.

진료를 보는 시간은 단 3분 정도로, 환자가 알고 싶은 것도 제대로 알지 못하는 시스템이 환자들을 불안하게 했고 짜증나게 만들었다.

엄마는 의사에게 수술을 했는데 왜 불편한 증세만 늘었냐며 불만을 털어놓으셨다.

"수술이 잘 되었으니까 차차 좋아질 겁니다."

수술을 한 당사자가 불편한 증상을 호소했지만 의사는 대수롭지 않게 환자의 알 권리를 무시했다.

아버지와의 갈등으로 사관학교를 선택했던 큰동생이 군사교육과 학과 공부를 마치고 어엿한 장교의 모습으로 나타났다. 임지로 떠나기 전, 집에 들른 동생의 모습은 늠름했고 자랑스러웠다. 혹독한 훈련과 공부가 쉽지 않았을 터인데, 소위임관을 마치고 거수경례로 신고식을 하는 동생의 모습은 엄마를 감격하게 했다.

십대 후반의 나이에 집을 떠나 몸과 마음이 고단했을 큰아들이 엄마에겐 항상 마음의 짐이었다. 그런 큰아들이 늠름한 모습으로 거수경례를 하며 엄마 앞에 서 있다.

"장하다, 내 아들. 네가 내 아들이니?"

믿기지 않는 듯 아들의 늠름한 모습을 올려다보는 엄마의 눈이 촉촉해졌다.

"우리 아들이 이겨냈어요. 자랑스러운 장교가 되었다고요. 한 마디 하세요. 고생했다고."

자신과 각을 세웠던 큰아들의 모습이 대견했지만, 끝내 한마디 말도 않는 아버지를 향해 엄마가 서운함이 가득한 얼굴로 말씀하셨다.

"수고했다."

아버지는 대견한 듯 얼굴에 미소를 머금고 아들의 거수경례를 받았다. 아들을 바라보는 아버지의 눈에도 이슬이 맺혔다.

큰동생은 강원도 인제군 원통에 있는 부대에 배속되었다. 그 지역은 군인들이 제일 싫어하는 곳이었다. 그곳에 배속되는 장병들의 입에서는 '인제가면 언제 오나, 원통해서 어떡하나.'라는 말이 나올 정도로 오지였다.

초급장교로서의 임무는 장병들과의 단결과 애로사항을 듣고, 군생활을 무사히 마칠 수 있도록 이끌어야 하는 막중한 소명의식과 리더십이 필요했다. 동생은 어릴 때부터 독립심과 책임의식을 강조한 아버지의 사고방식에 대해 반항을 키우며 싫어했지만, 자신도 모르게 아버지의 사고방식이 몸에 밴 행동을 하고 있다는 것을 알았다. 그때 학습된 교육이 얼마나 중요한지를 깨달았다.

부하들과의 인화단결이 복무사고를 미연에 방지하는 지름길이기에 상관이 아닌 형님으로서, 동료로서의 거리를 좁히려고 배려와 사랑을 베풀었다. 그들에게 동생은 엄격한 형님이었고 상관이었다.

큰동생은 월급을 타면 하숙비를 제외한 금액을 부하들과 나눠 쓰며 군 생활을 무사히 마칠 수 있도록 지도력을 발휘했다.

동생의 남다른 책임의식이 상관의 눈에 띄었다. 동생은 상관의 직속부하로서 막중한 업무에 시달려야 했는데 산더미처럼 밀려오는 업무를 일목요연하게 풀어가는 능력을 인정받았다. 급기야 동생은 상관을 사령부에 발령을 받게 했고, 진급까지 시키는 탁월성을 보였다.

동생은 상관과 함께 원주 사령부로 옮기며 군에서의 일거수일투족에 관여했고, 자신의 시간이 없을 정도로 바쁜 나날을 보냈다. 군 사령부에서 이루어지는 업무들이 동생의 손을 거쳐야 이루어졌고, 동생은 결국 지치게 되었다. 상명하복의 군 체제에서는 상관이 시키면 복종할 수밖에 없었다. 상관의 야심은 갈수록 커졌다. 야심을 채우기 위해 동생의 노력이 더욱 더 필요해졌고, 보고서 준비를 위해 각종 자료와 지식을 총동원해야 했다.

스타급 장성들 앞에서 프레젠테이션을 하는 부담감은 동생을 완벽주의자로 만들었고, 업무에 파묻혀 자신의 시간은 없었다. 업무 스트레스가 쌓여가자 동생은 과연 직업군인으로서 자신이 적합한가를 생각해 보는 기회가 되었다.

동생은 사회에 나가서 이런 노력을 하면 무엇이든 다 이룰 수 있을 것 같았다. 개인시간이 없을 정도로 일을 하지만 성과는 자신이 아닌 상관이 거머쥐는 현실에 회의감은 자꾸 동생 안에서 고개를 내밀었다.

일반장병들도 때가 되면 휴가를 나오는데, 1년이 넘도록 연락도 없고 집에 오지 않는 큰아들이 못내 섭섭한 엄마는 볼멘 투정을 시작했다.

"혼자만 군 생활 한다니? 이렇게 한 번도 올 수 없게."

"글쎄 말이에요. 무심한 놈. 부모님 생각은 조금도 안 하지. 나쁜 놈."

나는 과장되게 동생을 비난하며 엄마의 눈치를 살폈다.

"오랫동안 떨어져 생활하니까 자식이라도 어렵고 내 자식이 아닌 것 같아."

엄마는 큰아들이 보고 싶고 참견하고 싶었다. 하지만 큰아들의 무심함이 서운했다. 보고 싶다는 말은 하지 못하고 에둘러서 표현하고 있음을 엄마의 표정에서 읽을 수 있었다.

"엄마, 그렇지? 나도 내 동생이 맞나? 하는 생각이 들 때가 있다니까. 군대에 매인 몸인데 자기 마음대로 시간을 낼 수 있겠어요? 이해해요."

"그래도 섭섭한 것은 어쩔 수 없어. 꿈자리도 뒤숭숭하고."

"생각을 많이 하니까 그런 거예요. 걱정하지 말아요. 내가 한번 찾아가 볼게요."

"그렇게라도 해야지. 원."

그리움이 묻어 있는 엄마를 안심시켜 드리기 위해 나는 동생에게 면회를 가기로 했다.

연락처도 가르쳐 주지 않아 동생을 보려면 직접 찾아가는 수밖에 없었다. 원주 사령부를 찾아가 면회 신청을 했더니 동생이 의아해하며 달려 나왔다.

군복 입은 모습이 잘 어울렸다. 품위와 절제된 동생의 모습은 영락없는 장교였다.

"무슨 일 있어? 왜 왔어?"

군인으로서의 말투와 표정이 생소하게 느껴졌다.

"무슨 일은. 너 때문에 걱정들 하셔서 잘 있나 보러 왔지."

"내가 애야? 쓸데없이 찾아다니고 빨리 가."

멀리서 찾아온 누이에게 따뜻한 말은커녕 의자에 앉지도 않고, 서서 홀대를 하는 동생이 야속하게 느껴졌다.

"저 무심한 놈. 차 한 잔도 안 먹이고 몰아세우냐?"

"지금 바빠. 한가한 사람 아니야."

"그래. 너 혼자 이 군대를 다 짊어져라."

툴툴대는 나를 돌아보지 않고 영내로 들어가는 동생을 보며 나는 황당했다.

"저게 내 동생 맞아? 나쁜 놈."

한여름 뙤약볕이 사정없이 내려쬐고 있었다. 군용 트럭이 지나가며 마른 흙먼지를 일으켰다. 시야를 분간하기조차 힘들었지만, 트럭에 타고 있던 군인들이 휘파람을 불며 야단이다. 나는 군인들에게 애인이라도 된 듯 두 손을 흔들어 주었다.

군 사령부 주변이라 오가는 사람들은 거의 군인들이었다. 동생이 군인으로 있어서 그런지 군인들이 친근하게 느껴졌다. 강렬하게 내려 쬐는 뙤약볕은 가로수의 나뭇잎들조차 흐느적거리게 만들었다. 발을 내디딜 때마다 마른 흙먼지가 풀풀 날렸다.

고속버스에 몸을 맡긴 나는 비로소 한숨을 돌렸다. 버스 안은 에어컨 바람 때문에 한기를 느낄 정도로 시원했다. 더운 날씨에 하이힐을 신고 30분 이상을 걸었더니 다리가 아팠다. 발뒤축이 까지고 피가 맺혀 있는 것을 보자 화가 치밀었다.

나는 입속으로 중얼거렸다.

'나쁜 놈, 나쁜 놈.'

동생을 만나고 돌아오는 길이 개운치가 않았다. 남동생이라 그런지 같이 어울리기보단 데면데면하고 살갑지는 않았다. 그래도 누이가 찾아 갔는데 반기기는커녕 푸대접을 하다니 약이 올랐다. 내가 집에 들어서자 엄마는 하던 일을 멈추며 따라 들어오셨다.

"만났어? 그래 얼굴은 축이 안 났든? 아무 일도 없다든? 상관이 괴롭히지는 않는다든?"

어머니는 따발총을 쏘아대듯 아들의 안부를 물어오셨다.

"아유, 숨 넘어 가겠네요. 옷이라도 갈아입고 얘기합시다."

나는 부아가 나서 엄마가 묻는 말에 뜸을 들였다.

"궁금해서 그렇지."

엄마는 동생의 안부가 궁금한지 안달을 내셨다.

"나쁜 놈, 무안해서 혼났어."

"왜!"

"앉자마자 가라던데. 바쁘다고."

"저런, 인정머리. 멀리서 갔는데 그렇게 대우하던? 나쁜 녀석."

"별일 없으면 됐지. 뭘 바라."

옆에서 엄마와의 대화를 듣고 있던 아버지가 무심하게 한 마디 했지만 표정에는 서운함이 묻어있었다.

어둠의 그림자

　나는 변호사를 선임하려고 사건에 유능하다는 변호사를 찾아갔다. 나는 억울하고 답답한 마음에 변호사에게 무조건 재판에서 이겨야 한다고 강조했다. 변호사는 어떤 사건인지 알아야 사건을 해결할 수 있다며 사건 경위에 대해 물었다.

　노인이 버스에서 넘어져 부상을 당해 119에 신고를 하면서 사건의 당사자로 얽히게 되었다는 얘기를 하자, 변호사는 부상을 당한 사람이 자기의 실수로 넘어져 난 사고라고 인정을 하면 방법이 없다는 답변만 했다.

　나는 분노를 억누를 수가 없어 노인이 입원해 있던 병원을 다시 찾아갔다. 간호사에게 억울함을 호소하자 간호사는 진료 기록에 있는 주소를 알려주었다.

　알려준 주소로 찾아가니 노인은 햇빛도 안 드는 지하방에 살고 있었다. 작은 지하방에서는 음습한 냄새가 풍겨왔다. 이런 곳에서 힘들게 살아왔을 것을 생각하니 마음이 언짢아졌다.

모르는 사람이 노인의 방을 기웃거리자 집 주인이 나를 의심의 눈초리로 바라봤다.

"여기 사는 노인 어디 가셨는지 아세요?"

집 주인은 나를 경계하더니 병원에 입원해 있다고 대답했다.

"혹시 어느 병원에 입원해 있는지 아세요?"

"네, 큰길가에 있는 정형외과로 가 보세요."

집 주인은 친절하게 노인이 입원해 있는 병원을 가르쳐 주었다.

나는 노인이 입원해 있는 병원의 간판을 보는 순간 가슴이 떨렸다. 노인의 돌변한 태도에 충격을 받은 나는 죄를 지은 사람처럼 노인과 부딪치는 것이 무섭고 두렵기까지 했다.

나를 피해 다른 병원으로 옮겨야 했던 노인의 심정이 머리로는 이해가 되었지만 내 마음은 용서하지 말라며 부채질 했다.

노인은 나를 보더니 외면하며 딴청을 부렸다.

"할아버지, 어떻게 저에게 이럴 수 있어요?"

"미안해요. 내가 그럴 사정이 있었다오."

노인은 얼굴도 들지 못하고 겨우 대답을 했다. 내가 찾아 올 줄은 몰랐던 모양이다.

"이유가 뭐예요? 저를 곤혹스럽게 하면서까지 이렇게 하는 이유가 뭔지 알고 싶네요."

"운전기사가 내가 퇴원을 하면 햇빛이 잘 드는 방을 얻어 주겠다고 약속을 했소"

노인의 얼굴이 일그러지는가 싶더니 이내 평온해지며 당연하다는 듯 말했다.

"할아버지, 제가 방을 얻어 줄게요. 돈 몇 푼에 할아버지의 양심을 팔아넘겨요? 할아버진 세상을 이렇게 살아오셨어요?"

노인의 당당함에 나는 화가 치밀어 노인을 향해 막말을 퍼부었다.

"운전기사의 노모하고 약속을 했소"

"그럼 저는 어떻게 하라고요! 할아버지를 도우려다 저는 위증죄로 처벌을 받는데, 저는 어떻게 하라고요!"

나는 악을 쓰다 못해 그 자리에 쓰러져 울부짖었다. 병원에 있던 사람들이 흘끔거리고 쳐다봤지만 나는 이미 이성을 잃은 후였다.

고문을 당했던 아버지의 다리에 혈관협착증상이 나타났다. 젊었을 때는 통증이 미미했는데, 노화와 더불어 혈관이 좁아지면서 그 통증은 심해졌다. 고문을 당했던 흔적이 결국 아버지 인생을 갉기 시작했다.

좁아진 혈관으로 피가 잘 흐르지 않자, 무릎 이하가 얼음처럼 차가웠다. 피부가 새파랗게 되어 보기가 흉할 정도였다. 혈관협착증이 시작되면서 아버지가 고통 속으로 끌려들어갔다.

아버지는 병원에 가실 때도 가족들에게 알리지 않으셨다. 그래서 우리는 아버지가 얼마나 힘들어 하시는지 알아차리지 못했다. 아버지는 운동을 하면 그나마 효과가 있을 것이란 기대로 집 뒤에 있는 산을 지인들과 오르내렸지만 통증을 완화시키지는 못했다.

아버지의 유일한 낙이 지인들과 담소하며 맛집을 찾아다니는 것이었는데, 다리에 통증이 심해지자 그것도 뜸해지셨다. 통증으로 걷는 것이 힘들어 오토바이를 타고 움직였는데, 오토바이가 아버지의 다리가 되면서 그나마 위안을 받으셨다.

"오토바이 사고는 났다 하면 대형사고로 이어지는데, 조심해서 타고 다니세요. 밖에 나가면 집에 들어오는 오토바이 소리가 들려야 안심할 수 있어요."

오토바이 사고의 위험성을 알고 있는 엄마는 아버지가 외출을 하실 때면 걱정스럽게 말씀하셨다.

"시속 10Km 이내로 운행을 하니까 걱정하지 말아요. 젊은 아이들이 기분 내느라 속력을 높여서 사고가 나는 거라오."

엄마의 걱정스런 잔소리가 싫지 않은 듯 아버지의 표정은 어느 때보다 다정스러웠다.

통증으로 괴로워질 때면 아버지는 지나온 일들을 생각하며 당신의 비극적인 삶을 돌아보셨다. 생때같은 가족들을 팽개치고 피난 나오면서 이유 없이 고문당해 초죽음이 되었던 일, 장티푸스에 걸렸던 일, 먹을 것을 찾기 위해 최전선에서 사선을 넘나들며 총알받이가 되었던 일, 가고 싶어도 가지 못하는 고향…… 이처럼 기막힌 운명도 있단 말인가!

아버지는 영화 같은 당신의 삶에 한이 맺혀 숨이 막혔다. 울분을 참지 못한 아버지가 두 주먹을 불끈 쥘 때면 애창하는 이육사의 시를 읊으며 마음을 추스르셨다.

　매운 계절의 채쭉에 갈겨
　마츰내 북방으로 휩쓸려 오다.

　하늘도 그만 지쳐 끝난 고원
　서리빨 칼날진 그우에 서다

　어데다 무릎을 꿇어야 하나?
　한발 재겨 디딜 곳조차 없다.

　이러매 눈감아 생각해 볼밖에
　겨울은 강철로 된 무지갠가 보다.

　아버지가 이 시를 몇 번이고 암송하다 보면 억울하고 억눌렀던 마음이 사라지고 평정심을 찾을 수가 있었다.
　엄마와 티격태격하는 소리에 귀 기울여보면 아버지도 늙으셨구나 싶었고, 사소한 일로 티격태격하는 것을 들을 때면 아버지가 가여운 생각이 들었다.
　"용돈이 부족하니 돈 좀 더 주구려."
　"얼마 전에 준 용돈을 다 쓰셨단 말이에요?"
　"그 돈이 얼마나 된다고 그러시오?"

"얼마 안 된다니요? 그 돈이면 반찬을 푸짐하게 해 먹을 수 있는 돈인데."

"사람이 인색하면 안 되오. 여유 있는 사람이 차 한 잔이라도 사야지. 없는 사람한테 사라고 하면 되겠소!"

"우리 동네에서 제일 부자도 안 내는 찻값을 왜 당신이 내야 한답니까?"

"그렇게 인색하니 욕을 먹는 거라오."

"병원 가시는 날이 언제라고 하셨어요?"

엄마는 아버지에게 바가지를 긁으면서 무안했던지 말꼬리를 돌리셨다.

"오늘 갈 거요. 오후에."

"병원에선 뭐라 하던가요?"

"특별한 방법은 없고, 심해지면 다리를 절단할 수도 있대요. 그러지 않기를 바라야지 별 수 있겠소."

"큰일이네요."

엄마의 얼굴이 근심으로 어두워졌다.

그렇게 어둠의 그림자가 드리워지기 시작하면서 강철 같았던 아버지의 마음이 부러지기 시작했다. 가족에게 강압적이고 절대적이었던 모습이 엷어지자 오히려 그 모습이 어색하게 느껴졌다.

"아버지가 많이 달라 보이지 않던?"

아버지의 구부정한 모습이 보기 싫다며 엄마의 걱정이 늘어졌다.

"그렇긴 해요. 달라지긴 하셨어요."

"아버지가 요즘 많이 아프신가 보더라. 밤에 다리가 아파선지 자다가도 다리를 주무르시더라. 아버지에게 신경 좀 써야 할 것 같구나."

엄마의 표정에서 아버지를 많이 사랑하고 계시다는 것을 알 수 있었다.

"그래요? 많이 아프시데요?"

"아버지가 아프면 아프다고 말을 하는 분이시니?"

"하긴, 아파도 표정이 없는 분이니까."

아버지는 당신의 아픔을 표현을 하지 않기에 얼마나 고통스러운지 알 수가 없었다.

"요즘은 나한테 살가운 소리도 하드라."

엄마는 살갑게 대하는 아버지에게 연민을 담아 말씀하셨다.

"달라지셔야지, 달라지지 않으면 누가 좋아하겠어요"

"너희 아버지가 그렇게 의기소침해지신 모습을 보면 마음이 좋지 않아."

엄마는 아버지가 달라진 것이 불안한지 근심스런 표정을 지으며 말씀하셨다.

"전에는 내가 붉은 옷을 입으면 당장 찢어버릴 것처럼 그러더니, 요즘엔 예뻐 보이지 않는다는 말만 하시던데요 펄쩍 뛰며 싫어하셔서 나도 조심을 했었는데, 달라진 모습을 보고 이상하다고 생각은 했어요"

아버지는 건강에 이상을 느끼면서 우리들에게도 너그러워지셨다.

155

나는 모처럼 엄마와의 대화가 길어지자 큰집 사정이 궁금해졌다. 사촌오빠는 대학을 졸업하면서 서울로 근거지를 옮겼고, 큰집은 강원도 속초에서 이사를 왔다.

"요즘 큰집 사정은 어떻데요?"

"청량리시장에서 큰애가 속옷가게를 하는데 장사가 제법 잘된다더라."

"그래요? 다행이네요. 큰집 걱정은 안 해도 되겠네요."

"그래야지. 평생 네 아버지 등골 빼먹고 살았는데."

"청량리엔 어떻게 왔대요? 누가 있었대요?"

"현숙이 있잖아. 남편이 메리야스 회사에 다니고 있잖아. 그 회사에서 대리점 허가를 받아냈다지 아마? 조카들도 대학 졸업하고 자기들 밥벌이들을 하니까 한시름 놓아."

그동안 큰집의 가정형편까지 돌봐 왔던 아버지에게 큰집의 일은 많은 부담이었다. 현숙 언니는 큰집의 맏딸로 나에게는 사촌언니였다. 언니는 몇 년 전에 결혼을 해서 서울에 살았다.

"정말 다행이네요. 은근히 걱정을 했는데. 큰아버지 건강은 어떠시데요?"

"건강이 안 좋으신가 보더라. 천식이 있으셔서 산소호흡기로 공기를 들이마시며, 호흡을 하시더라. 얼마 전에 갔다 왔는데 얼마 못 사실 것 같아."

"그래요? 병문안 가야겠네요."

"돌아가시기 전에 한번 갔다 오자."

아버지에게는 형님이 전부였는데, 그런 형님의 건강이 좋지 않자 아버지는 당신의 잘못인 것처럼 죄스러워 했다.

"자네는 나에게 과분한 동생이었네. 어떤 사람이 자네처럼 극진할 수 있겠는가."

큰아버지는 돌아가시기 직전에 동생인 아버지에게 고마움을 표시했다.

"제가 뭘 한 게 있다고 그러세요."

"난 자네한테 신세지며 살아온 게 항상 짐이었다네. 못난 나 때문에 자네가 힘들었다는 것 잘 안다네. 주변머리가 없고 마음이 모질지 못해 하는 것마다 실패해서 자네가 그 짐을 떠안고 살아온 걸 어찌 모르겠나."

그렇게 동생에게 고마움을 표시하며 미안해하던 큰아버지는 끝내 돌아올 수 없는 먼 길을 떠나셨다. 아버지는 한동안 형님을 그리며 두문불출 하셨다. 그만큼 큰아버지의 존재는 아버지에게는 특별했다.

아버지는 당신의 자식과 아내보다 형제간의 우애에 더 중요한 가치를 두고 계셨다. 우리 가족은 그런 아버지를 이해할 수 없다며 반발하고 갈등을 겪었지만, 막상 돌아가시고 나니 그분의 인생도 힘들었겠구나 하는 생각이 들었다. 하늘 아래 두 분뿐인 피를 나눈 형제가 느꼈을 외로움과 설움을 다 알기는 어렵지만, 아버지가 큰아버지에 대해 극진했던 마음을 헤아려 볼 수 있는 나이가 된 것이다.

형제간에 끈끈한 정이 남달랐다는 것을 아는 지인들이 찾아와 아버지를 위로했다.

"당신 좋아하는 냉면 먹으러 갑시다. 기운 차리고 씩씩해야 형님도 좋아하실 게 아니겠소?"

아버지는 지인들의 말에 고마움을 느꼈다. 걱정해 주는 지인들을 위해서라도 기운을 차려야겠다고 생각했다.

"그러죠. 고맙습니다."

"형님은 고향에 가서 그리운 사람 만나고 고향산천 두루두루 다니며 행복해 하실 거요."

"그렇겠죠. 걱정근심 다 내려놓고 홀가분하게, 좋은 곳에서 편안하시겠죠?"

"당신 몸이나 챙기시오. 얼굴이 반쪽이 됐구면. 한 번 오면 가는 것이 인생이라오. 죽음에 대해 두려움을 가질 필요도 없고, 사는 날까지 후회 없이 살다 갑시다."

지인들은 아버지를 위해서 걱정의 말을 아끼지 않았다.

"질기게 오래오래 살기를 바라면서 오늘은 질긴 함흥냉면 먹으러 갈까?"

"오늘 냉면은 제가 쏘겠습네다."

아버지는 지인들이 자신을 위해 애쓰는 것이 고마워 흔쾌히 말씀하셨다. 아버지와 지인들은 모처럼 환하게 웃으며 냉면을 먹으러 오장동으로 향했다. 오장동에는 원조 격인 냉면집이 즐비하다. 실향민들이 고향에서 먹던 고향의 맛을 재현하면서 그 맛을 보러 오는 사람들이 이어졌고 그 후, 냉면 거리가 형성되었다.

따뜻하고 진한 육수로 속을 달랜 후, 차게 해서 먹는 냉면이야말로 실향민들에게는 더할 나위 없는 음식이었다. 그들에게 냉면은 단순한 음식이 아니라 살아있게 하는 힘이자 어머니였던 것이다.

아버지의 다리 통증이 날로 심해지며 병원을 찾는 날이 많아졌다. 우리는 뚜렷한 방법이 없이 지켜볼 수밖에 없었다.

아버지의 기동력이 되는 오토바이 소리가 날 때면, 주변에 사는 사람들은 '노인네가 왜 저런 걸 타고 다니며 동네를 시끄럽게 하지?'라며 불편한 심기를 드러냈다. 그러자 엄마는 주변 사람들을 일일이 찾아다니시며 오토바이는 남편의 다리 역할을 하는 것이니 시끄럽더라도 이해해 달라고 양해를 구했다.

통증과의 싸움은 한층 더 아버지를 위축시켰고, 매사에 자신감을 잃게 했다. 아버지가 부동산중개 사무실도 나가지 않는 날들이 많아지면서 사무실 문도 닫게 되었다. 지인들과 사랑방 역할을 하던 사무실이 없어지자 아버지는 찻집을 찾았다. 찻값의 지출이 많아지자 아버지는 엄마와 찻값 논쟁을 벌이셨다. 아버지는 커피가 얼마나 몸에 해로운데 하루에도 몇 잔씩 마셔가며 돈을 쓰냐는 엄마의 핀잔을 들었다.

"커피를 마시면 통증이 가셔지는 걸."

아버지는 변명 아닌 변명을 하며 엄마의 눈치를 보셨다.

"그런 게 어디 있어요? 말도 되지 않는 말씀을 하세요!"

"아니라오. 커피에 들어 있는 카페인 성분이 진통 효과가 있다는 구료."

엄마는 그렇게 변명하는 남편이 안쓰러웠다. 달라질 것 같지 않았던 남편이 변해가는 모습을 보면서 오히려 막연한 불안감이 들 정도였다.

"왜! 뭐가 잘못되었소?"

엄마가 걱정스런 눈길로 바라보자 아버지는 웃으며 말씀하셨다.

"아니요. 당신이 나에게 구구한 변명을 하니까 당신이 아닌 것 같아서요."

"형님 보내 놓고 보니까 인생이 허무한단 생각이 들어 그러오. 당신도 애 많이 썼단 생각도 들고."

"일찍 들어오세요. 당신 좋아하는 만두 만들어 놓을게요."

구부정한 등을 보이고 밖으로 향하는 아버지가 가엽다는 생각이 들었는지, 엄마는 아버지가 좋아하는 음식으로 아버지를 위로해 드리고 싶었다.

엄마는 냉장고를 뒤지며 만두소 재료를 찾았다. 집에 없는 만두소 재료를 준비하기 위해 시장을 가려는데 엄마의 고향 후배가 찾아왔다.

"언니, 오랜만이죠?"

"만두 만들려 하는데 마침 잘 왔다. 만두 만들어 맛있게 먹자."

엄마는 현관문을 열고 들어서는 후배를 앞세워 시장으로 향하셨다.

"언니. 내가 먹을 복이 있네. 요즘 입맛이 없고, 속이 울렁거려 제대로 먹지 못했는데."

"속이 왜 울렁거리니? 먹은 것이 체했나? 불편하면 빨리 병원에 가 봐. 나처럼 고질병 만들지 말고"

"체한 것 같지는 않은데 왜 그러는지 모르겠어요"

"증상이 어떤데? 자세히 말해 봐."

"속이 울렁거리며 헛구역질이 난다니까요. 넘어오진 않는데……."

"너. 혹시 임신한 것 아니야?"

"언니도 참. 무슨 임신. 말도 안 돼."

"너 결혼한 지 얼마나 됐지?"

"벌써 10년이에요. 세월이 어쩜 이렇게 빨리 흐른데요?"

신 김치를 다지는 소리와 냄새가 온 집 안에 진동했다. 맛있는 냄새가 코를 자극하며 허기를 느끼게 했다.

"혼자 만들려면 힘들었을 텐데. 네가 도와줘 수월하게 끝냈어."

만두를 만드는 일은 속 재료에서부터 반죽과 빚는 일까지 여러 과정을 거쳐야 하므로 혼자 하기는 힘든 일이다.

"언니네 집 만두가 맛있는데 나도 만드는 거 봤으니까 흉내라도 낼 수 있겠네."

외출하셨던 아버지가 지인과 함께 들어오셨다. 지인은 얼마 전에 부인과 사별하고 상심이 큰 상태였다. 아버지는 지인을 위로도 할 겸, 그분이 좋아하는 음식을 대접해 드리고 싶어 모시고 왔던 것이다.

"처제 와 있었네? 언제 왔어?"

아버지께서는 엄마의 후배가 와 있는 것을 보더니 활짝 웃으며

반겼다

"아까 와서 만두 제가 만들었는데요."

"그래? 오늘 만두가 더 맛있겠는걸."

"형부, 몸이 많이 불편하시다면서요? 아프지 마세요."

"늙어서 그런걸 뭐."

이북식 만두는 크게 만들기 때문에 두 개만 먹어도 배가 부를 정도로 푸짐한 것이 특징이다. 음식 솜씨가 좋은 엄마는 아버지 고향의 맛을 말로만 듣고 재현해 낼 정도로 감각이 뛰어나셨다. 그런 엄마의 음식 솜씨는 우리의 혀를 즐겁게 했다.

아버지 지인은 모처럼 맛있게 먹었다며 칭찬을 아끼지 않았다.

"맛있게 드셨다니 다행이네요. 별것도 아닌데."

"아닙니다. 고향에서 먹던 이래로 처음으로 맛있게 먹었습니다."

"많이 만들어 놨으니까 나중에 또 와서 드세요."

"말씀만 들어도 먹은 거와 진배없습니다."

아버지는 지인이 돌아가실 때 만두를 좀 싸서 보내드리라며 포장지를 찾아내 왔다. 이처럼 아버지는 남들을 대하는 태도가 극진했다.

아버지는 지인들과 어울려 담소하며 시간을 보내는 날들이 많아졌다. 이런 식으로라도 고통을 이겨내려고 안간힘을 쓰셨지만 괴로운 심정은 표정에서 다 드러났다.

주홍 글씨

5층 창 너머에 비친 세상이 화려하게 몸치장을 했다. 바람이 불 때마다 메마른 자기 몸을 부딪치며 알싸한 냄새로 자기의 존재를 알렸다.

황당한 일에 연루되면서 나의 몸과 마음은 허물 벗은 매미 껍질처럼 공허했다. 무엇을 어떻게 해야 할지 몰라 멍하니 생각 없이 살아가는 사람처럼 보일 때가 많았다. 길에서 지인을 만나도 그냥 지나치기 일쑤였다.

"욱이 엄마 아니에요? 왜 그리 힘이 없어요. 무슨 일 있어요?"

지인이 걱정스럽게 물었다.

그만큼 나에게 휘몰아친 일련의 사건들이 충격이었고 자존심 상하는 일이기도 했다.

재판 날짜가 잡혔다. 결국 운전기사가 노인과 공모해 나는 위증죄로 재판정에 서게 됐다.

"판사님, 여기 나온 피의자는 노인이 사고를 당하는 것을 목격하고 119에 신고를 했던 사람입니다. 그리고 노인을 위해 딸처럼 병원을 드나들며 물심양면으로 도와주었습니다. 그리고 1심 재판에서 운전기사는 과실치사죄를 적용받아 노인의 치료비와 위자료를 부담하라는 판결을 받았습니다. 1심 때 노인의 진술에서 보듯이 운전기사의 과실이었다고 진술하다가 항소장에는 노인 자신의 실수라고 번복 진술을 하는 이유를 밝혀야 할 것으로 사료됩니다. 그리고 사고 났을 당시 현장에 출동했던 담당 경찰관의 진술내용을 첨부시켰습니다. 경찰관의 진술에 의하면 운전기사의 과실이 분명합니다."

나의 선임 변호사가 판사에게 변호와 함께 이의 신청을 제기했다. 판사는 서로 상반된 주장에 판결을 보류한다며 사건에 관련된 증빙 서류를 2주 후에 있을 다음 재판 때 첨부하라는 판결을 내렸다.

내가 선임한 변호사는 재판에서 이기려면 나에게 유리한 증거자료들을 많이 수집해 제출해야 한다며, 내가 준비할 수 있는 일을 생각해 보라고 했다. 변호사는 사고 당시의 블랙박스를 버스회사에 요청하겠다고 했다. 사고 버스의 블랙박스에는 사건을 해결할 수 있는 중요한 단서가 있으니, 너무 걱정하지 말라는 말까지 덧붙이며 나를 안심시켰다.

나는 법원을 나오면서 나에게 호의적으로 대했던 담당 경찰관을 만나러 갔다. 격일제 근무를 하기 때문에 경찰서에 가도 그를 만나지 못할까 봐 걱정이 되었다.

경찰서에 들어서려는데, 담당경찰관이 담배를 피우기 위해 밖에
나와 있었다.

"웬일이세요? 아직 해결이 안 났습니까?"

"네, 오늘 법원에 갔다 오는 길이에요. 상대방 측에서 결국 항소
를 해서 제가 답답한 마음에 찾아왔어요."

"그 영감 안 되겠구먼. 하기야 경찰서에서 일어나는 일들이 남을
짓밟으려는 일들이니 새삼스러울 것도 없지만 아주머니 입장에선
황당한 일이겠네요."

경찰관은 나의 억울한 심정을 충분히 이해할 수 있다는 듯 고개
를 좌우로 흔들며 나의 표정을 살폈다. 나는 경찰서 건물만 봐도 위
압적인 느낌이 들어 꺼리고 경계했는데, 막상 경찰관과 부딪혀 보니
지극히 인간적인 사람들로 구성되어 있다는 느낌을 받았다.

"얼마 전에 아주머니가 선임한 변호사에게 사건 내용에 대한 서
류를 넘겼는데, 또 다른 것이 필요하답니까?"

"아니요. 별다른 말을 하지 않았는데 혹시나 하는 마음에서 와 봤
어요. 사건 해결하는데 증거가 많을수록 유리하다니까 보충할 것이
있을까? 해서요."

"블랙박스를 돌려보면 쉽게 끝날 수 있을 겁니다. 사건 해결 유무
는 블랙박스에 있어요. 설령 그들이 얘기하는 것이 사실이라 해도
아주머니에게 중벌을 하거나 심각한 상황은 벌어지지 않을 겁니다.
너무 상심마세요. 노인의 소행이 괘씸해 마음의 상처는 받겠지
만…… 세상인심이 예전 같지 않네요."

경찰관의 친절에 나는 위로를 받았다. 고마움을 표하고 싶어 음료수를 건넸지만 그는 극구 사양했다. 경찰의 본분일 뿐이라는 그의 얘기를 듣는 순간, 나는 사건의 실마리가 풀린 것처럼 기분이 좋아졌다.

직업군인이 될 줄 알았던 동생은 제대를 하고 집으로 돌아왔다. 가족에게 한 마디 상의도 없이 동생 혼자 결정을 내린 것이 아버지는 화가 나셨던 모양이다.

"사관학교에 갔으면 직업군인이 되어야지, 제대를 하는 것이 웬 말이냐?"

아버지는 집안이 떠나갈 정도로 언성을 높이셨다. 큰동생은 군대가 자기 적성과 너무 맞질 않아 적응하기 힘들어 했다. 군대에서의 노력은 자기와 무관했고, 그 공이 상관에게만 돌아가는 현실을 못 견뎌 했다. 그런 불만이 쌓이면서 제대를 해야겠다는 생각이 들었던 것이다.

"그래, 무엇을 할 것인가는 생각해 보았냐?"

아버지는 이미 저질러진 일 앞에 더 이상 할 말이 없는 듯 차분하게 말씀하셨다.

"천천히 생각해 보려고요."

동생은 그동안 군 생활로 자기의 시간이란 것을 가져볼 수 없었다. 동생은 충분히 쉬면서 자기가 원하는 것이 무엇인지 알아본 다음에 결정하겠다며 여행을 떠났다.

캠퍼스에서 여유를 즐기며 공부하고 있을 나이에, 군사교육과 학과 공부에 여념이 없었던 생활 자체가 감성을 잃게 했을까? 나는 그런 동생에게 인간적인 정이 느껴지질 않았다. 사무적인 말투와 정적인 움직임이 낯설었다. 7~8년을 식구들과 떨어져 지냈다는 것을 감안하면 이해 못할 것도 아니었지만, 그전에 알던 동생이 아니라는 생각이 들었다.

동생은 감성이 풍부할 나이에 테두리 안에서 동성들과 지낸 세월만큼 거리가 생겼고 사회에 대해서도 어두웠다. 이런 것을 생각하니 동생이 어떻게 풍파를 헤쳐 나갈지 걱정이 앞섰다.

동생이 군대에 갇혀 있었던 세월만큼 사회도 격변의 시간이었다. 경쟁과 시기가 난무하는 세상을 견뎌내야만 한다. 그럴 준비는 되어 있는지 묻고 싶었다.

동생이 제대 신청을 했다는 것을 알게 된 상관이 아쉬워하며 다시 한 번 심사숙고할 것을 권했다.

"유능한 장교가 될 자질이 많은데, 자네 왜 제대 신청을 했나?"

"저는 유능한 군인이 못 될 것 같습니다. 회의가 들 때가 많았습니다."

"유감이군. 하기야 자네는 행정가가 되는 것이 훨씬 나을지도 모르지. 자네의 기안이나 기획이 핵심을 찔렀거든."

여러 가지 우려는 있었지만 어차피 제대를 했으니 앞으로 적성에 맞는 일을 찾기를 바랄 뿐이었다.

여행을 마치고 돌아온 동생은 행정고시를 준비하겠다며 밤낮을 고시 준비에 여념이 없었다. 엄마는 직업군인으로서의 아들을 바랐던 것이 아니기에 내심 잘 된 일이라며 반겼다.

엄마는 오랫동안 보지 못하고 살았는데, 가까이서 아들의 모습을 볼 수 있다는 것만으로도 만족해하며 아들의 공부를 물심양면으로 도왔다. 엄마는 당신의 정성이 들어간 것들을 아들에게 챙겨줄 수 있다는 것만으로도 행복해 하셨다.

큰동생이 아버지와의 갈등으로 군인이 되겠다고 나가 있는 세월만큼이나 좁혀지지 않고, 가족 간의 사이가 평행선을 그으며 데면데면하게 흘렀다.

내성적인 동생은 시키는 말이나 할 뿐, 구린내가 날 정도로 입을 닫아걸고, 시험 준비에만 열중했고 있는 듯 없는 듯 지냈다. 무섭게 파고드는 동생의 집중력에 우리들은 숨을 죽이고 있어야 했다. 동생은 자기로 인해 식구들이 조심을 하는 것이 부담스러웠던지 도서관을 다니며 시험 준비를 했다.

오랜만에 엄마의 후배가 찾아왔다. 모처럼만에 온 엄마 후배는 밀린 이야기보따리를 풀어 놓았다.

"언니 나 임신했어. 5개월째래."

"전번에 왔을 때 이상하다고 하더니 임신한 거였구나. 축하한다."

"축하를 받아야 할지 모르겠어. 이렇게 늦은 나이에 괜찮을까? 걱정되기도 하고"

"요즘은 의술이 발달해서 잘못되는 일이 없다더라. 너는 임신한 걸 그렇게 모르고 있었어? 둔하기도 해라."

"내가 임신할 것이라고 생각조차 못했던 일이라."

"하긴 그랬겠다. 신랑은 뭐라 하든? 좋아하지?"

"좋아하지! 얼마나 신주단지 모시듯 하는지 몰라. 자기 자식 잉태했다고, 대하는 태도가 달라졌지 뭐유."

"그렇겠지, 왜 안 그러겠니. 하여튼 몸조심 해. 먹는 것은 어때?"

"입덧도 안 하고 뭐든지 잘 먹는다우."

"그것도 네 복이야. 뭐 먹고 싶은 것 있으면 얘기해."

"언니 정성이 들어간 것은 아무거나 괜찮아. 언니가 해 주는 것은 다 맛있더라. 언닌 음식 솜씨가 좋아 뚝딱하면 일품요리가 되잖우."

후배는 임신했다는 것이 아직도 믿기지 않는 듯 신기해했다. 10년 동안 불임으로 살면서 임신한 사람들이 그렇게 부러울 수가 없었다며 마냥 행복해 했다.

"그 아이는 말썽 피우지 않니? 속상하게 한다고 하더니."

"나 걔 때문에 속상해서 미치겠어. 자기 친엄마 아니라고 엄마 소리도 안 하고 학교 간다고 나가면 밤중에나 들어오고, 미워서 죽겠어."

후배는 그 아들만 생각하면 머리가 아파 온다며 머리를 절레절레 흔들었다.

"미워하는 마음은 가지지 마. 좋은 것만 생각하고 불쌍한 마음으로 보살펴 줘. 그래야 네 자식도 복을 받는단다."

"언니 큰아들은 왜 제대했대? 요즘 군인들도 괜찮은데. 그 힘든 사관학교까지 졸업하고."

후배는 아들에 대한 마음을 엄마에게 들킨 느낌이 들었는지 말꼬리를 돌렸다.

"적성에 안 맞는 데나 봐. 고을 원님도 지 하기 싫으면 할 수 없단 말 있잖아."

"하긴 그래."

"자식이 내 마음대로 되면 속 썩을 사람이 없게! 자기 일은 자기가 알아서 하겠지."

"자식 일은 모르는 일이죠."

엄마는 밤이 늦어서야 들어온 동생에게 먹을 것을 챙겨 주려 했지만 동생은 귀찮아했다. 엄마는 살갑게 대하지 않는 동생에게 서운함을 느꼈지만, 그래도 무엇이라도 챙겨 주고 싶은 것이 엄마의 마음이었다.

큰동생은 시험이 얼마 남지 않아 예민해졌다. 진로를 바꾼다는 것이 쉽지 않기에, 실수하면 안 된다는 강박관념 때문에 있는 힘을 다 쏟는 것 같았다.

이윽고 결전이 날이 다가왔고, 주사위는 던져졌다. 평소에도 말이 없던 동생은 초조함을 감추려고 책 읽는 일에만 몰두했다.

발표 날이 다가왔다. 발표 시간은 10시였다. 그 시간이 왜 그렇게 길던지 당사자가 아닌 우리들도 덩달아 긴장을 하며 기다렸다.

발표를 보러 갔던 동생에게서 전화가 왔다. 합격했다는 말만 남기고 전화가 끊겼다. 합격했다는 말을 듣는 순간 엄마의 눈에서 눈물이 흘렀다.

"네 동생이 합격했다는구나."

엄마는 기쁨을 감추지 못하고 자랑하고 싶어 되뇌셨다.

동생은 뿌듯한 성취감으로 환호성을 질렀다. 그동안은 막연한 불안으로 숨도 크게 쉴 수 없었던 시간이었다.

동생은 2등으로 필기시험에 붙었다. 필기시험에 붙으면 면접시험은 의례적인 것이어서 우리 가족들은 합격축하파티까지 하며 기뻐했다. 그런데 면접시험 결과 불합격이라는 통보를 받았다. 그 결과에 승복할 수 없다는 듯, 동생의 얼굴은 험상궂게 변했다.

동생의 실망이 너무 크자 위로의 말도 할 수가 없었다. 그저 동생의 눈치만 살폈고, 며칠의 침묵이 흘렀다. 동생은 면접시험에서 떨어진 이유가 석연치 않고, 미련이 남는다며 다시 도전하겠다는 뜻을 밝혔다.

1988년 9월 17일부터 10월 2일까지 16일간은 159개국이 참가한, 올림픽 사상 최대 규모를 기록한 올림픽이었다. 금메달 12개와 은메달 10개, 동메달 11개를 획득한 한국은 종합 순위 4위라는 놀라운 실력으로 우리의 저력을 나타내기에 충분했다.

88올림픽은 의미심장한 올림픽이었고, 소련과 미국을 중심으로 냉전이 계속되던 상황이었다. 80년 모스코올림픽에는 60개국이 참석했고, 84년은 동유럽 국가 18개국이 불참한 반쪽짜리 올림픽이었다. 그렇지만 88올림픽은 16년 만에 전 세계 진영에서 참석한 냉전 종식과 화합의 시작을 알리는 올림픽이라는 점이 큰 의미가 있었다.

굴렁쇠를 굴리며 경기장 한가운데로 뛰어드는 소년을 숨죽이며 지켜보는 내내 전율을 느꼈고, 이 퍼포먼스는 전 세계 사람들에게 깊은 인상을 남겼다.

올림픽 주제가 <손에 손 잡고>는 전 세계가 하나가 되어 장벽을 허물고 평화를 이루자는 메시지로 전 세계 사람들의 마음을 사로잡으며 흥얼거리게 했다.

서울올림픽은 우리나라의 사회, 경제적 발전에도 이바지했다. 재원 마련을 위해 올림픽 복권이 발행되었고, 영호남을 잇는 88올림픽 고속도로가 개통되었다. 이로써 목동과 상계동에 대규모 아파트 단지가 건설되었다.

올림픽은 우리 국민들에게 자긍심을 주었고, 우리나라도 열심히 하면 선진국 못지않은 나라가 될 수 있다는 자신감을 심어줬다. 우리나라에서 우리의 응원을 받으면서 우리 선수들이 자기의 기량을 십분 발휘할 수 있는 경기를 치를 수 있다는 것은 실로 자랑스러운 일이 아닐 수 없었다. 나는 우리 선수들이 경기를 할 때면 목청이 터져라 응원을 했다. 올림픽 기간 동안 선수들과 울고 웃는 축제를 즐길 수 있어 행복했다.

올림픽이 가져다주는 효과에 대해 매스컴은 귀가 아프게 앞다투어 보도했다. 보도가 아니더라도 발전해 나가는 것을 피부로 느낄 수 있었다.

전 세계에 퍼트린 평화의 메시지와 화합의 염원이 북한 땅에도 전해져 싸움이 아닌 평화로 한민족이 함께 번영하고 공존하면 얼마나 좋을까 하는 마음이 들었다. 아버지의 마음도 곧 그러할 것이다.

올림픽을 치르면서 국가와 한 개인이 성장하고 성숙할 수 있다는 신념이 자리할 수 있었다. 또 그것이 온 국민을 하나로 묶어주는 역할을 했다는 것은 부인할 수 없는 사실이었다.

나는 신접살림을 잠실아파트에서 시작했다. 잠실 아파트 반대편이 종합운동장이다. 이곳에서 올림픽경기가 치러졌다. 올림픽을 치른 기념으로 설치한 호돌이 조형물은 그곳을 찾는 사람들에게 호기심을 끌기에 충분했다.

큰아들 욱이가 4살이 되었을 때, 종합운동장으로 산책을 나가면 올림픽 마스코트인 대형 호돌이에 관심이 많았다.

"엄마, 이것이 뭐야?"

"호돌이지! 호돌이."

"호돌이? 호돌이가 뭔데요?"

"호랑이 있잖아. 호랑이 어흥 하는 호랑이."

아들은 작은 입을 들썩거리며 호기심 어린 눈망울로 뭐가 그리 궁금한지 묻고 또 물었고, 대답해 주면 알아듣겠다는 듯 고개를 쉼 없이 끄덕였다.

올림픽경기가 끝난 종합운동장 주변은 잘 가꿔진 우리 집 정원이나 다름없었다. 눈만 뜨면 욱이는 산책을 가자고 졸라댔다. 종합운동장 화단에는 갖가지 꽃들과 조형물이 호기심 많은 아들 욱이를 유혹했다. 욱이는 꽃을 찾아다니는 벌과 같이 이리 뛰고 저리 뛰며 바쁘게 쫓아 다녔다.

올림픽을 치르면서 온 국민은 축제와 같은 기분으로 들떠 있었지만, 큰동생은 시험에 대비하느라 올림픽 경기를 즐길 여유가 없었다.

도전은 결과로 말하기에 심리적 부담을 떨쳐버리기는 쉬운 것이 아니다. 열심히 준비한 만큼 좋은 결과가 있을 것이라는 긍정적인 생각을 하며 자신을 조절하는 수밖에는 뾰족한 방법이 없었다.

"요즘 잘 되가니?"

"잘 되고 안 되고 할 게 뭐 있어. 열심히 하는 수밖에."

큰동생은 표정 없이 성의 없게 대답했다.

"힘들지?"

"힘들 것도 없어. 작년에 경험이 있으니 요령이 생겨서."

"너 아버지하고 말도 안 하고 지내는가 보더라."

"할 말이 있어야 하지."

"아버지가 많이 편찮으시잖아. 얼마나 아픈지 묻고, 병원 갈 때면 모시고 가면 되잖아. 너는 왜 그렇게 무심하니?"

"내가 시간이 어디 있어? 시험 준비하기도 바쁜데."

동생은 대답하기도 귀찮다는 듯 짜증을 냈다.

"아무리 바빠도 그 시간 내기도 힘드니? 근 10년 동안 아버지와 말 섞은 적 있어?"

짜증을 내는 동생에게 나의 불만이 이어졌다.

"부자지간에 무슨 철천지원수가 졌다고. 그전에 아버지가 아니야. 나도 아버지의 황당한 간섭에 많이 미워했는데 아프시더니 많이 달라지셨어. 그런 모습이 짠해지더라."

큰동생이 제대한 지 근 2년이 지났다. 자식이 실패하기를 바라는 부모는 없을 것이다. 도전을 했다가 실패하면 다른 방법도 생각해 봄직도 한데 한곳에 올인하는 동생이 걱정이 되시는 모양이다.

어린 나이에 자기 생각이 관철되지 않자 군대를 가는 방법을 택했던 것이 아버지 마음을 울린 것일까? 아버지는 자신이 옳다고 생각하는 일이 있으면 주저하거나 망설임이 없었는데, 참고 기다려 준다는 것은 큰 변화였다.

큰동생은 이번에도 필기시험을 합격했다. 하지만 면접시험에서 또 떨어지고 말았다. 동생의 실망은 분노로 변했다.

동생은 면접에서 계속 떨어지는 이유를 알고 싶었다. 한 번 합격하기도 어려운데 필기시험에 합격하고도 면접에서 2번이나 떨어지는 이유가 무엇인지 꼭 알아야 했다. 그렇지만 알아낼 방법이 없었다. 관계기관에서는 신상에 대한 정보를 알려줄 수가 없다는 말만 되풀이 했다.

동생이 여기저기 쫓아다니며 알아낸 결과는 아버지가 북한 출신이라는 것이었다. 동생은 너무나 어처구니없는 사실에 할 말을 잃고 말았다. 이산가족들이 이런 부당한 대우를 받아야 하느냐고 항의를 해 보았지만, 원칙이라 어쩔 수 없다는 반응이다. 행정고시에 합격한 사람들이 고위직이고, 그들이 담당하는 내용이 국가 기밀을 다룰 수도 있기에 사고를 미연에 방지하기 위한 것이라는데……

아버지는 생각이 많아지셨다. 이유 없이 고문당한 것도 억울한데 고문당했던 기록이 남아 있어 아들이 불이익을 당하는 것은 아닌지…… 그런 이유라면 아들에게 씻을 수 없는 오점을 남겨 주는 것일 텐데 하는 마음에 애를 태우셨다.

아버지께서는 생각지도 않았던 일련의 일들이 직간접적 불이익으로 다가오자 오랫동안 담아 왔던 분노가 폭발했다. 당신이 아닌 자식까지 불이익을 당한다고 생각하니, 그동안 참고 살아왔던 분노가 몸과 마음을 후벼 팠다. 이념과 체제에 반발하며 더 나은 것을 찾으려고 노력했는데 결국 이런 일뿐이라니…….

아버지는 사랑하던 가족들을 팽개치고 나만 살겠다고 월남한 대가를 치른다는 자학을 하며 몸져눕게 되었다.

큰동생은 이유야 어떻든 아버지의 과거가 자기의 진로를 가로막고, 2년 동안 준비한 노력이 물거품이 된 현실에 실망과 분노를 느꼈다. 결국 아버지란 존재 자체를 부인하며 원망하게 되었다.

아버지와 아들의 갈등을 보아왔던 엄마는 이 일로 또 다른 갈등이 생기지나 않을까 전전긍긍하며 눈치를 살폈다. 엄마의 힘으로는 해결할 수 있는 문제가 아니었다.

"애야. 불가항력적인 일이니 아버지를 너무 원망하진 말아라. 너한테 더 좋은 일이 있으려고 시련을 주는 걸 거야."

큰동생은 어떤 말도 듣기 싫은 듯 표정도 없다. 아버지의 잘못이 아니라는 것을 알면서도 원망하는 자신이 어쩌면 더 싫었는지 모른다.

이런저런 우여곡절이 집안 분위기를 가라앉히며 살얼음판을 걷듯이 조심스러웠다. 아버지는 아버지대로 분노로 자신을 다스리기 힘

들어하며 고통스러워하셨다. 동생은 동생대로 앞으로의 진로에 대해
고민하며 집 안을 정적 속으로 끌어들였다.

부메랑

어느 날 큰동생이 결혼을 하겠다며 여자 친구를 데리고 왔다. 결혼은 생각도 못했었는데 갑자기 내놓은 결혼이라는 카드가 영 찜찜했다. 별로 사귀지도 않았는데 성급하게 결정을 한 것은 아닌지 걱정이 앞섰다. 하지만 부모님과 나는 반갑게 동생의 여자 친구를 맞이했다.

부모님과 동생의 여자 친구를 거실에 남겨 둔 채, 나는 동생을 다른 방으로 데리고 갔다.

"여자 친구는 언제 만났어? 그리고 어떻게 알았어?"

"친구한테 소개 받았어."

담담하게 얘기하는 동생의 표정은 연애하는 사람의 표정이 아니었다.

"친구 누구? 내가 아는 애니?"

"아마, 모를 걸?"

"집에까지 데려온 걸 보면 결혼을 할 생각인가 본데, 맞아?"

"그럴 생각인데 아직 확실하진 않아. 여자 친구가 인사하고 싶다고 해서 데려왔어. 더 두고 봐야지."

동생과 얘기를 하는 사이 부모님은 여자 친구와 얘기를 하며 밝게 웃고 계셨다. 거실 탁자에 놓여 있는 과일을 깎으며 묻는 말에 공손하게 대답하는 모습은 요조숙녀였다.

"양친은 다 계신가?"

"네, 다 계세요. 1남 2녀로 저는 둘째입니다."

아버지께서는 궁금한 것을 물으면서 매의 눈으로 여자 친구의 요모조모를 뜯어보고 계셨다. 아들이 여자 친구가 있다는 것만으로도 엄마는 대견하고 흐뭇했다. 아들이 좋다면 반대할 이유가 없다고 생각한 엄마는 아버지에게 고문하듯이 묻지 말라며 눈짓을 하셨다.

"집이 어디라고 했지?"

"방배동입니다."

여자 친구는 얌전하게 눈도 제대로 맞추지 못하고 다소곳한 표정으로 대답을 했다. 부모님은 그런 모습이 요즘 사람 같지 않다며 칭찬을 했고 만족스러워 하셨다. 특히 엄마는 아들이 참한 여자를 만나 대우받으면서 살기를 원했기에 현모양처처럼 보이는 아들의 여자 친구가 마음에 들었다.

"이름을 알고 싶은데……."

"제 이름은요, 김민정이에요. 우리 아버지가 저를 제일 예뻐하세요."

아버지는 어떻게 호칭을 붙여야 할지 몰라 이름을 물었던 것인데, 그녀는 다소 수다스러울 정도로 큰 목소리로 대답을 했다.

"아버님, 이름을 불러주면 저는 좋죠! 친근감도 있고 좋잖아요. 딸처럼 생각하세요."

아버지는 고개를 끄덕이시며 기분 좋게 웃고 계셨다. 나는 동생의 여자 친구가 초면에 아버님이라 부르며 아양을 떠는 모습이 가식처럼 느껴졌다.

우여곡절을 겪고, 아버지와 갈등으로 평행선을 달려가던 동생이 결혼을 하겠다는 것이 믿겨지질 않았다. 부모님은 큰아들이 결혼한다는 것만으로도 반갑고 경사스런 일이라며 기뻐하셨다.

그러던 어느 날 동생은 결혼을 서두르지 않았으면 좋겠다는 말을 했다. 엄마는 그 말을 건성으로 받아들였다. 남자는 결혼을 해야 완성이 되는 것이라며 동생의 말을 일축시켰다.

엄마는 결혼을 시키지 않으면 안 되는 것처럼 동생의 결혼을 서두르셨다. 한식집에서 상견례를 하기로 했다. 교외에 있는 한식집은 사람도 많지 않고 조용했다. 정오의 햇볕이 뜨겁게 느껴졌다.

널따란 정원엔 온갖 꽃들이 행복하게 살기를 바라는 듯 활짝 웃으며 반겼다. 뜨거운 햇빛을 받아 화려하게 빛나는 검붉은 목단 꽃의 진한 향기가 그 주변을 가득 메웠다.

"예쁘다! 어쩜 이렇게 예쁠까!"

주변을 둘러보고 계시던 아버지의 얼굴이 일그러지는 보았다.

"시간 다 되었다. 빨리 들어가자."

아버지는 버럭 화를 내시며 서둘러 들어가셨다.

"왜 그러시는지 도통 이해할 수가 없다니까."

나는 기분 같아서는 이 자리를 피하고 싶다는 생각이 들었다.

예약한 방에는 10여 명이 앉을 수 있었다. 햇빛이 드는 창가엔 빨강 장미가 소담스럽게 꽂혀 있었다. 넓은 통유리 밖으로 펼쳐지는 정원의 풍경이 한 폭의 그림이었다. 그것을 바라보며 하는 식사는 오감을 자극했고, 마음까지 여유롭게 했다. 정갈하게 만들어진 음식은 일품요리들로 맛도 있었지만 보기도 좋았다.

서로 담소를 나누며 결혼 날짜와 기타 필요한 것들을 얘기하는 중에 아버지는 화장실을 가신다며 자리에서 일어나셨다. 아버지의 표정이 밝지 않아 걱정이 되었지만, 대수롭지 않게 생각했다. 한참이 지난 후에 들어오신 아버지의 얼굴에는 땀이 흥건히 맺혀 있었다.

"어디 불편하십니까? 피곤해 보이시네요."

화가 난 것처럼 보이는 아버지의 표정에 사돈어른이 말을 건넸다.

"속이 좀 불편하군요."

아버지가 불편해 하자 우리는 서둘러 결혼에 필요한 것들은 추후 마무리 짓자며 그 자리를 빠져나왔다.

결혼을 하려고 마음먹었으면 뜸들일 필요가 없다며 부모님은 큰동생을 서둘러 결혼을 시켰다. 신접살림은 인천에 마련했다.

동생은 인천에 위치한 규모가 탄탄한 중소기업에 취직을 했다. 업무추진력과 리더십이 강조되던 시절이라 회사에서는 군인 출신을 선호했다. 군인 출신들의 리더십이 단체를 이끄는데 중요한 덕목으로 작용하면서 중간 간부로 채용됐고, 월급도 꽤 많았다.

알뜰하게 살림을 하면 저축하면서 살 수 있는데, 살림을 어떻게 하는지 월급 타다 갖다 주면 며칠이면 바닥이 났다.

올케는 적은 나이가 아님에도 예의도 없고, 고집이 세서 남의 말이나 의견을 들으려 하지 않았다. 동생 내외는 사고방식의 차이로 싸우는 날이 많아졌다. 나는 적응해 나가는 과정이라고 생각하며 긍정적으로 기다렸다. 하지만 둘 사이의 간격은 좁혀지지 않았다. 올케는 집에서 살림만 하며 지내기엔 무기력하다며 전공을 살릴 수 있도록 피아노 학원을 차려달라고 졸라댔다. 피아노 전공을 살리고 싶다는 아내의 얘기에 거절을 하지 못한 동생은 일을 저질렀다.

군 생활만 하던 동생은 세상물정에 대해서는 까막눈이었다. 사업성에 대한 검토는 하지 않고, 시설을 크고 보기 좋게 하면 레슨 받을 사람이 몰려올 것이라고 생각했다. 사후에 일어날 수 있는 문제에 대해서는 미처 대비를 하지 못한 채 시설에만 급급한 것이다.

나는 피아노 학원 규모에 놀랐다. 경험을 살려 단계를 밟아 올라가야 했지만 동생 부부는 그런 생각은 안중에도 없었다. 아무것도 모르는 내가 보기에도 이건 아닌데 싶었다.

시설에 압도되어 있는 나를 향해 동생이 하는 말이 더 가관이었다.

"시설이 좋아야 레슨 받을 사람들이 오지, 그렇지 않으면 오질 않아."

"그렇긴 한데. 여긴 서울도 아니고 인천 동네에서 레슨 받을 사람들이 그리 많다든? 동네도 크지 않구먼."

"소문이 나면 앞으로 많아지겠지."

"소문? 무슨 소문? 시설만 좋다고 사람들이 배우러 온다니? 실력이야, 실력!"

나는 어처구니가 없어 실소했고 동생의 무모함에 화가 났다.

"시설비도 꽤 많이 들었을 텐데……."

"융자 받았어. 집 담보 잡혀서."

나는 그 말을 듣는 순간 너무 놀라 벌린 입을 다물 수가 없었다. 나는 앞으로 헤쳐 나갈 일이 걱정스러워 동생을 한심하다는 듯 바라봤다.

세상 돌아가는 이치를 이렇게 모를 수 있을까. 이건 아닌데 싶었다. 이렇게 시설만 번듯하게 해 놓는다고 레슨 받을 사람들이 몰려오지는 않을 터인데…… 걱정이 앞섰다. 하지만 벌려 놓은 일이니 잘되기를 바랄 뿐이었다.

처음엔 시설에 압도되어 레슨 받는 사람들이 꽤 많았다. 하지만 올케의 성격이 이곳저곳에서 드러나자 회원들이 줄기 시작했다.

동생 부부는 맞벌이 한다는 핑계로 시부모 공경은 뒷전이었다. 올케의 상식 없는 행동이 이곳저곳에서 곪아가고 있었다. 아들 내외가 궁금하고 걱정이 된 엄마가 집을 찾아가면 집 안 꼴이 엉망이었다. 밥을 언제 해 먹었는지 밥통에는 곰팡이가 말라붙어 있을 정도였다.

엄마의 걱정은 이만저만이 아니었다. 아들이 밥도 못 얻어먹고 푸대접받는다 생각하니 기가 막혔고, 보고만 있어서 될 일이 아니라고 생각한 엄마는 동생 부부를 불러 앉혔다.

"너희들은 지금 신혼인데…… 사는 꼴이 마치 거지 소굴과 같구나. 왜 이렇게 사니?"

엄마는 이해할 수가 없어 화가 머리끝까지 치미는 것을 참으며 대답을 기다렸다.

"뭐가 어때서 그러세요, 어머니! 밥 대신 먹고 싶은 것 먹고, 집안 청소는 시간 나면 하면 되잖아요. 걱정하실 것 없어요."

"너도 네 처와 같은 생각이냐?"

어이가 없어 동생 내외를 바라보는 엄마는 당장 눈물이 쏟아질 것 같은 것을 참으며, 아들에게 물었다. 동생은 말을 하기 싫은 것인지 무표정하게 천장만 바라봤다.

"왜 이러고 사는지 답답하다. 얘기 좀 해 보란 말이다."

엄마가 성화를 대자 동생은 겨우 입을 뗐다.

"우리 일은 우리가 알아서 할 테니 걱정하지 마세요."

말을 자르는 동생에게 엄마가 화가 치밀어 오르는지 긴 한숨을 몰아쉬셨다.

큰동생은 아버지와의 관계가 매끄럽지 않자 항상 마음에 부담을 느끼며 겉돌았다. 결혼을 급히 서두른 것도 그 부담에서 벗어나기 위한 수단의 한 방편이었다.

동생은 올케와 교제를 하면서 올케의 성격이 매끄럽지 못하고, 결벽증에 가까운 고집이 있음을 알았다. 결혼을 하면 피곤하겠다는 생각이 들었다. 그래서 동생이 올케와 결혼하는 것을 서두르지 말라고 했던 것인데, 일이 터지고야 말았다.

엄마는 동생을 결혼시키면 방황이 끝나지 않을까 생각했다. 결혼을 신중하게 받아들이지 못한 것을 후회하셨지만 이미 늦은 후였다.

동생의 결혼생활이 엄마의 바람대로 되지 않자 수습해 보려 애를 쓰셨지만, 큰동생 내외는 그 차이가 좁혀지지 않고 평행선을 달려갔다.

엄마는 동생이 어떻게 사는지 알게 된 후부터 자주 드나들며 먹을 것을 챙겼고, 살림살이에 관여하게 되었다.

엄마가 살림살이에 관여하게 되면서 올케는 행동에 불편을 느꼈다.

"어머니 우리 집에 오지 말라고 해요. 신경 쓰여서 못 살겠어요."

올케는 행동에 제약을 받자 큰동생을 몰아세우기 시작했다.

"엄마가 와서 집 안 청소며 먹을 것 챙겨 주는데…… 나이 드신 분이 와서 도와주면 고맙다는 말을 못할망정 불편하다니!"

시어머니가 옆에 있음에도 포악을 떠는 아내에게 동생은 조용히 하라며 소리를 질렀다. 엄마에게 자기의 사는 모습을 보여준 것이 미안하고 불효를 하는 것 같아, 엄마의 눈치를 보는 동생의 얼굴이 창백해졌다.

피아노 학원은 회원들이 점점 줄기 시작했고, 임대료 내기도 힘들었다. 월급을 타면 임대료와 이자를 충당해야 하는 생활이 반복되었다. 버티면 버틸수록 손해가 커져만 갔다. 결국 빚만 떠안고, 빚 청산을 위해서 살고 있는 집을 정리해야 했다.

결혼한 지 얼마 되지 않았는데 신혼집을 날려먹고 돕기를 청했다. 너무 어처구니없는 일에 할 말을 잃고 어디 한번 얘기나 들어보자며, 아버지가 동생 내외를 본가로 불러 들였다.

"무엇을 어떻게 할 것인지 얘기나 들어보자."

아버지는 큰동생 내외가 무슨 생각을 하고 있는지 알고 싶으셨다.

"세상은 너희들이 생각하는 것처럼 녹녹치 않다는 것을 깨달은 거냐. 그렇지 않으면 운이 나빴다고 생각하는 거냐. 너희 생각을 말해 봐라!"

큰동생은 염치가 없는지 묻는 말에 대답을 못하고 망설였다.

"당신이 생각하는 얘기를 아버님께 말씀드려요."

옆에서 바라보고 있던 올케가 답답하다는 듯 동생을 채근했다. 하지만 동생은 고개만 숙이고 꿀 먹은 벙어리가 되었다.

"아버님 집 문제만 해결해 주세요."

올케는 동생을 제치고 당연한 것처럼 하고 싶은 말을 했다.

"무슨 집을 해결해 달라는 거냐?"

"아버님, 지금 살고 있는 집이 월세잖아요. 월세를 주고 나면 생활비가 없어요."

"잘 살라고 집을 마련해 준 것인데 의논도 하지 않고 너희 마음대로 했으면 그만한 각오는 했어야지. 그런 각오도 없이 일을 저질렀냐? 젊은 나이니까 알뜰하게 하면 월급 타는 것 가지고 집세 내고 살 수 있다고 생각한다. 세상을 많이 배워야겠구나."

동생이 사회에 적응하며 살기에는 아직도 미흡한 것이 많다는 것을 느낀 아버지는 세상과 부딪혀서 고생도 해 보고 터득해 나가기를 바라며 도움을 거절하셨다.

사치와 허영이 많던 올케는 생활에 여유가 없자 동생을 불편하게 했다. 결국 싸움이 반복되자 이혼한다는 말까지 나오기에 이르렀다.

이혼을 하는 것이 오히려 나을지도 모른다는 생각이 들었다. 기본이 안 돼 있는 사람과 살기는 고욕일수 있다.

행복해지기를 바라며 결혼을 시킨 것인데, 삐걱대는 동생네 모습은 부모님의 마음을 아프게 했다. 그러나 어떤 선택을 하든 선택한 당사자들이 알아서 판단하기를 바라며 지켜보셨다. 피신하는 심정으로 적성에 맞지 않는 군인의 길을 간 것 자체가 오늘의 결과를 만들지는 않았는지의 생각이 여기까지 이르자 엄마의 가슴이 미어졌다.

동생은 군인이 적성에 맞지 않는다고 하였지만 몸은 군인의 습관이 배어버린 것이다. 군대에 오래 머물렀던 사람들이 사회에 나오면 적응을 못하는 것도 정해진 틀 안에서 생활하면 문제가 없었지만 사회는 달랐다. 아버지의 우려도 여기에 있었던 것이다.

올케가 임신했다는 소식과 함께 부모님은 안도의 숨을 돌리며 잘 살기를 바랐다. 엄마는 아들이 월세 사는 것이 힘들겠다며, 전세라도 얻어주자고 아버지를 설득했다.

"고생을 해야 이 사회가 어떻다는 것을 느끼며 적응할 수 있으니까 두고 봅시다."

"우리는 편히 있으면서 어렵게 사는 것이 마음에 걸려서 먹는 것도 소화가 되지 않고, 신경을 써서 그런지 머리가 깨질듯이 아파요. 마음 편히 삽시다."

"당신 마음 모르는 것은 아닌데 사회에 대해 많이 알아야 앞으로 살아가는데 도움이 될 수 있소. 아파도 참아 봅시다."

"하기야 며느리 하는 것 봐선 깨진 독에 물 붓기란 것 알아요. 내 자식이 힘들어 할 것을 생각하면 잠도 안 와요. 자식이 애물단지라 더니……."

"도와주지 않아도 살아가지 않소. 힘들었던 것이 밑거름이 되어서 옛말할 때가 있을 거요."

"그랬으면 오죽이나 좋겠어요."

"내가 봤을 땐 아직 멀었소. 사회를 살아가려면 융통성 있게 휘어지기도 하고 아부도 할 수 있어야 하는데 아직은 군기가 빠지지 않았소."

"그러다가 이혼이라도 한다 하면 어찌하게요?"

"이혼을 하면 안 되겠지만 그런 것을 이기지 못하면 평생 따라다니며 괴롭힐 거요. 그걸 못 참아내면 헤어지는 게 낫지 않겠소?"

부모님의 생각이 어디에 있는지 모르는 동생은 도와주지 않는 것을 서운해 하며 집에 발길을 끊었다.

자식 걱정으로 노심초사하던 엄마가 갑자기 호흡곤란을 일으키며 쓰러지셨다. 나는 갑자기 일어난 일이라 당황했다.

"어떡해! 어떡해!"

나는 위기의 상황에서 무엇을 먼저 해야 한다는 것은 알고 있었지만 순간 머리가 하얘지며 아무것도 할 수 없었고 발만 동동 굴렀다. 아버지는 응급처치를 하기 위해 평평한 바닥에 엄마를 누이더니 가슴에 압박되어 있는 속옷을 풀고 기도가 막히지 않도록 상체를 똑바로 누이고 119의 도움을 요청했다.

아버지의 침착한 대응이 위기를 넘겼다. 엄마는 병원에 입원해 있으면서 종합검진을 하게 되었다. 검진 결과 고혈압으로 인한 뇌경색이라 했다. 더욱 놀라운 사실은 엄마에게 뇌경색이 이번이 처음이 아니라는 충격적인 말이 이해가 되지 않았다.

"어떻게 그럴 수 있죠?"

의사는 혈압이 있는 사람은 자기도 모르게 그런 증상이 올 수 있다며 항상 조심해야 한다고 했다. 그동안 엄마가 두통을 호소했던 것이 그런 이유였다는 것도 알게 됐다.

"엄마, 앞으로는 엄마 자신만 생각하며 사세요. 자식에 연연하지 마시고 머리 컸다고 자기 멋대로 하겠다는 자식을 짝사랑하지 마시고요."

나도 엄마의 속을 썩였던 딸이었기에 이런 말을 하면서도 양심의 가책을 느꼈다. 과년한 딸이 결혼할 생각은 않고, 하고 싶은 일을 한다고 엄마를 힘들게 했다.

엄마는 내가 결혼 적령기가 되자 주변의 아는 지인을 통해서 신랑감을 물색해 왔고, 선 봐서 결혼하기를 원했다. 그렇지만 듣는 순간부터 나의 마음에 차지 않았고 관심조차 없었다.

"사람들이 '왜 딸 결혼 안 시켜요? 나이가 많을 텐데' 그런 소리들을 때마다 쥐구멍이라 들어가고 싶단 말이다."

엄마는 나를 결혼을 시켜야 한다는 걱정이 앞서 잔소리가 끊이지 않았다.

"결혼 안 하는 게 뭐 나쁜 짓이에요? 쥐구멍을 찾게."

나는 궁색한 변명을 하며 결혼 문제를 등한시했다.

"그래도 사람들은 무슨 문제가 있어서 못 가는 줄 안단 말이다."

"때가 되면 할 거예요. 걱정하지 마세요."

엄마는 건성으로 대답하는 딸이 미덥지 않아, 지인을 만나기만 하면 신랑감 좀 알아봐 달라고 부탁했다.

"제대로 알아보지도 않고 딸을 여기저기 시장 물건 내놓듯이 하지 말아요."

신랑감을 물색해 올 때면 아버지는 언성을 높이며, 시집보내기 싫은 사람처럼 화를 내곤 하셨다.

"소개만 해 주면 지들이 알아서 할 텐데 뭘 걱정을 하세요?"

"뭘 알아서 한단 말이요? 사람 말을 어떻게 믿는다는 거요."

두 분의 언쟁에 나의 마음도 시큰둥해지며 상대에 대해 관심이 생기지 않았다. 열린 마음이 없으니 상대의 단점이 첫눈에 들어왔고, 얘기하는 것도 싫게 느껴졌다.

"엄마, 이젠 그만 좀 하세요. 꼭두각시 같은 놀음 싫단 말이에요."

"결혼 안 할 거야? 노처녀 되면 누가 데려가지도 않아. 지금도 적은 나이가 아니잖아."

모녀가 옥신각신 할 때면 아버지는 한결같은 말씀만 하셨다.

"애가 싫다는데 왜 그런 짓을 벌인단 말이요?"

"저 양반은 딸 하나 있는 거 시집 안 보낼 작정이에요? 무슨 꿍꿍이속인지 알 수가 없어요."

심지어 아버지의 지인들도 한 마디씩 했다.

"과년한 딸을 끼고 살 거요?"

이런 말을 들을 때면 아버지는 묵묵부답하며 북쪽하늘만 쳐다보고 계셨다.

내가 어릴 적부터 아버지는 통일이 되면, 우리 딸은 내 고향에 가서 결혼시키겠다고 말씀 하시곤 하셨다. 아버지가 그리는 고향의 좋은 풍습 아래, 아버지를 인정해 주는 그런 곳에서 딸을 결혼시키고 싶은 바람으로 나의 결혼을 서두르지 않으셨던 것이다. 그만큼 아버지는 당신의 자식들을 귀하고 소중하게 생각했는데, 그것을 표현하지 못하고 가슴에만 담고 계셨다.

엄마는 예민해진 성격 탓에 조그만 일에도 스트레스를 받았고, 지병이 된 산후풍도 혈압을 상승시키는 원인이 되었다. 혈압 약을 복용해도 혈압은 떨어지질 않고 엄마를 괴롭혔다.

복용하는 약이 많아지자 소화력도 떨어져 엄마의 몸과 마음을 약하게 만들었다. 고통이 엄마의 인생에 깊숙이 들어왔다. 엄마의 고통이 심해지자 아버지는 다리 통증을 내색할 수 없었다. 아버지는 통증을 숨기려고 지인들과 어울리며 저녁 늦게 서야 들어오셨다.

"마누라가 아프다는데 그렇게 무심할 수 있어요?"

아버지의 고통이 얼마 만큼인지 알 리 없는 엄마는 아버지의 무성의에 서운한 마음을 담아 말씀하셨다. 엄마에게 이런 말을 들으니 기분이 언짢아지셨다. 그러나 화를 내기에도 힘들만큼 지쳐 있었다.

"약은 먹었소? 나는 밥 생각 없으니 당신이나 챙겨 먹구료."

아버지는 통증이 날로 심해지면서 말수가 적어졌고, 바깥출입도 자제하셨다. 얼마나 아픈지 표현을 해야 하지만 참고 고통과 사투를 벌이셨다.

부모님의 병세가 날로 심해지자 독신을 고집했던 나는 효도하는 의미로 결혼을 할 수도 있다고 생각했다. 사실 나는 그동안 사귀던 사람이 있었다. 그러나 독신으로 있으면서 하고 싶은 일을 하는 것이 좋았고 행복했다. 성공하고 싶은 열망 때문에 결혼은 뒷전이었다.

어릴 때부터 관찰력이 좋았던 나는 그냥 스쳐 지나가는 일이 없었다. 이것이 왜 여기에 있으며, 무슨 목적이 있어서 여기에 있는지 확인하곤 했다. 생소한 곳에 가도 이정표를 꼭 확인하고 몇 Km에 어떤 것이 있는지 눈여겨보며 다른 사람들이 놓치는 것에 관심을 가지고 사물을 대했다.

어려서는 부모가 시키는 대로 학교도 선택했고 내 의사와는 무관하게 살아왔다. 그래서 내가 무엇을 잘하고, 하고 싶은 것이 무엇인지 몰랐다. 그런데 어느 날 내 눈에 띈 것은 디자인이었다. 사물에 대한 관찰력이 좋았던 나는 TV를 보거나 영화를 보아도 그 속에 담겨 있는 내용보다는 그 언저리에 있는 사물을 관찰하곤 했던 것이다.

유행의 흐름을 포착할 수 있는 혜안이 있었던 나는 디자인 공부를 하기 시작했다. 나는 늦게 찾아낸 재능에 행복해하며 열정을 쏟았다. 필요한 지식을 위해서는 유학도 갈 수 있다고 생각했기에 결혼 자체를 무시했다. 하지만 언제까지나 내 생각만 할 수가 없었다.

인고의 세월

아버지는 고통이 심해지면서 비로소 당신이 살아온 길을 더듬어 보게 되었다. 고향이 있지만 가지는 못하는 고향, 그곳에 있는 가족을 그리워하면서도 만나지 못하는 현실에서 고통을 감내해야 했던 지난 일들이 어제의 일처럼 선명하게 떠올랐다.

고향을 버려야만 했고, 가족을 버려야만 했던 일들이 과연 옳은 일이었던가?

더 나은 삶을 위한 결단이었지만 결국 더 나은 삶이었을까?

방법도 해결책도 없이 반세기를 고통 속에서 견뎌내며 병만 남았다고 생각하니 허무하기 이를 데가 없었다. 누구를 위해서 그토록 몸부림치며 살아왔던가! 과연 내 삶을 최선을 다하며 살아왔던가! 아버지는 자신에게 질문을 던져 보았지만 메아리만 돌아올 뿐이었다.

병실 하얀 벽의 스크린 속에서 고향의 아내와 자식이 웃으며 손짓했다.

"여보, 빨리 오세요. 많이 기다렸어요."

"아버지! 아버지! 보고 싶었어요."

"그래. 아버지도 너희들이 보고 싶었단다."

"아버지, 이젠 어디 가지 마세요."

"이젠 어디 안 가고 너희들하고 같이 살 거야."

아버지는 벽 속으로 뛰어들기라도 할 듯이 온몸을 허우적거렸다.

"꿈꾸셨어요?"

"음!"

주위를 돌아본 아버지는 무엇을 찾기라도 하듯 두리번거리셨다. 아버지께서는 폐렴으로 고열이 오르락내리락 했고, 죽음과 같은 깊은 잠에 빠져드는 날이 많아졌다. 그럴 때면 그리던 고향의 가족들과 꿈속에서나마 해후했다.

버티려 해도 버틸 수 없었던 흔적이 당신을 괴롭히며 당신을 옥죄어 올 때, 누군가에게 기대고 의지하고 싶었지만, 아무도 아버지를 지켜주거나 위로해 줄 사람은 없었다. 아버지의 뜻과 다르게 역사의 흐름에 쫓기어 다녔고, 흐름에 씻겨 나가지 않으려고 버텨냈지만, 몸과 마음은 다 소진되어 자신을 삼켜버리려 달려들고 있다.

그러나 인생을 마무리하기엔 아직 할 일이 남았다. 용서받아야 할 가족의 생사도 알지 못한 채, 자신의 생을 마감하기엔 너무 억울하고, 가족에 대한 예의가 아니라 생각하며 아버지는 있는 힘을 다해 버티려 했다.

아버지의 병원 생활이 길어지면서 엄마는 아버지를 지켜야 한다는 일념으로 자신의 건강은 뒷전이었다. 가족과 헤어져 산다는 것이 얼마나 가슴 아픈지 알기에, 엄마는 아버지에게 많은 것을 요구하지 않았다. 어린 핏덩이를 떼어 놓고 돌아설 때, 모든 것을 포기해야 했던 아픔이 있었기에……포기하면서 가슴에 묻는다는 것이 얼마나 큰 아픔인지 알기에, 아버지를 이해하려고 노력하셨다.

"당신이 나 때문에 고생이 많구료."

아버지께서 정신이 맑을 때는 엄마를 안쓰럽게 바라보고, 좀처럼 하지 않던 말까지 던지며 엄마의 고충을 위로해 주셨다.

"무슨 고생을 한다고 그러세요. 저는 괜찮으니 걱정 마세요."

"괜찮을 리 있겠소. 잠자리도 편치 않고, 먹는 것도 부실한데."

"참 당신도, 제 걱정은 하지 마세요. 당신이 기운 차리고 툭툭 털고 일어나는 것이 저를 위한 것이라는 것을 명심하셔야 해요."

"알았구료. 당신 성의를 봐서라도 일어날 거요."

아버지는 엄마의 손을 꼭 잡으며 의지를 보이셨다.

아버지가 말은 하지 않아도 엄마의 마음을 헤아리며 안타까워하고 있다는 것을 느낄 수 있었다. 엄마는 아버지의 가슴에 얼굴을 묻으며 흐느끼셨다.

아버지는 가끔 행복한 웃음을 가득 담고 평온하게 깊은 잠에 빠져들 때면 꿈속에서 고향의 가족을 만났다. 고향의 부인은 아버지가 첫눈에 반한 여성이었다. 그래서 1년을 따라다녔고, 진심을 보여주며 설득했다. 부인은 아버지가 위험한 일에 몸담고 있다는 것이 내키지 않아 거절하며 아버지를 애태웠다. 하지만 진심이 통했던 것인지 두 분은 비밀리에 결혼을 하게 되었다. 아버지가 공산당 반대 운동을 하며 쫓겨 다니는 처지였기에 드러내 놓고 결혼할 수가 없었던 것이다.

아버지로 인해 행동에 제약을 받을 것을 고려한 것이었는데, 이런 상황의 결혼생활이란 그렇게 쉬운 것이 아니었다. 그러나 극한 상황의 결혼은 두 분을 더 애틋하게 만들며 간절하게 다가왔다. 그래서 아버지의 인생에 제일 화려하고 멋있게 자리하게 되었다.

긴박한 상황 속에서도 두 분은 묘향산, 대동강변 등을 찾아다니며 추억을 만들었고, 가장으로서 본분을 다하려고 노력하셨다. 아버지는 교편생활을 하면서도 시부모를 극진하게 모시는 부인이 다시 없이 소중했고 사랑스러웠다. 그런 사랑이 열매를 맺으며 아들이 태어났다. 아버지는 당신의 대를 이을 아들이 태어났다는 것만으로도 천하를 다 얻은 느낌이었다.

그러나 그 기쁨도 잠시 접어두어야 했다. 재산을 몰수해가는 것도 모자라 집 안에 숨겨둔 것까지 뒤져가며 혈안이 된 공산당원들이 그들을 끌고 가 총살시킨다는 정보가 입수되었다. 총살시키기 전에 그들을 구출해야 하는 긴박한 상황이었다. 신중한 작전계획을 세운다 할지라도 실패할 수 있어 긴장할 수밖에 없었다. 실수가 대원들의 생명을 바꿀 수 있기에, 작전이 성공할 때까지 대기하며 만일의 불상사에 빨리 대처하는 임기응변과 행동이 필요했다.

아버지는 자기 자신보다 대원들의 안위를 먼저 생각하고, 배려해 줬는데, 그 덕목이 그들을 이끄는 구심점이 되며 존경을 받게 되었다.

아버지는 태어난 지 한 달이 지나서야 소중한 아들의 얼굴을 볼 수 있었다. 당신의 얼굴을 쏙 빼닮은 아들을 보면서 입을 다물지 못하자, 할아버지와 할머니의 애정 어린 눈총을 받았다.

"아! 그렇게 좋으냐?"

"그럼 좋구 말구요. 누구 아들인데요."

"그렇지. 너도 그렇게 우리들한테 기쁨이었느니라."

"수고했소. 늦게 와서 미안하구료."

아버지가 미소 짓는 아내를 사랑스럽게 바라봤다.

"큰일하시는 분이 가정에 얽매일 수 있나요!"

"그렇게 말해 주니 고맙구료."

손에서 아들을 놓질 못하고, 만지고 비비며 어찌할 바를 모르는 아버지를 보고 할아버지, 할머니는 아이가 놀란다며 걱정하셨다.

엄마는 아버지가 깊은 잠에 빠져들 때면 영영 일어나지 못할까 봐 겁이 나 아버지를 흔들어 깨우곤 하였다.

"눈 떠 보세요, 눈 떠 보세요."

힘없이 눈을 뜨는 아버지의 얼굴에 미소가 번졌다. 아버지는 아픈 곳도 없다며 두 주먹을 불끈 쥐어 보이시기까지 했다.

"좋은 꿈꾸셨나 봐요?"

"그렇다오"

폐렴이 소강상태를 보였다. 아버지는 병원 생활이 답답하다며 퇴원하기를 원하셨다. 위험한 고비를 넘겼기에 퇴원수속을 밟았다.

바깥출입을 하실 수 없는 아버지를 위해 아버지의 지인들이 집으로 찾아왔다. 아버지는 그들과 담소를 하며 하루하루를 보내셨다. 지인들과 고향 얘기를 할 때면 아버지는 아픈 사람 같지 않게 힘이 넘치셨다. 아버지에게 고향이란 살아있게 하는 힘이었다.

아버지는 월남하여 아는 사람이라곤 없는 이 땅에서 외로움을 이기셔야 했다. 살기 위해서 최선을 다해야 했던 삶이 아프게 다가왔다.

지독한 외로움과 죄의식을 이기는 방법으로 아버지는 당신 몸을 혹사하며 악착같이 돈을 벌었다. 그러다 보니 당신의 인생은 없었다. 열심히 살았기 때문에 돈으로 보상은 되었지만, 돈이 전부가 아니었다. 남들은 명절이면 고향을 간다, 부모님을 만나러 간다, 돌아가신 부모님 성묘를 간다 하는데, 아버지는 맥 놓고 북녘하늘만 바라보며 한 맺힌 눈물만 떨구던 세월이었다.

설상가상 피난 나오다 억울한 죄명으로 고문까지 당하고, 결국 그것이 자신의 인생을 불행하게 내몰고, 자식의 인생까지 흠집을 내게 만든 현실에 아버지는 지쳐있었던 것이다. 더 나은 삶을 위해 선택한 길이었지만, 양쪽의 가족은 그 흔적으로 고통 받으며 살고 있었다.

이런 일련의 일들이 불가항력이었지만, 아버지는 자신 때문에 야기된 일이라고 생각하며 자학을 했다. 열심히 살려고 노력했지만 정작 가족들에게 상처를 주었고 좋은 남편, 좋은 아버지가 되지 못하였다는 것을 느낀 아버지는 괴로워하였지만 표현은 하지 못했다.

부부는 일심동체라고 하더니 아버지의 병환은 엄마에게 행복한 시간이었다. 아버지가 온전히 엄마의 사람이 되었던 것이다. 데면데면하게 살아왔던 지난날들이 무색할 정도로 아버지는 다정하고 따뜻하게 엄마를 위로해 주었다. 그런 아버지를 잃지 않으려고 엄마는 최선을 다해 아버지를 간호하며 위안을 주려고 노력하셨다. 하지만 아버지의 병환은 엄마의 간호를 시기라도 하듯 더욱 더 위중해졌다. 아버지는 식사를 거의 못하실 정도로 병세는 점점 악화되기 시작하였다.

아버지의 형색은 보고 있기가 민망할 정도로 날로 위중해졌다. 아버지의 병세는 호전과 악화를 반복하며 우리들을 애태웠고, 아버지를 고통의 늪으로 깊이 빠져들게 했다.

어느 날, 아버지께서 가족들을 호출하였다. 평생에 모아왔던 재산을 분배하겠다는 유언을 하셨다.

"내가 갈 때가 된 것 같구나. 명심해서 들어라. 있는 재산은 N분에 1로 나누고 엄마한테는 살아계실 동안 병원도 다녀야 하고, 생활도 해야 하니까 임대료 나오는 것 가지고 쓰게 해라."

아버지의 단호한 모습에 나는 할 말을 잃고 아버지를 바라보며 눈물을 쏟았다. 아버지는 어느 때보다 편안한 표정을 지으며 밝게 웃으셨다.

"사람은 누구나 한 번 왔다 가는 생이니 슬퍼할 것도 없느니라. 그리고 명심해라. 재산 가지고 싸우면 무덤 속에서 뛰어나올 거니까, 거듭 명심해라. 재산 가지고 싸움질 하는 것처럼 못난 게 없느니라."

아버지는 사후에 일어날지도 모를 형제들 간의 싸움을 걱정하시는 것 같았다.

"난 필요 없으니 주려 하지 말고, 아버지를 위해서 쓰세요. 여기서 병을 못 고치면 외국에 가서라도 고치면 되잖아요."

"살만큼 살았으니, 이제 미련도 없구나."

울부짖는 나에게 아버지는 따사로운 표정을 지으시며 말씀하셨다.

이렇게 아버지는 자신의 운명을 예감했고, 우리들에게 못 다한 정을 주며 하루하루 고비를 넘기셨다.

"엄마한테 잘해 드려라. 엄마가 너희들 키우느라 고생을 많이 했느니라."

아버지는 당신에게 시집와서 고생하며 살았던 엄마가 마음의 짐이었다. 엄마를 따뜻하게 보듬어 주지 못한 것을 후회하시는 것 같았다.

아버지는 몸속에 곡기를 다 비워내려는 듯 먹는 것을 거부하셨다. 걱정이 되어 조금씩이라도 드시라고 권했지만 소용이 없었다.

"애! 네 아버지가 돌아가실 모양이다. 사람이 곡기를 끊으면 죽는다더라. 어쩌면 좋으냐."

엄마는 걱정으로 입이 바짝 타들어 가는지 혀에 침을 바르셨다. 엄마는 아버지를 속수무책으로 바라만 볼뿐 하염없이 눈물만 흘리셨다.

그런 걱정을 아는지 모르는지 아버지의 표정은 편안해 보였다. 아버지는 간혹 웃음까지 지으시며 우리를 위로해 주었다.

"너무 슬퍼하지 마라. 곧 일어날 거야."

"일어나셔야죠. 아직 더 사실 나이인데……."

"암. 일어나고말고. 걱정하지 마라."

그렇게 애써 말씀하시는 아버지의 모습이 오히려 아프게 다가왔다.

아버지의 병세가 위중하다는 말을 들은 지인들이 찾아 오셨다. 아버지는 사경을 헤매는 중에도 그들을 맞이하기 위해 몸을 추스르셨다.

"누워 계세요. 일어나지 말고…… 아픈 사람이 인사치레는 안 해도 되요."

"제가 편치 않습니다. 제가 걱정돼서 오셨는데 예의가 아니죠."

아버지는 안간힘을 다해 벽에 기대 앉으셨다.

"당신은 그게 문제요."

지인들은 아버지의 반듯한 모습에 안타까워 어쩔 줄 몰라 하였다.

"오늘은 기분이 아주 좋아졌어요. 걱정하지 마세요."

아버지의 얼굴에 화색이 돌았고 기분이 좋아 보였다. 오랫동안 만나지 못한 지인들과 밀린 이야기를 하며 즐거워하셨다.

그것을 마지막으로 아버지는 그날 밤 쓸쓸하게 한 많은 생을 마감하셨다.

아버지의 죽음을 예상하고 있었지만 그렇게 갑자기 세상을 버리시리라고는 생각도 하지 못했다. 임종도 지켜보지 못했다는 죄책감으로 엄마는 가슴을 치며 통곡하셨다.

간호하시던 엄마가 잠깐 잠든 사이, 아버지가 꿈에 나타나셨다.

"그동안 수고했소. 당신을 행복하게 해 주지 못해 미안했구료. 당신은 아프지 않았으면 좋겠는데 자꾸 아파서 내 마음이 편치 않구료."

꿈에 나타난 아버지는 따뜻한 미소를 머금고 엄마를 바라봤다. 아버지는 엄마의 꿈속에서 마지막 하직 인사를 했던 것이다.

"너희 아버지는 어찌 그렇게 무심하시냐. 옆에 있는 나에게라도 알리고 가시지. 무정한 사람! 이다지도 사람의 마음을 몰라주다니…… 두고두고 한이 남을 터인데 불쌍해서 어찌하누, 불쌍해서 어찌하누! 냉정한 사람!"

엄마는 애끓는 심정을 쏟아내며 울기를 반복하시다 끝내 정신줄을 놓으셨다. 지켜보고 있던 우리는 이러다 줄초상을 치를 것 같아 엄마를 병원에 입원시켰다. 깨어나신 엄마는 '병원이 웬 말이냐! 아버지를 뉘어 놓고 당치도 않다'고 집으로 오셨다.

"여보! 이제는 걱정 근심 내려놓고 훨훨 날아다니며 고통에서 벗어나세요. 고통을 참아 내시느라 무진 애를 쓰셨으니 저승에서는 편히 쉬세요."

엄마는 혼이 나간 사람처럼 먹는 것도 전폐하고 아버지 영정 앞에서 꼼짝도 하지 않으셨다.

사모곡

아버지가 돌아가시고 엄마의 생활은 많이 바뀌었다. 나는 당분간 엄마가 우리 집에 가서 있으면서 슬픔에서 벗어나기를 원했다. 그러나 엄마는 아버지가 계시던 곳에 혹시 영혼이라도 찾아들지 모른다며 집을 비우기 싫다고 하셨다. 자리를 지키면 혹시라도 아버지가 현관문으로 들어오실 것 같다고 하셨다. 엄마는 외출도 하지 않고 아버지를 기다리며 아버지 바라기를 하고 계셨다.

엄마는 아버지의 죽음이 현실로 느껴지지 않아 식사 시간에 맞추어 음식을 장만했고, 아버지에게 전화를 하곤 하셨다.

"애, 아버지가 전화를 아무리 해도 안 받으신다. 웬일인지 모르겠다."

엄마는 아버지가 돌아가셨다는 것을 인식을 못하실 때가 많았다. 그것이 걱정스러워 병원에 모시고 가려 하면 펄쩍 뛰셨다.

"아직까지 네 아버지가 돌아가신 것이 실감이 나지 않아서 그런 거야. 걱정하지 마."

엄마는 이렇게 우리를 안심시키며 힘겨운 시간을 보내셨다.

"엄마, 우리 여행이라도 갈까요? 여행 다니는 것 좋아했잖아."

"무슨 여행? 난 싫어."

엄마는 만사에 의욕을 잃고, 아무것도 하기 싫다며 누워만 계셨다. 그동안 아버지의 병환으로 엄마의 고통은 사치였다. 아버지의 문제가 크고 위중해서 엄마는 아플 수조차 없었다. 긴장을 풀고 나니 전신에 밀려드는 고통이 엄마를 짓눌렀다.

"이렇게 아프니까 죽고 싶어. 너의 아버지 따라가고 싶다는 생각이 절로 드는구나."

엄마의 탄식 섞인 말은 우리를 더욱 안타깝게 했다. 우리는 병과의 싸움으로 부쩍 수척해진 엄마의 모습을 그냥 지켜봐야 했다.

"엄마. 아버지가 엄마를 무척이나 사랑하셨던 것 같아."

나는 아버지가 생전에 부탁하셨던 얘기를 꺼냈다. 그러면 잠시나마 고통을 잊으실 것 같았다.

"왜 그래?"

"엄마가 우리 키우느라 고생을 많이 하셨다며 '잘해 드려야 한다. 부탁한다' 그러시던데……."

"그랬어? 정이 많으신 분이잖아. 나한테나 너희들한테 모질게 대한 것도 이유가 있으셨을 거야. 마음에 담아 둔 것 있으면 다 풀어 버려."

"돌아가셨는데 무슨 원망이 있겠어요. 서운했던 거였죠. 그런데 왜 빨간색을 보면 그렇게 이성을 잃으셨을까요?"

"그러게 말이다. 아버지를 처음 만날 때 진분홍 한복을 입었거든. 그때도 안색이 변하면서 진땀을 흘리셨어. 그러면서 이러더라. 다음부턴 그 옷 입지 말라고. 아버지 만난다고 친정엄마가 곱게 지어준 것인데, 아버지가 입지 말라 해서 장롱에 처박아 두었단다."

"그랬어요? 금시초문이네! 그래서 한 번도 안 입으셨어요?"

"안 입었지. 아버지가 싫어하면 될 수 있으면 거스르지 않으려고 노력했거든. 이 세상에 없는 사람이라 생각하니 그런 것도 그립구나."

"많이 보고 싶으세요?"

"보고 싶다 뿐이냐! 이것저것이 눈에 밟히고 후회스러운 것 천지구나. 네 아버지가 돌아가시기 전에 나한테 주던 눈길을 잊을 수가 없구나."

"어땠는데요?"

"따뜻하고 애처로운 눈길로 내 손을 꼭 쥐어 주더구나. 그동안 서운하고 미웠던 마음이 눈 녹듯 녹아내리더구나."

"그랬어요? 나도 아버지의 따뜻함을 알아요. 그런데 이유가 있는 것처럼 거리를 두셨어요. 그것을 이해할 수가 없어요."

"돌아가시고 나니까 너희 아버지가 나한테 어떤 사람이었는가를 확실하게 알았단다. 망나니 같은 막내 외삼촌을 사람 만들었잖니! 아래위도 없이 달려들어도 얼굴 한 번 찡그리지 않고 '이 사람 왜 이러나' 이 한 마디만 하면 '매형 죄송합니다' 하며 꼬리를 내렸단다. 그리고 먹고 살기 어렵다며 무작정 시골에서 올라와 신세지는 친정 떨거지들을 다 거두어 들였잖니. 지금 생각해 보니 그게 나에 대한 배려였고, 사랑이라는 것을 알았단다. 그런데 나한테 잘못한다고 바가지만 긁고 미워하기까지 했으니, 후회스러워 견딜 수가 없구나.'

엄마는 아버지에 대한 회한에 눈물을 흘리셨다.

"저희는 어려서 그런 것까지는 몰랐죠. 삼촌들이나 사촌들이 항상 우리 집에 있었다는 것은 알지만 무슨 일 때문인지 몰랐어요."

"네 아버지를 생각하면 측은하고 가여워. 월남하여 일가친척도 없이 이 세상을 헤쳐 나가야 하니 사는 게 얼마나 외롭고 힘들었겠니. 독하게 살아온 그 마음 무너질까 봐 다독이느라 그랬을 거야. 나는 그렇게 생각한다."

"엄마, 혼자 계시기 적적하지 않으세요?"

나는 엄마를 큰 집에 혼자 계시게 하는 것이 안쓰러워 물었다.

"처음에는 큰 집에 덩그러니 혼자 있으려니 처량하기도 했고, 사람들이 '자식들이 많은데 왜 혼자 있나' 그렇게 생각할까 봐 신경 쓰이더라. 지금은 오히려 편해. 너희들이 왔다 가면 더 피곤해."

말씀은 그렇게 하셔도, 엄마는 외롭고 힘들다고 하는 것 같았다.

"후배는 자주 와요?"

나는 분위기를 바꾸려고 근처에 사는 엄마 후배의 안부를 물었다.

"걔도 자주 못 와. 애를 못 낳다가 줄줄이 셋을 낳았지 뭐니?"

"어머, 어떻게 셋을 낳았어요?"

마흔 살이 넘은 엄마의 후배가 아이를 셋이나 낳았다는 것이 믿어지지 않았다.

"그러게 말이다. 딸 둘을 낳더니 아들 욕심이 생겨 검사까지 해서 낳았다더라."

"신기하네요. 그 나이에 아이를 셋이나 낳을 생각을 하다니! 전처 자식은 어떻게 되었어요?"

"걔는 가출하여 소식도 없다더라. 걔 아버지가 백방으로 수소문하여 찾았지만 죽었는지 살았는지 통 연락도 없다나봐."

"죽지 않았으면 찾을 수 있을 텐데요. 경찰서에 조회해 보면."

"이사도 안 가고 들어오기를 바라는데 연락도 없다지 아마? 지 자식이 없을 땐 그런대로 엄마 노릇한다고 하더니 지 자식 생기니까 구박을 했겠지. 자식 키우는 사람이 그러면 안 되는데 말이야."

엄마는 자식을 떼어내야 했던 트라우마로, 후배가 전처 자식과 갈등하는 문제만 나오면 인색해지셨다.

"친구 분들 불러서 재미있는 시간 보내세요. 혼자만 계시지 말고."

"알았으니, 걱정하지 마라."

애써 웃으시는 얼굴에 깊은 주름이 꿈틀거렸다.

"엄마, 병참지 말고 열심히 치료도 받으러 다니고, 맛있는 것 먹으러 다니면서 아버지 생각일랑 떨쳐버리세요. 좋은데 가셨을 테니까."

"알았어. 걱정하지 말라는 데도 그러는구나. 저세상 가신 분만 억울하지, 살아있는 몸은 잘 살아지는구나. 아픈 데만 없으면 좋으련만, 마음대로 안 되는구나."

아버지 돌아가신 상실감과 육신의 고통은 엄마를 힘겹게 내몰았다.

"하여튼 용하다는 한의원에 예약해 놓을 테니 병원에 다닙시다. 병도 고치고 엄마 인생을 사셔야죠. 손자 손녀 커가는 것 보고, 결혼하는 것까지 봐야 하지 않겠어요?"

"지금 같아서는 그런 얘기가 꿈만 같구나. 그래 한의원에 예약 좀 해라. 무슨 조치를 취해야지 견딜 수가 없구나."

엄마는 시간이 지날수록 아버지에 대한 그리움과 회한으로 눈물 짓는 날이 많아졌다. 엄마 혼자 계시게 하면 안 될 것 같다고 생각한 큰동생이 본가로 들어오게 되었다.

서로 할퀴며 힘들게 했던 동생의 결혼생활은 결국 이혼이라는 꼬리표를 붙이며 끝을 냈다. 남매를 두고 있었기에 될 수 있으면 버티려고 애를 썼지만, 올케의 히스테리 증상으로 인해 버티는 것이 더 문제였다.

아이들 교육에 문제가 생기기 전에 동생은 살고 있던 집을 위자료로 주고 아이들을 데리고 본가로 들어왔다. 처음부터 석연치 않게 느껴지던 것이 그런 이유였다는 것을 알았을 땐 모든 것이 엉망으로 망가진 상태였다.

"도저히 살 수가 없어 아이들 데리고 나왔어요."

"아니, 왜!"

엄마는 갑자기 밀치고 들어온 큰아들 가족들이 당황스러워 눈이 휘둥그레진 채 손자 손녀를 끌어안으며 말했다.

"미쳐서 날뛰는 데 감당이 안 되고, 아이들 교육상 좋을 것이 없다 생각해서 결단을 내렸어요."

피곤한 기색이 역력한 아들을 보자 엄마는 속상한 마음을 감추어야 했다. 예상을 했던 일이라 엄마는 덤덤한 표정으로 동생을 바라봤다.

"그래, 잘 왔다. 밥은 먹고 왔니?"

"아니요. 어제 저녁부터 먹질 못했어요. 엄마는 우리가 밥을 먹는지 학교를 가는지 상관도 하질 않아요."

손녀의 이 같은 말에 엄마는 기가 막힌 듯 동생과 아이들을 번갈아 바라봤다. 엄마는 하도 어이가 없어 혀를 차며 서둘러 밥을 준비하기 시작했다. 엄마는 밥을 준비하는 내내 어떻게 해야 할지 몰라 안절부절못하며 부산을 떨었다. 아이들은 무엇이 좋은지 저들끼리 낄낄대며 장난을 치고 있었다.

"이제까지 이렇게 살아 왔니? 아유, 답답해라. 하여튼 밥부터 먹자. 어제 저녁부터 밥을 안 먹었으면 배가 얼마나 고팠을까."

엄마는 허겁지겁 밥을 먹는 아이들 앞으로 반찬을 당겨주었다. 안쓰러운 눈으로 밥을 먹는 아이들을 쳐다보며 엄마는 한숨을 길게 내쉬었다.

"애비 어미 잘못 만나 너희들이 고생하는구나. 많이 먹어."

"그래, 완전히 해결을 하고 온 거냐?"

큰동생은 이런저런 걱정을 한 탓인지 밥맛도 없다며 멀찍이 앉아 아이들 밥 먹는 모습을 물끄러미 쳐다보았다. 그런 동생에게 엄마는 앞으로 어떻게 할 것인지를 물으셨다.

"예, 집까지 넘겨주고 왔어요."

"이혼을 해야만 하는 이유가 뭐냐?"

"정신적으로 문제가 많아서 그동안 힘들었어요. 나중에 알고 보니 처형도 정신분열 증상이 있어 결혼생활을 못하고 쫓겨 왔던 것인데 몰랐었던 거죠."

올케 친정은 정신적으로 문제가 있는 집안이었다. 정신병은 2대에 걸쳐서 나타나는 증상이라 외모만으론 분별할 수가 없었다.

"요새는 결혼 조건에 건강검진도 교환한다던데…… 누가 그럴 줄 알았냐. 그나저나 애들을 어찌하누. 저 철없는 것들을……."

"지들 엄마하고 같이 있는 것이 더 문제가 될 터인데요 뭐."

"하긴 그렇긴 한데. 너는 어째 마누라 복도 없니. 결혼하는 것을 미루고 생각해 본다고 했을 때 잘 살펴볼 걸…… 후회해야 소용없는 일이 되었지만, 어쨌든 결정한 일이니 아이들 생각해서라도 열심히 잘 살아야 한다. 아빠가 흔들리는 모습 보이면 아이들이 더 상처를 입을 테니까. 정신 똑바로 차리면서 살아야 해. 알았니? 아유, 속상해서 원."

상심이 많았을 아들을 생각하며 엄마는 속상한 마음을 숨기셨다. 애써 태연한 척하는 모습이 오히려 더 아프게 다가왔다.

"저희들도 그렇지만, 엄마 혼자 계시게 하는 것이 마음에 걸려서요"

"가제가 게 생각한다더니 네가 그 짝이구먼,"

"엄마 신경 쓰이게 할까 봐 얘기 안 하고 따로 살까도 생각했는데, 아이들 건사하고 신경 쓰면 덜 외로우실 것 같아서요"

"이혼 사유가 걔한테 있는데 뭐 하러 집까지 주고 네가 나오니? 바보짓 아니냐. 세상물정을 몰라도 그렇게 모르냐?"

"더 이상 싸움도 하기 싫고, 갈 데가 없다는데 어떻게 하겠어요 실랑이 벌이다 아이들이 더 상처받게 생겼으니 빨리 끝내려고요 아이들이 지 엄마하고는 살기 싫다는데…… 어쩔 수 없었어요. 죄송해요"

큰동생은 그동안 마음고생이 많았던지 진저리를 쳤다.

"너는 어찌 이 어미 속을 이다지도 태우냐. 태어나면서부터 속을 태우더니 아직까지 이 어미 속을…… 아유, 징그럽다."

혼자 쓸쓸이 살아갈 아들의 모습도 보기 싫고, 엄마 없이 살아갈 손자손녀 생각을 하니 안쓰러워 엄마의 걱정이 늘어졌다.

큰동생이 이혼한 것은 애석한 일이지만 동생이 본가에 들어와 살게 되면서 나는 엄마에 대한 걱정을 덜 수 있었다. 편찮으신 몸으로 엄마 혼자 지내게 하는 것이 항상 마음에 걸렸다.

엄마는 동생식구들을 챙기면서 바쁘게 보내셨다. 하지만 엄마에게 걱정이 생겼다. 큰동생 내외가 갈등을 빚는 동안 조카가 정서적으로 문제가 생겼는지 집중을 하지 못하고 산만했던 것이다.

조카는 장롱을 뒤져 옷이란 옷은 다 꺼내서 입고 벗기를 반복하면서 난장판을 만들어 놓았다. 엄마는 조카의 행동이 정신적인 결함으로 일어나는 현상은 아닌지 걱정을 하게 되었다. 이런 생각이 미치자 엄마는 조카의 행동 하나하나를 살피면서 예민하게 반응하셨다.

"계집애가 조신하지 못하고 이게 뭐하는 짓이냐?"

엄마는 조카의 행동을 바로잡아야 한다는 생각으로 걱정스럽게 말씀하셨다.

"할머니는 왜 남의 일에 참견이세요?"

조카는 조카대로 엄마의 간섭에 반항을 했다.

"참견이라니, 이것 봐라. 이게 도깨비 집이지, 사람 사는 집이냐?"

"할머니 때문에 못 살겠어요. 내가 하고 싶은 대로 하게 놔두세요!"

조카는 자기가 무엇을 잘못하고 있는지 인식하지 못했다. 자기의 행동은 놀이라고 생각하는데 할머니의 간섭이 짜증스러웠다.

"난 네 딸로 인해 혈압이 올라서 같이 못 살겠다. 아니 뭐 저런 아이가 있다니? 아이 교육을 어떻게 저렇게 시켰다니. 이해할 수가 없구나."

아무리 타일러도 듣지 않는 조카로 인해 엄마는 골머리를 앓았고, 그 화살은 동생에게로 돌아갔다.

큰동생은 딸 때문에 난감한 것이 어제오늘이 아니었다. 그러나 자기 딸 때문에 엄마가 힘들어하시는 것을 보아야만 하는 것이 더 괴로웠다.

"너 왜 할머니 힘들게 하냐. 계집애가 이게 뭐야. 빨리 치워!"

"아무것도 모르면서 왜 나만 나쁘다고 해?"

동생은 징징 짜는 딸이 내심 안쓰럽기는 하지만, 힘들어 하는 엄마를 생각하면 다독여 줄 수가 없었다.

"엄마, 그냥 내버려 두세요. 자기도 하기 싫으면 안 하겠죠"

"여하튼 문제다, 문제야. 타일러서 가르쳐 보려 하지만 통 내 말이 먹히지 않으니 한집에서 사는 것도 문제가 많구나."

유명하다는 한의원에 가면 고통을 덜 수 있을까? 하는 기대로 엄마를 한의원에 모시고 갔다. 진맥 결과 기력이 쇠하여서 보약을 먹고 난 후에 질병을 치료해야 한다고 했다. 모든 기관이 쇠하여 기력을 보충해 주는 것이 병을 고치는 첫째 조건이라며 신경을 많이 쓰지 말기를 처방받았다.

예민한 엄마는 신경 쓰지 않아도 될 일을 신경 쓰며 잠을 주무시지 못했다. 그로 인해 혈압도 떨어지지 않고 엄마의 머리를 무겁게 만들었다.

"엄마, 신경을 쓰지 말라는데 왜 그리 신경을 많이 써요?"

나는 급기야 엄마에게 당신 자신만을 위해 살라며 화를 냈다.

"어떻게 신경을 안 쓰고 사니? 온 천지가 신경 쓸 일인데……."

"네 동생도 고개 쑥 빼고 있는 모습도 보기 싫고, 그 가시나도 보기 싫고"

엄마는 조카가 온 집 안을 쑤시고 다니며 난장판을 만들어 놓는 것이 정신적인 문제일 것 같아 속을 끓이셨다.

"아직도 똑같아요? 야단을 쳐도?"

"그래, 소용없어. 걔 아빠가 아무리 야단쳐도 걔는 딴 세상 사람이야. 가시나가 그래서 어디다 쓴다니!"

"요즘 아이들이 다 그렇다나 봐요. 우리 때와는 너무 달라서 나도 당황스러울 때가 많다니까요?"

"몰라. 나는 사사건건 거슬려서 스트레스 받아 같이 못 살겠다."

조카의 거슬리는 행동을 보아야만 하는 엄마의 마음은 느긋할 수가 없었다. 어떻게든 잘못된 점을 바로 잡아야 한다는 생각이 떠나질 않고 엄마를 초조하게 했다.

"엄마, 너무 상심하지 마세요. 크는 아이들이 겪는 과정이라고 생각하세요."

나는 엄마의 상심을 덜기 위해 요즘 아이들이 다 그렇다고 말을 했지만, 조카의 행동거지가 걱정이 되었다.

"어쩔 수 없기는 하다만 네 동생은 왜 순탄한 것이 없다니? 가슴이 미어진다."

자식 걱정에 이어 이제는 손녀 걱정을 하며 한숨을 내쉬는 엄마의 눈에 이슬이 맺혔다.

"엄마, 굳은 땅을 뚫고 나오는 새싹을 보세요. 대단하지 않아요? 엄마도 움츠려 있지만 말고 기운 내세요. 엄마도 이제부터 엄마 인생을 사셔야죠. 모든 미련 다 떨쳐버리세요."

한의원 화단의 양지 바른 곳에는 꽃샘추위에도 강한 생명력이 움트고 있었다.

　햇빛에 비춰진 엄마의 얼굴엔 병색이 완연했다. 마른버짐과 검버섯으로 얼룩진 엄마의 얼굴을 보고 있자니 가슴이 답답해졌다.

　나는 엄마가 기분 전환을 하면 생기 있어 보일 것 같아 미용실에 가서 파마도 해 드리고, 봄옷도 한 벌 장만해 드렸다. 엄마는 한결 가벼운 마음이 되셨는지 거울에 비친 당신의 모습을 흡족하게 바라봤다.

　"마음에 드세요?"

　"이렇게라도 하니 사람 같아 보이네! 귀신같더니……."

　엄마가 기분 좋게 웃으며 말씀하셨다.

　"우리 이제 맛있는 것 먹으러 가요. 건강해지기 위해서 잘 먹고 잘 자라고 하라잖아요. 기운을 차려야 병도 고칠 수 있다고 하니까. 평소에 먹고 싶었던 것 있으면 얘기해 보세요."

　나는 엄마가 무엇을 좋아하는지 관심조차 가지지 않은 것이 미안해 어색하게 웃었다.

　"그러게, 뭘 먹을까. 가끔 회가 먹고 싶을 때가 있더라."

　"회 좋아하셨어요?"

　"좋아했다기보다 바닷가에 갔을 때 회를 먹었는데 맛이 있더라. 그 후에도 먹고 싶을 때가 있었는데 그게 먹게 안 되더라고"

　"그랬어요? 몰랐네요. 앞으로 좋은데 가서 회도 먹고 여행도 하면서 여생을 즐기세요. 요즘도 아버지 생각 많이 나요?"

"세월이 약이라더니 꿈에도 한 번 안 보이시더라. 어쩌다 한번은 꿈에라도 보이면 좋으련만……."

"엄마, 아버지한테 가지 않을래요? 아버지가 갑자기 보고 싶네요."

아버지가 그리워지셨는지 엄마의 눈가에 이슬을 맺혀 있는 것을 보고 내가 말했다.

"그래, 한번 가 보자. 옥천 톨게이트 지나면 벚꽃길이 보기 좋더라. 며칠 있으면 벚꽃이 필 텐데 그때 가 보자꾸나."

아버지가 돌아가신 후, 한 번도 찾아뵙지 못해서 마음에 걸리던 참이었다.

아버지를 보러 가기로 한 날, 간단히 성묘할 수 있는 것을 챙겨 가지고 경부선 고속도로를 탔다. 봄기운이 완연한 도로변 산과 들에는 생기가 넘쳤다. 양지쪽에는 아지랑이가 설렘을 주며 앞다퉈 꽃을 피웠다. 창문 틈으로 느껴지는 바람이 얼굴을 간질일 때마다 기분 좋은 웃음이 피어난다.

차 뒷좌석에 앉아 편히 가기를 원했지만, 엄마는 내 옆에 앉아서 바깥구경을 하고 싶다고 하셨다. 엄마의 얼굴에는 웃음이 떠나질 않았고, 천진스런 아이처럼 마냥 즐거워하셨다.

"아버지한테 가는 것이 그렇게 좋으세요?"

"좋지. 내가 오기를 얼마나 기다리셨을 텐데. 멀어서 자주 찾아가지 못했잖아."

"저는 아버지에 대한 추억이 없어선지 그냥 무덤덤해요."

"살아 있을 때 잘해 드렸어야 했는데, 못해 드린 것이 후회스러워.

용돈 좀 더 달라고 하는 데 핀잔만 하고, 네 아버지가 좋아하는 크고 빛깔 좋은 사과를 사다드리지 못한 것이 두고두고 걸리는구나. 왜 그렇게밖에 할 수 없었을까?"

"아버지를 어떻게 만나셨어요?"

"아는 사람 소개로 만났어. 그때 나는 누구를 만난다는 것이 내키지 않았는데 너희 외할머니께서 여자는 남자 그늘 밑에 있어야 행복한 것이라며 반강제로 떠다밀었단다."

"아버지 처음 볼 때 어땠어요?"

"아버지야 어디 내놔도 빠지는 인물이 아니잖아. 키도 훌쩍 크고 체격이 좋아 한눈에 들어오더라. 웃는 모습이 너와 똑 닮았잖니! 눈웃음치는 모습이 얼마나 보기 좋던지."

"첫눈에 반했네요."

"첫눈에 들어오긴 했는데 내 옷 입은 것을 보고 안색이 변해서 이상한 사람이 아닌가 싶더라. 그게 꺼려져 친정엄마에게 맘에 안 든다고 했었지. 그런데 한 달 후에 연락이 다시 왔더라. 만나고 싶다고."

"엄마가 꽤 마음에 들었나 봐요?"

"그랬다는구나. 다시 만나 보니 마음이 따뜻하니 좋더라고 별 사람 있겠나 싶어 조촐하게 격식만 갖추고 살았지."

감회에 젖은 엄마의 얼굴에 홍조가 돌았고, 허공을 응시하는 눈망울에는 이슬이 맺혔다. 부부란 저런 것이구나. 미우나 고우나 서로 의지하며 살았던 기억이 추억이 되고 미련이 된다는 것을 엄마를 보면서 느꼈다.

엄마가 아버지와의 추억에 젖어 있는 사이, 어느새 목적지가 가까워지고 있었다. 옥천 톨게이트를 지나자 길게 이어지는 벚꽃 터널이 우리를 반겼다. 햇빛을 머금은 화사한 벚꽃이 바람을 타고 미지의 세계로 여행을 떠나는지 하늘로 날아오른다.

나는 구름 한 점 없는 파란하늘에 시리도록 화사한 눈꽃을 휴대폰동영상에 담으며 눈꽃과 함께 동행을 했다. 벚꽃가지를 꺾어 엄마의 머리에 꽂아 드리자, 엄마의 얼굴에 행복한 웃음이 피어났다.

"너무 예쁘구나. 참 예쁘게도 피었다. 어쩌면 저리 곱누."

연신 소녀 같은 표정으로 화사하게 웃는 엄마의 얼굴은 환한 벚꽃이 되었다.

우리가 온 것을 아시는지 아버지의 기운이 느껴졌다. 빨리 가서 보고픈 마음에 발걸음을 재촉했다. 아버지가 계신 언덕에는 새파란 잔디가 바람에 춤을 추며 빨리 올라오라고 손짓을 하고 있었다. 나는 봉긋하게 잘 가꿔진 봉분을 보는 순간 왈칵 눈물이 쏟아졌다.

"아버지, 죄송해요. 그동안 찾아뵙지 못했습니다. 용서해 주세요. 혼자 쓸쓸하지는 않으셨어요? 아버지! 형님 내외분이 계셔 그래도 적적하지는 않으셨죠?"

아버지 봉분 옆에 계신 큰아버지, 큰어머니 산소를 바라보며 나는 준비해 온 음식으로 성묘준비를 했다.

"이 나비가 도망가질 않고 내 주변을 맴도는구나. 아버지께서 나비로 환생하셨나 보다!"

소리 없이 눈물을 쏟으며 잡초를 골라내시는 엄마의 손길에 호랑나비가 떠나질 않고 맴돌았다.

"그러고 보니 그러네요, 아까부터 나비가 빙빙 주위를 돌며 우리를 반기는 듯 했어요."

"나비가 되어서라도 훨훨 날아다녀야지…… 캄캄한 어둠 속에서 얼마나 답답하실까! 담뱃불 좀 붙여드려라."

"원 없이 피우세요."

나는 애연가이셨던 아버지를 위해 담뱃불을 붙였다.

"자주 찾아오지 못해 미안해요, 큰놈이 이혼을 하고 집에 와 있어요. 그놈이 그래도 효자랍니다. 큰놈 구실을 해요. 내가 적적해 한다고 말동무도 해 준답니다. 당신하고 아옹다옹 하더니 그놈이 제게 큰 힘이 되요."

엄마는 하고 싶은 얘기가 많은 듯 아버지를 향한 대화를 계속 이어갔다. 뉘엇뉘엇 저녁노을이 붉게 물들며 아버지의 봉분에 검은 그림자를 드리웠다.

"여보, 제 걱정은 하지 마세요."

엄마는 아쉬움에 발길이 떨어지지 않는다며 또다시 눈물을 찍어내셨다. 주변을 떠나지 않고 맴돌던 나비가 우리 머리 위를 휘휘 돌더니 작별인사라도 하듯 내 손등에 앉았다.

"정말 아버지가 나비로 환생하셨나 보네요!"

나는 나비가 도망가지 않고 손등에 앉아 있는 것이 신기해 몸도 움직이지 못하고 나비를 바라봤다. 엄마를 부탁한다는 말을 하는 것 같았다.

"염려하지 마세요. 아버지!"

나도 모르게 나비를 보며 중얼거렸다.

"여보! 자주 못 오더라도 너무 서운해 하지 마세요. 아이들 좋은 일만 있게 해 주시고 지켜 주세요."

아버지와 작별을 고하는 엄마의 얼굴에 평온한 미소가 흐른다.

아버지께 상속을 받았던 땅이 아파트부지로 수용이 되면서 당사자들의 인적사항이 적혀 있는 서류를 제출해 달라는 공문이 친정집으로 날아들었다.

그런데 나한테는 어느 누구도 그런 공문이 왔다는 얘기를 하질 않았다. 엄마의 전화가 없었다면 그런 사실조차도 알 수 없었을 것이었다.

엄마는 오늘 셋째올케가 법률 사무실에 가서 상속에 관한 절차를 밟는다는 말을 하셨다. 나는 손위인 시누이에게 한 마디 상의도 없이 이게 무슨 일인가 싶었다.

"상속받을 사람의 서류가 들어가야 하는데, 그런 것도 없이 무슨 상속 절차를 밟는데요? 엄마는 그런 사실을 저한테 왜 얘기 안 했어요?"

나는 순간 뒤통수를 얻어맞은 것 같았다. 내게 한 마디 상의도 없이 상속절차를 진행하는 것을 이해할 수 없었다.

"모르겠다. 나는 너한테도 얘기했는지 알았어. 연락을 안 했구나! 오늘 법률 사무실에 가서 마무리 짓는다더라."

"한 마디 말도 없이 무슨 소리예요?"

나는 황당하고 화가 나서 엄마에게 언성을 높였다.

올케 혼자 그런 문제를 처리하려고 하는 것이 내 마음을 상하게 했다. 내가 맏이이면서 손위 시누이인데 무시 받는 느낌이 들었다. 나는 화난 마음이 진정되지 않아 전화를 거는 손이 떨렸다.

"오늘 상속서류를 제출한다면서? 공동상속을 한 마디 말도 없이 서류를 제출해? 그럼 누구 이름으로 하려는데?"

나는 불쾌함을 감추고 올케에게 물었다.

"그냥 그이 이름으로 하려고요."

올케는 담담하게 당연하다는 듯 대답했다.

"누가 상속을 그렇게 한데? 상속받을 사람 명단이 모두 들어가야 하지 않아? 어차피 상속절차를 밟으려면 원칙대로 해야지, 두 번 일할 필요 없잖아?"

나는 일방적으로 동생 이름으로 신청해 놓았다가 나중에 불미스런 일이 생길지도 모른다는 생각이 들었다.

"상속으로 잡음이 많은데 나중에 문제가 생기면 어떻게 하려고 그래? 상속절차는 그런 식으로 하면 안 돼."

남편이 올케와 전화 너머로 들려오는 대화를 듣고 있다가 참견을 했다.

"사위는 제삼자인데 왜 이러쿵저러쿵 참견이세요?"

올케가 전화 너머로 남편의 소리가 들리자 앙칼진 목소리로 말했다.

올케는 언성을 높이며 노골적으로 나에게 항의를 했다. 나는 아버지의 유언도 있었고 상속절차를 밟을 때가 되면 원칙대로 하면 된다고 생각했다. 그런데 올케의 생각은 다른 것 같았다.

나는 친정 일에 괜한 오해를 살 일이 생길지 모른다는 염려로 될 수 있으면 관여를 하지 않았다. 그간 시누이 노릇을 안 했던 것이 불찰이었다는 생각이 들었다. 셋째올케가 추진하려던 것을 원칙에 따라 공동명의로 서류절차를 밟았다.

수용된 토지 값이 각자의 통장으로 입금되었다. 나는 아버지의 유산으로 받은 돈이 필요한 곳에 쓰이기를 바라며 한푼 두푼 늘려 나갔다. 하지만 상속이 분란을 일으키고 있었다. 내가 당연하게 생각했던 상속배분이 동생들에게는 불만이었다는 것을 나중에야 알았다.

돈을 나눠 가진 이후로 살뜰하게 챙기며 잘하던 셋째올케가 많이 변하면서, 엄마의 심기를 불편하게 만들었다. 셋째올케는 돈을 똑같이 나눠가졌으면 시누이인 나도 집안의 대소사를 같이 참석해야 한다며, 시집에 오기만 하면 엄마에게 얼굴을 붉힌다는 것이다. 엄마는 이런 문제들이 형제들 간의 싸움으로 번지지는 않을까! 하는 우려에 신경이 예민해지셨다.

큰동생에게서 전화가 왔다. 엄마가 식사를 전혀 못하신다며 걱정을 했다. 이혼을 하고 친정집으로 들어온 동생이 극진하게 엄마를 모시기는 하지만, 엄마의 수발을 제대로 들어줄 수가 없었다. 그래서 나는 엄마를 우리 집으로 모시고 왔다.

나이 드신 분들이 조석변이라더니…… 엄마의 몰골이 형편없이 망가진 모습을 보니 마음이 무너졌다.

나는 정성을 다해 엄마를 모셨지만, 힘없고 변덕스럽게 변한 엄마의 모습이 당황스러웠다. 내가 의지했던 엄마의 모습은 없었다. 나는 엄마가 늙고 힘없는 노인이라는 것을 잊고, 그런 모습을 비난했다. 그저 든든한 엄마이기만을 바랐다.

나는 엄마를 동네 경로당에 모시고 갔다. 비슷한 연배의 어르신들과 담소하며 시간을 보내면 고통도 잊고, 활력을 찾을 수 있을 것 같았다. 경로당에는 엄마와 비슷한 연배의 어르신들이 많았고, 어르신들은 엄마를 따뜻하게 맞아주었다. 그들과 소통을 하면서 보내는 시간이 즐거우셨던지 건강이 좋아졌고, 환한 웃음을 보일 때가 많아졌다.

나는 시간이 날 때면 엄마를 모시고 공원으로 산책을 나갔다.

"엄마, 운동을 해야 다리에 힘이 생겨요. 나이 드신 분한테 제일 좋은 운동이 걷는 거래요."

"그래야겠어. 친구들도 공원에 10시쯤 나온다고 그때 나와서 운동하자고 하더구나."

"그래요. 경로당 친구 분들과 운동도 하고 재미있는 시간을 가지세요. 그리고 그분들 모시고 오세요. 맛있는 것 준비할 테니까요."

나는 엄마가 경로당 친구 분들과 더 가깝게 지내게 하기 위해 그분들을 초대하겠다 하니, 엄마의 얼굴이 밝아지셨다.

"그래! 나도 그분들이 고마워 대접해 드리고 싶었는데…… 고맙구나."

엄마는 경로당에 갈 때마다 살뜰하게 살펴주는 분들을 위해 체면을 세울 수 있어서인지, 한껏 들뜬 표정으로 말씀하셨다.

"경로당 친구들이 그러더라. 딸들이 편하다고 며느리는 돈을 줘야 좋아한다며 흉들을 보더라."

"그분들은 딸네 집에 사신데요? 대부분 아들네 집에서 살지 않아요?"

"잘 모르겠다만 나하고 코드가 맞는 분은 딸네 집에 와서 있다더라. 맞벌이 하는 딸 대신 아이들 거둬주고 있다더라."

"그래요. 할머니가 계시면 아이들이 정서적으로 안정이 된다잖아요."

"그렇다는구나. 셋째는 왜 그러는지 모르겠어."

엄마는 며느리에 대해서는 내가 알면 안 되는 일이라도 있는 것처럼 말을 아끼셨다. 그런데 지금은 무슨 말을 할 듯 망설이는 것 같았다.

"왜요. 무슨 일 있어요?"

"애가 많이 변해서 어떨 땐 무서운 생각이 들 때가 있어. 유산을 똑같이 나눠 가졌으면서 왜 혼자만 편하냐고. 너도 똑같이 와서 집안 대소사에 참여하라고."

내가 집안의 대소사에 참석을 안 하는 것이 셋째올케에게 눈엣가시로 여겨지며 껄끄러워 불만을 토로했고, 그것이 엄마의 심기를 불편하게 했던 것이다.

나는 그동안 시누이 노릇한다고 할까 봐 친정에서 일어나는 일들을 모른 척하며 지냈다. 엄마에게만 잘하면 된다고 생각했기에 엄마를 극진히 모셨다. 살림하면서 한푼 두 푼 모은 돈으로 엄마에게 최고의 선물을 해 주려고 노력했고, 나 자신에게는 속옷 한 가지도 아끼면서 모은 돈으로 정성을 다 했는데 동생들은 내가 여유가 있으니 그렇게 한다고 생각하는 것 같았다.

"그게 무슨 소리에요? 내 부모가 안 먹고 안 쓰고 모아서 주고 싶어서 준 것인데 지가 뭔데, 엄마는 그 소리 듣고 가만히 있었어요?"

"가만히 있지 않으면 내가 싸움이라도 하니?"

"엄마는 그게 문제에요. 며느리가 감히 시어머니에게 그런 말을 하게 놔두니까 기어오르는 거예요."

"아버지도 그렇고 내가 얼마나 예뻐했는데, 나는 걔가 그렇게 변할 줄 몰랐다. 똑같이 가졌다고 피가 거꾸로 솟는다고 하는데…… 지 자식들도 있는 데서 그러는데 민망하기도 하고."

엄마는 올케의 행동이 못마땅하다는 듯 머리를 절레절레 흔들었다.

"그렇게 얘기 하는 데도 한 마디도 안 했어요?"

"네 시누이가 너희들에게 잘했잖아, 말을 했지만 소용이 없더구나."

나는 셋째올케가 우리 부모님께 살뜰하게 하는 것이 고마워 조카들에게 축하해 줄 일이 있으면 선물도 하고 고마움을 표시했었다.

"푼돈 주고 목돈 챙겨갔다고 그러더라."

"참 가관이네요."

"엄마를 봐서라도 참아라. 나이 먹은 사람이 고자질하여 집안 분란 일으켰다고 하지 않겠니? 참아라, 참는 것이 이기는 것이야."

내가 분을 못 이겨 부들부들 떨고 있으니 엄마는 '아차 내가 실수했구나' 하는 생각이 들었던지 걱정스럽게 말씀하셨다

"알았어요. 아버지가 돌아가시면서 이런 우려가 생길까 봐 걱정하셨는데 참아야죠. 하지만 괘씸하네요."

이런 일은 신문이나 남의 집에서나 일어나는 줄 알았는데, 직접 이런 일을 당하게 되니 황당했다. 참으려니 화병이 생겨 견딜 수가 없었다. 지인들에게 이런 일을 당했을 때 어떻게 대처하는지 물었다.

내가 정말 올케가 생각하는 것처럼 욕심을 부린 것인지 물으니 지인들은 이구동성으로 올케의 처세를 이해할 수가 없다는 반응이었다. 감히 손위 시누이한테 그렇게 대놓고 막말을 할 수 있느냐며 오히려 지인들이 흥분했다.

내가 참는 것이 집안을 평온하게 하는 것이라 생각했지만, 참는 것은 오히려 나에게 화로 돌아왔다. 갱년기 증후군을 앓고 있던 나는 그 일이 겹치면서 잠을 잘 수가 없었고, 수면제에 의존하게 되었다.

그런 이후로는 동생 내외를 보기가 싫어 부딪힐 일이 있으면 내가 피하게 되었다. 다른 생각을 가진 사람과의 다툼에서는 나올 말이 정해져 있기에 내가 피하는 게 상책이라 싶었다.

엄마가 허리 디스크로 병원에 입원하게 되었다. 나는 힘들어 하는 엄마를 위로할 겸, 말동무를 해 드리기 위해 매일 병원을 찾았다.

몸과 마음이 망가진 채 병실에 누워 계신 엄마를 보니, 한 여자의 일생이 이렇게 험난할 수 있는지…… 같은 여자로서 가슴이 저렸다.

"엄마, 사는 게 너무 힘들었지? 벌써 수술만 3번째네. 왜 이렇게 힘들게 살았어? 몸 좀 아끼지."

"그러게, 그때는 다들 어려웠으니까. 남들보다 잘 살기 위해 열심히 살았지. 자식들 고생 시키지 않으려고."

엄마는 담담하게 말씀하셨지만 눈가에는 이슬이 맺혀 있었다.

"엄마를 보고 있노라면 내가 화가 나. 내 몸 부서지는 지도 모르고"

병원에 입원해 있는 사람들은 매일 찾아오는 딸을 보고 부러워하였다. 자신들은 자식이 있어도 찾아오지 않는데 내가 매일 찾아와 엄마의 말동무를 해 주는 모습이 좋아 보였던 것이다.

"아주머니는 얼마나 좋아요? 저렇게 효녀가 있으니……."

나는 병실에 찾아다니는 것만으로도 효녀가 되는 각박한 세상이 씁쓸했다.

어느 날, 부딪히고 싶지 않아서 애써 외면해 온 셋째올케를 병원에서 만났다. 나는 감추고 있던 분노가 일시에 살아났다.

"우리 찻집에 가서 얘기 좀 할까?"

올케는 나의 제안에 다소 당황하는 것 같았다.

텅 빈 찻집에는 흔한 음악도 흐르지 않았다. 오히려 음악이 없는 것이 말을 꺼내기에 더 좋은 효과를 주었다. 올케도 손위 시누이가 어렵긴 한 모양이었다. 뾰로통한 얼굴이 긴장했는지 굳어 있었다.

"가족이 안 만나고 살 수 없고 마음에 담고 있어서 좋을 것이 없을 것 같아서 하는 말이니 고깝게 듣지 않았으면 좋겠어."

나는 냉정하리만큼 차분하게 얘기를 꺼냈다.

"말씀하세요."

올케는 나에게 지지 않겠다는 듯이 표정 하나 바뀌지 않고 말했다. 나는 그런 올케가 무섭다는 생각이 들었다.

"아버지가 유언하신 것을 모른다고 말하지는 않겠지? 나는 이의가 없는지 알았어. 그리고 당연한 것이라고 생각했어. 그래서 아무 생각도 하지 않고 유산을 받았어. 그런데 올케의 생각은 그렇지 않았던 가 봐. 빼앗긴 느낌이 들었나 봐?"

"형님은 필요 없다고 하지 않았어요? 그런데 돈이 생기니까 돈을 챙기는 모습이 싫었어요."

"아버지가 병환 중에 있었고, 어떻게 하든 병을 고쳐야 한다고 생각해서 나한테 주지 말고 아버지 병 고치는데 쓰라고 한 말을 나도 기억해. 하지만 아버지가 쓰지도 못하고 돌아가셨어. 주겠다고 하는 것을 안 받는 것도 바보짓 아닌가 싶은데……."

"형님은 살기도 괜찮은데 동생들한테 양보를 할 수는 없었나요?"

"너희들도 살만 하잖아. 사는 것 하곤 관계가 없지. 아버지가 그런 사실을 알면서도 주고 싶어서 유언까지 했는데…… 이의가 있으면 안 되지. 그리고 말을 가려서 해야지. 피가 거꾸로 솟는다는 말을 감히 어떻게 해? 내가 너희재산 강탈해 간 것도 아니고, 왜 피가 거꾸로 솟아? 푼돈 주고 목돈 챙겼다고? 아버지 엄마한테 잘한다는 말을 듣고 고마워서 조카들에게 선물한 것을 푼돈이라고 운운하고, 목돈을 챙기기 위한 방편이라고 생각하다니…… 남의 성의를 그렇게 묵살하는 방법도 있구나 싶더군. 이 말을 듣는 순간 내가 얼마나 화가 났는지 알아? 참 못됐다. 내가 남의 집사람 나무라서 뭐하겠어. 그놈이 나쁜 놈이지."

나는 셋째 남동생이 아내를 관리하지 못해 이런 불상사를 만든 것이 더 괘씸했다.

"그이는 모르는 일이에요."

올케는 자기 남편을 욕하는 것이 싫었던지 시치미를 뗐다.

"시어머니가 며느리 흉보는 게 잘못이 아니야! 시어머니 입장에서 며느리의 잘잘못에 대해 훈계할 수도 있고, 나무랄 수도 있어. 그리고 내가 남이 아닌 딸이기에 흉허물 없이 엄마의 고충을 말했던 거야. 하여튼 내가 그 돈 받지 않았으면 바보가 될 뻔 했어. 아무렴 내 권리를 못 찾는 것도 바보짓이지."

나는 이렇게 잘못된 점을 설명을 하였지만, 올케는 그것을 받아들이는 태도가 아니었고 도리어 억울하다는 표정이었다.

나는 돈이라는 것이 이렇게 치사한 물건이라는 것을 새삼 느끼며 뒷맛이 개운치 않았다. 그렇지만 동생들 입장에선 얼마든지 억울해 할 수도 있다는 것을 알았다.

엄마가 치매에 걸리다

엄마는 자신을 뒤돌아보며 회한의 눈물을 흘렸다. 자신의 인생을 되돌리고 싶었다. 자신도 여자였던 때가 있었건만 왜 여자를 포기하면서까지 살았을까! 인생을 보상받고 싶어졌다.

잘 살아 보려고 노력한 대가치고는 너무나 가혹했다. 이렇게 부서진 몸이 되다니…….

엄마에겐 책임져야 할 아이들이 넷이나 되었다. 이 아이들만큼은 불행한 일이 일어나지 않도록 최선을 다해 키워야 했다. 그러기 위해서 엄마는 자신의 몸은 돌아볼 여유가 없었다. 연약한 몸으로 부딪혀야 하는 일들이 벅차고 힘들었지만 힘들다고 엄살을 부릴 수가 없었다.

엄마가 요즘 삶의 의욕도 없이 잠자는 날이 많아졌다는 큰동생의 전화를 받았다. 먼 산을 바라보며 혼자 중얼거리기도 하고 밖을 무작정 쏘다니다 해가 져서야 들어오신다는 것이다.

"어디 갔다 오셨어요?"

"그냥 여기저기 돌아다녔어."

엄마는 몹시 피곤해 하며 식사도 거르시고 쓰러져 잠이 들곤 한다는 것이다.

"어디 아프시지는 않고?"

"아프시기야 하지, 아는 병이니까 그러려니 하는 거지. 그런 것 말고는……."

"웬일일까? 어쨌든 잘 살펴 봐."

"알았어."

걱정이 되어 다음날 친정집으로 갔더니 오늘도 엄마가 외출을 하고 안 계셨다. 나는 동네 시장에서부터 엄마가 가실만한 곳을 찾아 다녔다. 그러나 엄마를 만나지 못하고 터덜터덜 들어오는데 골목 쪽에서 엄마가 부르는 소리가 났다.

"어디 갔다가 오세요?"

"응, 먹을 것이 없어 시장에 갔다 오는 길이야."

"엄마 찾으러 나도 시장에 갔다 오는 길인데……."

"그랬어? 왜 못 만났지?"

"순대가 먹고 싶어 순대 사 왔는데 가서 먹자."

엄마는 시장바구니를 들어 보이며 밝게 웃으셨다.

"엄마, 오늘 뭐 좋은 일 있어요? 얼굴이 활짝 피셨어요."

"그러니? 잠을 실컷 잤더니 그런가?"

"어쩐 일로 왔어?"

"엄마 보고 싶어 왔지."

엄마는 사 온 순대를 식탁에 펼쳐 놓으시며 맛있게 드셨다.

"엄마, 요즘 컨디션이 안 좋아요?"

"머리가 많이 아파."

"큰일이네요. 머리가 그렇게 아파서 어떡해요."

"어제오늘도 아닌데 뭘, 진통제를 달고 산다."

약으로 하루하루를 버티는 엄마의 얼굴은 검버섯으로 인해 더 어두워보였다.

"진통제가 안 좋다는데…… 될 수 있으면 먹지 마세요."

"안 좋은 줄 알지만 어쩌겠니! 안 먹으면 못 견디겠는걸."

아무렇지도 않은 듯 담담하게 말씀하시는 엄마의 목소리에는 힘이 없었다.

"엄마, 그동안 사시면서 뭐가 제일 힘들었어요?"

"사는 게 다 힘들었지. 지금이야 풍족한 게 많지만 그 전엔 모든 것이 부족했으니까. 돼지 키우고 소 키운 것이 나한테는 무리였지. 그 무거운 것들을 들고 내리기를 반복하며 산 세월이 얼마인데…… 지금 다시 하라 하면 못할 거야. 끔찍하기도 하고. 너희 아버지 많은 재산 잃고 방황할 때, 폐인 안 만들려고 뭐라도 해야겠기에 젖 먹던 힘까지 다 쏟아 부었지. 너희들은 한참 돈 들어갈 때였으니까. 게으름을 피울 수도 없었어."

그때는 어려서 엄마의 짐이 얼마나 버거운지 헤아릴 수 없었다.

작업복 차림의 엄마를 남들에게 보여주기가 싫었고 창피했었다.

"제가 어릴 때 아버지와 다투시면서 우시는 것을 보았는데 왜 다투셨어요?"

"엄마가 재혼을 했잖아. 결혼한 지 6개월 만에 6·25전쟁이 터져 전남편이 군대를 갔지! 그런데 사망통지서가 날아온 거야. 눈앞이 캄캄하더라고. 아들을 낳은 지 얼마 안 되었거든. 울며불며 어떻게 해야 할지를 모르겠는데 시집에서는 그 아이를 큰집에 양아들로 보내라는 거야. 나는 안 된다고 버티었지. 하지만 내 의사와는 관계없이 나를 친정으로 밀쳐내더구나."

"그분은 어떻게 만났어요?"

나는 엄마의 전남편이 궁금해 물었다.

"한동네 사람이었는데 나를 많이 따라다녔어. 면서기를 하는 사람이었지. 직장도 괜찮다며 소문나기 전에 결혼을 시켰던 것인데……."

"엄마도 그분을 많이 좋아하셨어요?"

"한동네에서 매일 만나고 정이 들었지. 하지만 운명이 거기까지인 걸. 도리가 없었어."

"아버지도 그런 사실 알았어요?"

"숨길 이유도 없었고, 그런 사실을 알고 있어야 된다고 생각했어. 나중에 알면 기분 나빠할 거니까. 그런데 그것이 문제가 되더라."

"그게 문제가 될게 뭐람? 남자들의 사고방식을 이해할 수가 없다니까."

아버지가 엄마의 과거에 대해 민감한 반응을 보였다는 것이 믿겨지지 않았다.

"너희들을 키우면서 가끔은 두고 온 그 아들 생각이 나더라고 그래서 구석에 틀어박혀 울곤 하였지. 그런 것을 볼 때마다 아버지는 전남편 생각이 나서 그러냐고 트집을 잡으며 나를 괴롭히더구나."

"그래서 싸우신 거예요?"

"그렇단다. 시장가서 조금만 늦게 와도 누구와 만났느냐고 다그치는데……."

"어머, 아버지가 그러셨어요? 상상이 안 되네요."

"그렇단다. 매사를 무심하던 양반이 그렇게 트집을 잡을 때는 기가 막혀 말도 제대로 할 수가 없더구나. 버선 뒤집듯 보여줄 수도 없고 재혼을 결심하면서 앞으로 내 인생에 불행은 끝이라고…… 그렇게 생각했지. 하지만 나를 기다려 준 것은 고통이었단다. 좋은 일만 있기를 간절한 마음으로 기도했는데, 현실은 그렇지 못하더구나."

"아버지가 엄마를 많이 사랑하셨나 봐요?"

"무슨 사랑이 그런 사랑이 있더냐. 너희들이 상처받을까 봐 참고 살아온 세월이었지. 그러다 보니 내가 병만 남았구나. 힘들어서 의지하고 싶었지만 남편이란 사람은 곁을 주지 않더구나, 나 혼자 끙끙 앓다가 이 지경까지 왔단다. 자식 거두지 못한 죄를 받는 것이라 생각하고 참는 수밖에 별다른 방법이 없었지."

엄마는 재혼을 하면서 어쩔 수 없이 떼어 놓아야 했던 아들 생각에 마음 편할 날이 없었다.

"아버지가 밉지 않으세요?"

"왜 안 미웠겠니. 너무 미워 같이 사는 게 고통이었지. 그렇지만 너희들이 있어서 섣불리 행동할 수도 없고, 속으로 삭혔지. 눈물로 살아온 세월이었지……."

"어떻게 그러고 사셨어요? 깨지던지 부서지던지 결단을 내렸어야죠."

"결단을 어떻게 내니? 너희들도 있었고, 또 너희들을 잃을 수는 없었지. 그런 일은 절대로 있어서도 안 되지만 만약 그런 일이 생기면 나는 이 세상에서 살아갈 수가 없지 않았겠니? 죽을 각오를 하고 버티니까 버텨지더라. 네 아버지도 불쌍한 사람이잖니! 당신으로 인해 고통 받다 죽었는지 살았는지 모를 가족에게 소식 한 번 전할 수 없었으니, 얼마나 기막힌 일이었겠니. 누구한테 마음 털어놓을 사람도 없이…… 그 마음 다 알 수는 없었지만 이해하려고 노력하며 살았어."

"엄마가 천사예요? 엄마만 이해하며 살게?"

"아니야. 아버지가 표현을 안 해서 그렇지 마음이 따뜻하단다. 그것을 알기에 서운해도 참고 살았어. 우리 친정식구들에게 다시없는 사람이었지. 귀찮은 내색도 하지 않고 잘 거둬주었단다."

"그러니까요. 남들에겐 그토록 관대하면서 왜 우리한테는 그랬는지 이해할 수 없으니까 답답하죠. 아버지한테 한 번도 안 물어보셨어요?"

"물어 봤지. 왜 그러냐고. 하지만 아무 말도 안 하는데 무슨 재간으로 알 수 있겠니?"

"엄마도 다른 엄마들처럼 게으름도 피우고 하고 싶은 것도 하면서 사셨으면 좋았을 텐데…… 아쉬움이 많으시죠?"

"아쉬움이야 많지. 너희들이 잘 살아주면 뭐 바랄 것이 있겠니? 참고 살았으니까 너희들이 이렇게 존재하잖아."

엄마는 힘들어 하시면서도 여전히 자식들 걱정이 앞서는 것을 보니 나는 눈시울이 붉어졌다.

"엄마 친구들은 만나요?"

"친구들도 갈 때가 되어선지 다 아프다는구나. 나이 먹는 것도 서러운데 이렇게들 아프니 오래 살면 뭐하겠어, 아파서 쩔쩔매는 걸."

"엄마, 밖에 나가시면 어디를 갔다 오시는 거예요? 큰애가 걱정하던데."

"가긴 어딜 가겠어. 나가도 갈 데가 없어. 시장에 가서 이것저것 쳐다보고 있으면 옛날 생각도 나고 사람 사는 것 같잖아. 그런데 전번에는 우리 집을 찾을 수가 없더라. 동네를 몇 바퀴나 돌았는지 몰라."

"그래서 어떻게 하셨어요?"

"큰 은행나무 있는 데가 어디냐고 물어서 찾아왔단다."

당황스러웠을 엄마를 생각하니 더 이상 두고 볼 수가 없어 대책을 세워야 한다고 생각했다.

"진찰 받으러 갑시다. 왜 그런지…… 왜 큰애한테 얘기 안 했어요?"

"큰애가 나 때문에 걱정을 많이 해서······ 못했어. 내가 매일 아프다고 하니까 잠도 제대로 못자는 눈치고, 병원 데리고 다니면서 힘들잖아."

"그래도 말을 했어야죠. 그러다 큰일 나면 어떻게 하게요. 오늘 제가 왔으니까 병원 가서 진찰 받읍시다."

나는 더 미루다간 큰일 날 수도 있다는 생각에 엄마를 모시고 곧장 병원으로 갔다.

뇌 CT 검사 등 정밀검사에서 초기치매라는 충격적인 결과가 나왔다. 나는 망치로 두들겨 맞은 듯 머리가 아팠다.

"여러 가지 원인이 있겠지만 엑스레이 상에 뇌 손상이 있더군요. 아마 그게 원인이 될 수 있습니다."

"그럼 앞으로 어떻게 해야 하나요?"

나는 치매 증상이 왜 나타났고, 어떻게 대처해야 하는지 의사에게 물었다.

"뇌 손상에 의해 기억력을 위시한 여러 인지기능의 장애가 생겨서 일상생활에 지장이 있을 것입니다."

"네. 그러신가 봐요. 얼마 전에 집을 찾을 수 없어 헤매셨다고 하더라고요!"

"그럴 거예요. 앞으로 주의하시고 보호자가 항시 신경 쓰셔야 할 거에요. 요즘은 좋은 약들이 있으니까 약을 잘 드시고 안정을 하면, 더 이상 진행하는 것을 막을 수는 있습니다."

엄마에게는 초기 치매라는 사실에 대해 솔직하게 말을 할 수가 없었다.

"뭐라 하든?"

심각한 나의 표정에 걱정이 되신 듯 엄마가 조심스럽게 물으셨다.

"아, 네. 별것은 아니고 건망증이라네. 나이가 들면 누구한테나 그런 증상들은 조금씩 나타난대요. 식사 잘 하시면서 약 잘 챙겨 드시면 괜찮아진대요."

"그러면 다행이고…… 치매라고 할까 봐 얼마나 걱정을 했는지 몰라."

"약 잘 챙겨 드시면 괜찮아진다니까 걱정하지 마세요."

나는 엄마를 안심시켰지만 앞으로 닥쳐올 일들이 걱정이 되었다.

"병중에 제일 못된 병이 치매라는데…… 치매는 걸리지 말아야지. 생목숨 끊을 수도 없고 자식들 고생시키고 큰일 나지, 큰일 나."

엄마의 걱정은 언제나 한결 같았다. 당신의 고통보다 자식들을 먼저 생각하며 자식들에게 짐이 되는 것을 원치 않으셨다.

"엄마, 이제부터는 어디 나갈 때 전화 가지고 나가세요. 그래야 무슨 일이 생기면 바로 연락을 할 수 있죠. 알았죠?"

"귀가 어두워져서 전화가 와도 들리지 않아 못 받을 때가 있어."

"보청기 끼고 다니세요."

"난 보청기 끼는 게 더 불편하더라."

나는 앞으로 닥쳐올 치매 증상의 심각성에 대해 큰동생과 의논을 했다. 동생은 엄마가 아직은 일상생활을 할 수 있으니 심각해지면 그때 가서 다시 생각해 보자고 했다. 동생은 엄마가 치매라는 것을 받아들이기가 싫은지 애써 외면하려고 하는 것 같았다.

"그러면 당장 급한 것이 엄마가 맥 놓고 있게 해서는 안 되잖아, 뭐부터 시작할까?"

"글쎄, 누나가 생각 좀 해 봐."

"엄마가 노래 부르는 것을 좋아하니까 노래 교실에 등록할까? 그곳에 가서 엄마 연배의 사람들과 노래 부르고, 대화를 하다 보면 외로움도 잊을 수 있잖아. 노랫말을 생각하며 노래를 부르니까 뇌 건강에 좋을 것 같고, 서예도 배우게 해 드리자."

"그래야 되겠네!"

"치매에는 걷기 운동이 좋다고 하던데…… 햇빛 좋을 때 모시고 나가서 걷기 운동을 해야 할 텐데 어떻게 하지?"

"내가 모시고 나갈 테니 걱정하지 마."

"너 하는 일은 어떻게 하고?"

"지금은 그렇게 바쁘지 않으니까."

동생은 생업을 포기하다시피 하고 엄마를 위해 정성을 다 했다.

"하여튼 부딪혀 보는 데까지 부딪혀 보자. 어떤 방법이 있겠지. 고생만 하시다가 이게 웬일이라니…… 아! 답답하다."

며칠 후에 나는 엄마를 모시고 주민 센터에 갔다. 그곳에는 나이 지긋한 분들이 많았다. 다들 생기가 넘쳤고 얼굴엔 웃음이 떠나질 않고 행복해 보였다.

"아유! 사람들이 이렇게 많은 줄 몰랐네. 뭔 사람들이 이렇게 많다냐."

엄마는 와자지껄한 분위기에 흥분하시며 말씀하셨다.

"다들 즐거워하시잖아요. 진작 엄마도 이런데 와서 사람들과 어울리며 보내셨으면 좋았을 텐데…… 노래 부르시는 것 좋아하셨잖아요. 저분들과 어울리면서 즐겁게 지내세요."

"알았다. 나도 하고는 싶었는데 차일피일 미뤘구나."

"엄마! 우리 집에 가서 지내실래요?"

"내 집이 제일 편해. 내가 하고 싶은 대로 하고 살다가 눈치 보며 살기 싫다."

"무슨 눈치를 봐요? 눈치 볼게 뭐 있다고……."

"사위는 백년손님이라 하지 않더냐. 사위가 어렵더구나."

"엄마가 음식 해 먹는 것이 힘드실까 봐 그렇지."

"힘들게 뭐 있어? 평생 해 먹던 것인데. 그런 일까지 안 하면 죽은 거나 다름없지 않겠니?"

"그래요. 몸이 너무 편해도 안 된대요. 주민 센터가 집에서 가까우니까 혼자 걸어서 다닐 수 있겠죠? 그리고 노래교실 외에 좋은 프로그램 있나 알아보세요."

"그래, 알았다."

엄마는 사람들의 활기찬 모습이 신기한 듯 사람들의 얼굴을 일일이 쫓으며 표정들을 살피셨다.

엄마는 그렇게 주민 센터에 가서 노래를 부르고 서예를 배우면서 별 증상 없이 즐겁게 하루하루를 보내셨다. 거기서 사귄 또래 친구들과 식사를 하고 차를 마시며 수다를 피우다 늦은 오후나 돼서야 집엘 들어오셨다. 엄마는 목청껏 노래를 부르다 보면 모든 근심이 사라졌다. 엄마는 오롯이 자신만을 위해서 시간을 내 본 적이 없었기에 헛살아 왔다는 후회가 물밀 듯이 밀려왔다.

고왔던 엄마의 청춘은 어디가고 병만 남아 모든 것을 엉망으로 만들어 놓았다. 결국 남은 것은 서글픔이었다. 같은 나이임에도 불구하고 자기 자신을 아낀 사람들은 병도 없었고, 여생을 즐기면서 살고 있었다.

노래교실은 나이 지긋한 사람들 위주로 노래를 선곡해서 한이 섞인 노랫말이 많았다. 노랫말은 엄마의 가슴을 적시며 울분을 토해내게 했다. 그러면 엄마는 가슴이 후련해짐을 느꼈고 통쾌하기까지 했다.

그러던 어느 날, 낯익은 얼굴이 자꾸 눈에 밟혔다. 그러나 어디서 보았는지 생각이 나질 않았다. 곰곰이 생각해도 떠오르질 않았다. 엄마는 다음 날 바쁘게 서둘러 주민 센터를 갔다. 조금 이른 시간이라 엄마가 속해 있는 노래교실 사람들은 아직 오지 않았다. 밖에서 초조하게 기다리는데 멀리서도 알 수 있을 정도로 낯익은 사람이 다가왔다.

"혹시 나 몰라요? 나는 낯이 익은데 영 기억이 나질 않아 기다리고 있었어요."

"저도 낯이 익었는데……."

"고향이 어디에요? 저는 충북 보은인데……."

"저도 보은인데……."

"내 이름은 순임이에요."

"그래, 순임이라 하니까 알겠다. 나는 미자야."

"그래, 맞아, 맞아! 미자!"

두 분은 얼싸안고 한참을 울먹였다.

"나 이 동네 사는데, 너는 어디 사니?"

"나는 여기 산 지 오래되었는데 어째 한 번도 못 보았을까?"

엄마는 친구가 가까이 살고 있었는데 만나지 못했던 것이 의아스러웠다.

"나는 여기 이사 온 지 얼마 안 되었어. 그동안 지방에서 살았거든. 아들이 결혼해서 이 근처에 살아. 아들하고 같이 살고 있어."

"세상이 넓고도 좁다 하더니 이렇게 만나질 수도 있는 거구나."

기적처럼 만난 것이 믿겨지지 않는 듯 두 분은 맞잡은 손을 놓질 못했다.

"그러게 말이야. 너는 동네에서 연애한다고 난리도 아니었잖아."

"그랬지. 다 옛날이다."

"재혼했다는 말은 들었어. 고향에 가면 네 소식 알고 싶어 물어보면 아는 사람이 없더라고. 왜 그렇게 소식이 없었어?"

"친정식구들이 다 외지로 나가는 바람에 고향에 가야 아는 사람도 없으니까 안 갔지."

"그랬구나. 너랑 얼마나 친하게 지냈니. 그런데 소식을 몰라 얼마나 애태웠다고."

"그랬어? 나도 네가 궁금했지. 고향에 갈 일이 없으니 알 길이 없었지. 지금이라도 만났으니 알콩달콩 옛일 이야기 하며 지내자."

50여년 만에 만난 미자 아주머니는 엄마의 외로움을 달래주었다. 주변에 지인들은 있었지만 속마음을 터놓고 얘기할 정도는 아니었다. 엄마는 미자 아주머니를 만나 수다를 떨다 보면 아픈 것도 잊으셨다.

두 분은 눈만 뜨면 서로의 안부를 물으며 의지하였고, 무엇이든 같이 움직이셨다. 엄마 혼자 계시게 하면 안 되는 것을 알기라도 하듯 미자 아주머니는 엄마와 함께 했다.

모든 것이 순조롭게 지나가고 있었다. 하지만 엄마의 병이 언제 어떻게 발병할지 모르는 일이었기에 항상 긴장을 했다.

그런데 어느 날, 엄마가 가스 불에 음식을 끓이다 잠이 들어 불이 날 번한 사고가 생겼다. 아래층에 살고 있는 사람 덕분에 위기를 모면했지만, 언제고 또 일어날 수 있는 일이라 걱정을 했다. 그런 우리를 대신해 미자 아주머니가 엄마의 보호자가 되어 주었다.

"엄마! 아주머니가 뭐 좋아하는지 아세요?"

나는 우리의 걱정을 덜어준 미자 아주머니에게 식사 대접이라도 해야 할 것 같아 물었다.

"뭘 좋아하는지는 모르겠다만 소화 잘 되는 음식으로 하자꾸나."

"보리밥 정식으로 할까요? 엄마도 좋아하시니까."

"그러자. 친구도 좋아할 거야. 시골 출신들은 투박한 비지장에 청국장이 좋지."

엄마는 벌써부터 식욕이 당기는지 입맛을 다시며 말씀하셨다.

"나에게 얼마나 살뜰한지 몰라. 미자가 옆에 있으니 든든하기도 하고, 이런 저런 얘기하다보면 시간도 잘 가고 좋단다."

"다행이네요. 아주머니는 남편이 안 계세요?"

"몇 년 전에 돌아가셨다는구나."

"어머, 그래요? 외로우신 분끼리 서로 의지할 수 있어 좋겠네요."

"그렇단다. 친구도 내가 있어 좋다는구나."

나는 과일 바구니를 챙겨서 그분이 살고 있는 집으로 갔다. 마침 미자 아주머니는 혼자 집을 지키고 있다가 나를 반갑게 맞아주었다. 엄마의 병이 치매라는 것을 밝혔을 때 아주머니는 너무 놀라 눈물을 흘리셨다.

"너희 엄마처럼 착한 사람이 왜 그런 병이 걸렸다냐? 지금도 예쁘지만 처녀 때 얼마나 예뻤는지 아니? 동네 남자들 가슴을 다 흔들어 놓았는데…… 무슨 팔자가 그렇다냐. 불쌍해서 어찌하누. 우리 순임이 불쌍해서 어떻게 한다냐."

아주머니는 눈물을 펑펑 쏟으시며 안타까워 하셨다. 나는 다행히 치매에 좋은 약이 많이 나와 진행을 늦출 수 있다는 것을 설명해 드렸고, 엄마의 힘이 되어주기를 부탁했다.

"너희들이 부탁하지 않아도 힘닿는 데까지 옆에서 도울 테니 너무 걱정하지 마라."

"고맙습니다. 말씀만 들어도 힘이 되네요. 엄마를 우리 집으로 모시려 하는데 싫다고 하시네요. 당신 집이 편하시다고 한사코 마다하세요."

"그렇긴 하지. 좋으나 나쁘나 내 집이 제일 편하단다. 딸집이라 해도 사위도 있고 불편하지. 내 집처럼 편하진 않지."

아주머니는 엄마가 불편해 하시는 심정을 이해할 수 있다며 고개를 끄덕이셨다.

"혼자 있게 하면 안 된다고 해서 문화센터 가실 때는 항상 불안했거든요. 길 잃고 헤매실까 봐. 전에 한번 길을 잃어 애먹었다고 하더라고요. 또 그런 일이 있을까 봐 겁도 나고요."

"알았다. 이제부턴 나하고 있을 땐 걱정하지 마라. 내가 엄마 옆에 꼭 붙어 있을 테니깐."

"감사합니다. 아주머니가 계셔 얼마나 든든한지 모르겠어요."

보리밥 정식 집에는 사람들이 많아 번호표를 받고 30분을 기다려야 했다. 보리밥이 부드러워 쌀밥을 먹는 것처럼 거부감이 없었다. 갖가지 나물을 보리밥에 비벼먹는 맛이 입맛을 자극했다. 청국장과 비지장은 그 집의 대표음식이다. 담백한 청국장과 비지장은 여느 음식 못지않게 훌륭한 식사가 되었다.

엄마는 음식의 맛보다 두 분이 같이 있다는 것이 더 좋으신 것 같았다. 저렇게 좋아하시는 모습을 언제까지 볼 수 있을까…….

다행히 아주머니는 밤에도 엄마와 같이 있을 수 있었다. 아들네 집에 있는 것보다는 엄마와 같이 있는 것이 편하다고 하셨다. 두 분은 그동안 떨어져 지낸 시간만큼 할 말도 많은지 추억을 넘나들며 즐거워하셨다.

"너는 무슨 복이 많아 저런 미남하고 살았니?"

집 안 거실에 환하게 웃고 계시는 아버지의 사진을 보고, 아주머니는 부럽다는 듯이 말씀하셨다.

"눈으로 보이는 게 전부는 아니야. 지난 시절 생각하면 돌아가고 싶지 않아."

"왜? 좋아 보이시구먼. 사람 인상 보면 대충 어떤 사람인지 알겠던데……."

"사람이야 좋지. 다른 사람들한테만 좋은 사람이었어. 정작 식구들한테는 냉정한 사람이었어. 내 가슴이 무너지면서 살아온 세월이었지."

"네 남편 얘기 좀 해 봐. 어떤 사람이었는지……."

아주머니는 궁금해 못 견디겠다는 듯 엄마에게 바짝 붙어 앉으며 말했다. 엄마는 눈을 감고 한참을 뜸을 들이시더니 말문을 여셨다.

"전남편하고 사별하고 친정에 내쫓긴 신세였잖아. 친정엄마는 그렇게 쫓겨 온 딸이 불쌍하기도 하였지만, 동네 사람들의 수군거리는 것을 못 견뎌 하셨어. 죄를 지은 것도 아니었는데 왜 그리 수군거리든지…… 그러던 참에 이러저러한 신랑감이 있으니 선을 보지 않겠느냐는 말이 있었어. 여자는 남편사랑 받고 살아야 한다며 반강제로 떠다밀듯이 하여 만났는데, 외모가 훤칠하니 아주 좋아 보이더라고 별 사람 있겠나 싶어서 결정을 한 것인데……."

엄마의 눈가에 이슬이 맺혔다.

"전남편하고 사이에 아들이 있다고 하더니…… 그 아들은 어쩌고."

"큰댁에 양자로 보냈잖아. 큰댁에 아들이 없어 전전긍긍하던 차에 아들이 생겼으니 시집에서는 이때다 싶었던 거지. 나를 내쫓고 아들을 양자로 들였어. 말은 나를 위한다는 구실이었지만 결국 아들을 뺏기 위한 거였어. 그때 당시는 재혼 같은 것은 생각도 못했어. 아들을 어떻게 키울 것인가만 생각했던 터라 죽는다고 난리를 쳤어. 결국 두 손을 들었지만……."

"그랬구나. 나는 전혀 몰랐어."

"그게 좋은 일도 아닌데…… 소문나 봐야 좋을 것도 없다며 쉬쉬했으니까."

엄마는 긴 한숨을 내쉬며 허공을 응시하셨다.

"네 남편도 재혼이었어?"

"재혼이었어. 이북에서 처자식이 있었는데 3·8선이 가로막혀 오도가도 못 하니까 결국 포기하고 나와 재혼을 하게 된 거야."

"네 남편도 불쌍한 사람이구나. 일가친척도 없이."

"불쌍한 사람이지. 생이별을 하고 살았으니. 당신으로 인해 고문이나 사형 당했을 가족들 생각에 악몽도 많이 꾸고 힘들어 했어. 마음에 상처가 있는 사람들끼리 살면 서로 위로하고 살 거라고 생각하지만 그렇지 않아. 그 상처가 트라우마로 남아 평생 그 짐을 떠안고 살아야 하더라고. 그건 것이 힘들었다면 힘든 거였어."

"부부금슬은 좋았니?"

"마음은 한없이 따뜻한 사람이었는데……."

"그 말이 무슨 뜻이야? 따뜻한 사람이었는데 어떻다는 거야?"

"글쎄, 나도 모르겠어. 눈빛을 보면 나를 좋아하기는 한 것 같은데 행동은 영 아니었으니까. 남자들은 여자를 안고 있으면 본능적으로 행동을 하니까 불타오르잖아. 그런데 그 사람은 나를 안고 있으면서도 다른 사람을 생각하는 것 같더라고 오르가즘을 느끼려 하는데 그 사람은 나를 밀쳐내며 괴로워하는 거야. 내가 얼마나 놀랐겠니. 그 이후론 내가 그 사람한테 아무것도 느낄 수 없는 목석이 되었어. 나중엔 목석을 문제 삼으며 나를 힘들게 하더라. 옛 남자 못 잊어 감정이 없냐고 마치 의처증이 있는 사람처럼 들들 볶는데 미치고 팔짝 뛰겠더라. 하도 어이가 없어 변명도 할 수 없었지, 말로 증명해 보일 수 있는 것이 아닌데…… 변명을 어떻게 할 수 있겠니. 그러면서 아이들을 넷이나 낳았으니……."

엄마는 한숨을 길게 내쉬며 아버지 초상화를 바라봤다.

"왜 그런 행동을 하느냐고 묻지 않았어?"

"처음에는 놀라고 기분도 상하고 해서 안 물어봤지. 나중에 물으니 아무 대답도 안 하더라. 그런데 자꾸 물을 수도 없잖아. 자존심 상하는 일이기도 하고 이런 저런 일들을 가슴에 묻고 살다보니 병만 남았어."

"그렇게 하고 어떻게 살았니? 너도 용타, 나 같음 못 살았을 거야. 헤어져도 몇 번 헤어졌겠다."

"재혼을 하면서 나는 모든 걸 내려놨거든. 박복한 팔자니까 두 번 결혼하지, 그렇지 않으면 두 번씩이나 결혼을 했겠냐고. 그렇게 위안하며 살았어."

"재혼했다고 해서 잘 되었다 했더니 힘들게 살았구나."

"아들 버린 죄 받는 거지 뭐. 그렇다고 불행한 삶이었다고는 할 수 없지. 남편이 표현을 안 해서 그렇지 따뜻하고 인정이 많은 사람이야. 시골에서 돈 안 되는 농사 못 짓겠다고 올라오는 친정식구들 한 번도 내치지 않고 다 돌보았거든. 내가 눈치 보여 내치려하면 먹고 살겠다고 도움을 청하는 것인데 그러면 안 된다고 나를 오히려 설득하는 사람이었거든."

"그런 걸 보면 네 신랑 괜찮은 사람이다. 흠 없는 사람이 어디 있겠니?"

"이해할 수 없는 몇 가지 말고는 버릴 게 없는 사람이지!"

엄마는 무심한 눈으로 허공을 바라보시더니 담담한 어조로 말을 이어갔다.

"남편 처음 만날 때 입고 가라고 친정엄마가 큰맘 먹고 실크 한복을 지어주지 않았겠니? 짙은 분홍색이었는데 내가 봐도 날아갈 듯이 예쁘더라. 그런데 나를 보는 순간 안색이 변하면서 땀을 흘리더라고 더워서 그런가? 그렇게 생각했는데 다음 말이 나를 질리게 하더라고. 다음에는 그 옷 입지 말라고 처음 만난 사람에게 옷을 입어라 벗어라 하는 것이 못마땅했을 뿐더러 이상한 사람 아닌가 싶더라."

"생각만 해도 예뻤겠는데 왜 그랬다냐? 젊었을 때 네가 얼마나 예뻤니? 첫눈에 반했겠는데…… 정말 이상하다."

"나도 황당하고 어이없어 없었던 일로 하자고 친정엄마에게 얘기했거든. 나쁜 사람 같다고 그리고 끝나는 줄 알았어. 한 달 있다가 연락이 다시 온 거야. 다시 만났으면 좋겠다고 내키지 않았지만 친정엄마가 한 번만 다시 만나보라고 어찌나 성화를 대던지…… 그렇게 인연되어 살았던 거야."

"사람 사는 게 별 사람 없더라. 내용의 차이만 있을 뿐이지 다들 지지리 궁상으로 살아가더라."

"죽고 없으니까 그런 것까지도 그리워. 지금 같으면 모든 걸 이해하며 살았을 텐데, 월남 해 힘든 세상 혼자 헤쳐 나가야 했으니 얼마나 어려웠겠니. 보듬어주지 못한 것이 한이 돼."

"그렇더라. 나도 남편 죽고 많이 힘들었거든. 못 해준 것만 생각이 나더라고. 그런 게 인생 인 게지. 한치 앞도 알 수 없는 것이 인생이야."

가슴에 꽁꽁 숨겨 두었던 얘기를 풀어내면서 아버지도 엄마 못지않게 외롭고 힘들었을 것이라는 것을 깨달은 엄마는 뒤늦은 후회를 하셨다.

엄마는 가슴에만 담아 두었던 얘기를 미자 아주머니에게 하면서 그때는 보지 못했던 것들이 보이기 시작했다. 당신의 아픔만 아픔이라고 생각하며 살아왔기에 상대의 아픔은 보이지 않았다. 내 아픔이 더 크다고 생각했지만 그게 아니었던 것이다.

어느 날부턴가 엄마가 한 음식을 먹을 수가 없었다. 달거나 짜서 입에 댈 수가 없었던 것이다. 정성스럽게 차려진 음식을 먹지 못하게 되자 엄마의 상실감은 이루 말할 수 없을 정도였다.

결국 당신이 불안하게 생각했던 일이 벌어졌다는 생각이 미치면 엄마는 방문을 걸어 잠그고 밖으로 나오질 않으셨다. 그럴 때마다 우리들은 긴장을 해야 했다. 엄마는 밖에서 소란스럽게 하면 당황을 하셨다. 조금 지난 후에 열쇠로 문을 열고 들어가 보면 엄마는 고개를 푹 숙이고 무엇인가를 골똘히 생각하시는 것 같았다.

"엄마, 뭐하세요?"

"음, 생각할 것이 있어서."

"뭘 생각하시는 데요?"

"그냥 이것저것."

어머니는 자신이 지금 왜 그런 것인지 전혀 기억을 하지 못했다. 음식 솜씨가 좋아 뚝딱 하기만 하면 별미를 만들어 내셨는데, 이제 혀의 감각을 잃어버리셨다. 엄마에게 악마의 그림자가 드리워지고 있었다.

엄마는 밤에 잠을 자지 않고 집 안을 서성이기도 하고, 장롱 속을 다 뒤집어 놓고 무엇을 하느냐 물으면 찾는 물건이 있는데 안 보인다는 것이다.

밤에는 어딜 갔다 오시는지 신발에는 황토를 묻혀서 들어오곤 하셨다. 어딜 갔다 오셨나 물으면 전혀 모른다는 것이었고 기억을 못 하셨다.

나는 엄마가 밤에 나가서서 혹여 집을 못 찾아오기라고 하면 어쩌나 하는 생각이 미치자 소름이 돋았다. 그런 일을 미연에 방지할 수 있는 장치를 마련해야 했다. 그래서 나는 다른 곳에서도 수시로 엄마의 동선을 파악할 수 있는 카메라를 설치했다.

엄마는 그동안 여러 가지 약을 복용하면서 위장이 헐어 속이 쓰리고 소화가 안 된다며 약 먹기를 거부하셨다. 고집이 센 분이 아니었는데 당신의 주장을 내세우며 애를 태웠다.

나는 분위기를 바꿔보면 달라지실 것 같아, 여행을 하자고 제의를 했더니 흔쾌히 응하셨다.

"미자 아줌마도 모시고 갈까? 엄마 심심치 않게!"

나의 말에 엄마는 어린아이처럼 해맑게 웃으시며 좋아했다.

"전화해 보세요. 미자 아줌마가 갈 수 있으려나."

"그래, 알았다."

엄마는 벌써 여행을 떠나는 사람처럼 들떠서 전화를 하셨다.

"여보세요. 난데, 우리 딸이 온천 가자는데 갈 수 있겠어?"

"언제 가는데? 나야 언제든 갈 수 있지만…… 딸내미 좀 바꿔 봐."

"애, 너 바꿔달란다."

엄마는 친구와 같이 여행 가는 것이 흥분되시는지, 전화기를 전해 주는 손이 가늘게 떨렸다.

"안녕하세요. 엄마 모시고 온천 가려고 하는데 같이 가실 수 있으세요? 요즘 엄마가 컨디션이 안 좋은 것 같아 기분 전환해 드리려고요. 같이 가셨으면 좋겠는데……."

"나야 좋지! 괜히 민폐 끼칠까 봐 그렇지."

"그런 일이라면 상관하지 마세요. 같이 가시면 엄마가 좋아하실 텐데요."

엄마가 많이 힘들어 하실 것을 염려하여 가까운 수안보 온천 리조트로 예약했다. 7월 중순인데도 날씨는 삼복더위만큼이나 더웠다. 매미도 축 늘어진 가지 끝에 매달린 채 지쳐서 울지 못했다.

집에서 비지땀을 흘리고 있는 것보다 밖에 나와서 눈요기도 하고 맛있는 것도 먹고 하면 좋지 않겠냐며 두 분의 애기는 끝이 없었다.

나는 바쁘다는 핑계로 엄마를 모시고 여행 한번 와 보지 못한 것이 항상 마음에 걸렸는데 모시고 나오니 내 자신부터 치유되는 것 같았다. 어쩌면 마지막 여행이 될 수도 있다는 생각을 하니 마음이 무거웠다. 말로만 엄마를 위한다고 하면서 정작 무엇을 원하고 좋아하시는지는 외면하고 살아왔다. 진작 좋은 곳 모시고 다니면서 살뜰히 챙겼어야 했는데, 너무 늦은 감이 들었다. 엄마하고의 추억이 없는 게 안타까웠다.

산속에 둘러싸인 리조트는 공기부터 달랐다. 한여름이지만 선선했고 한기도 느끼게 했다. 소나무가 내뿜는 솔잎 향기가 제법 삼림욕을 느끼게 했다.

"집에 있으면 더워서 쩔쩔 매고 있을 터인데 너무 시원하다. 너무 좋다."

엄마는 공기부터 다르다며 긴 호흡을 내쉬며 하늘을 올려다봤다.

"정말 좋다. 어쩜 소나무가 이렇게 많니? 잘 가꿔진 노송이 정말 보기 좋네."

미자 아주머니도 그곳의 정취에 찬사를 아끼지 않았다.

우리는 월악산에서 직접 채취한 산나물로 비빔밥을 한다는 맛집을 찾아들었다. 두 분은 갖가지 산나물을 일일이 시식해 보며 향기도 맡아보고 맛있게 드셨다. 모시고 나오기를 잘했다는 생각이 들었다.

나는 엄마가 온전한 정신으로 당신을 돌아볼 수 있는 시간이 얼마나 남았는지는 모르지만 행복한 시간을 만들어 드려야 한다는 조급함이 생겼다. 나는 주변의 가 볼만한 곳을 휴대폰으로 검색했다. 5km 이내에 수옥폭포가 있었다. 잘 정돈된 산책길을 걸으면서 두 분은 고향 어디쯤을 상상하고 계시는 것 같았다. 속리산 자락 밑이 엄마가 태어나고 자란 곳이다. 혹혹 불어오는 바람을 타고 풀 냄새, 나무 냄새가 더운 열기를 식히며 코끝으로 다가왔다. '아! 이 냄새 싱그럽다'라며 감탄사를 연발하는 두 분의 모습은 그야말로 젊음이었다. 마음은 아직도 젊으신 두 분이었다. 산책길 옆에는 빨갛게 익은 산딸기가 두 분을 초대했다.

"어머머머! 이 산딸기 좀 봐. 빛깔이 어쩌면 이렇게 예쁘냐."

"그래, 정말 예쁘다. 어쩌면 이리 탐스럽니? 먹음직스럽게!"

"얘, 우리 이것 따먹으러 산으로 다녔잖아."

두 분은 그 옛날의 기억 속으로 시간여행을 떠나셨다.

"그래, 그래."

"음, 달고 맛있다."

두 분은 한 움큼씩 딴 빨간 딸기를 볼이 미어지게 밀어 넣으며, 손과 입을 빨갛게 물들였다. 열매를 따먹는 재미로 두 분의 입술은 빨간 립스틱을 바른 것처럼 붉게 빛났다.

폭포에서 물 떨어지는 소리가 주변을 흔들며 물안개를 뿜어냈다. 웅장한 물줄기로 인해 물안개가 흩어지면서 한낮의 뜨거운 열기를 식혔다.

산딸기에 넋이 빠져 있던 두 분은 폭포가 쏟아내는 굉음에 탄성을 지르며, 폭포 물에 두 발을 담그셨다.

"얘, 너무 시원하다. 에어컨이 필요 없다."

"그러게 말이야. 어쩜 이런 곳에 폭포가 있다니. 폭포는 원래 산 깊숙한 곳에 있는 것 아니니? 평지에 이런 폭포가 있다니, 신기하다."

두 분은 신선이 따로 없다며 찬물에 풍덩풍덩 뛰어들어 물을 튕기며 물싸움을 하셨다. 팔순을 넘긴 나이가 무색할 정도로 두 분의 영혼이 어린 시절로 돌아간 듯했다.

두 분이 좋아하는 모습을 보니 더 좋은 곳이 있으면 체험할 수 있게 해 드리고 싶어, 근처에 있는 충주호를 향해 달렸다. 피곤하지 않은지 두 분의 옛날이야기는 끝도 없이 이어졌다.

충주호는 우리나라 최대 다목적 댐이었지만 한참 가물어 물에 잠겨 있던 부분이 검은 띠를 드러냈다. 물이 많을 때는 배가 단양까지 운항을 했다는데, 지금은 운항을 할 수 없다고 했다.

추억을 만들기 위해 1시간 거리의 배를 타 보기로 했다. 빼어난 기암절벽과 푸른 물이 어우러진 풍경은 한 폭의 수채화였다. 시원한 바람이 얼굴을 간질이며 비릿하게 다가왔다. 두 분은 머리를 날리며 시원한 바람을 온몸으로 받아들였다.

"피곤하지 않으세요?"

"좋은 구경해서 그런가! 피곤하지 않구나."

"다행이네요. 피곤할까 봐 걱정했는데……."

강행군을 했던 것이 내심 걱정스러웠는데, 두 분은 고맙게도 여유를 보이시며 밝게 웃으셨다.

"숙소로 가려면 30분 정도 가야 하니 눈 좀 붙이세요."

"괜찮으니까 걱정하지 마!"

붉은 노을이 충주호를 물들이며 붉게 타올랐다. 엄마 인생의 황혼도 붉게 타올라 세월과 하나가 되어 사라지는 날이 오겠지! 하는 생각이 스치자 울컥해진다.

"저녁을 무엇을 먹을까요? 이 지방은 꿩 고기가 유명하다는데……."

"꿩 고기를 한 번도 안 먹어봤는데 먹어볼까?"

우리는 그럴듯한 간판을 붙인 곳을 찾아 들어갔다. 무슨 맛집이니 하면서 간판부터가 요란하다. 모 방송에서 촬영해갔다는 사진을 붙여 놓고 손님을 끌었다.

여러 가지 메뉴가 붙여 있어 무엇을 먹어야 할지 몰랐던 우리는 직원에게 제일 자신 있는 메뉴를 선택해 달라고 부탁했다. 직원은 코스 메뉴를 먹으면 꿩 한 마리를 다 먹을 수 있다며 추천해 주었다.

꿩 만두, 꿩 샤부샤부, 꿩 불고기, 꿩 잡채, 꿩 탕수육 등 여러 가지 메뉴가 나왔다. 특유의 냄새만 빼고는 그런대로 맛은 괜찮았다. 두 분은 골고루 나오는 코스 요리에 다음엔 어떤 음식이 나올지 궁금해 하며 맛있게 드셨다.

"여행의 맛은 그 지방의 맛있는 음식 먹는 재미야."

"맛있게 드신 거예요?"

"담백해서 맛있게 먹었어!"

"그래요? 맛있게 드셨다니 다행이네요."

"네 덕에 맛있게 잘 먹었다."

미자 아주머니는 모처럼의 여행과 함께 맛있는 것을 먹으니 기분이 좋아졌다며, 고마움을 표하셨다.

"오늘 피곤하셨죠? 숙소에 가서 온천하고 푹 주무세요."

"3만 년 전부터 솟아오른 천연온천수라 국내에서 수질이 가장 좋다네요. 인체에 유익한 각종 무기질을 함유하고 있어 피로회복과 피부병에 좋데요."

"멀리 있는 온천은 가 보았는데 수안보는 처음 와 보는구나."

"그러세요? 온천물 온도가 53도라니까, 노천 온천에서 달빛 별빛 보면서 피곤 푸세요."

총총히 떠있는 별빛과 달빛을 맞으며 하는 온천은 상쾌하고 운치가 있어 좋았다. 아침의 태양의 기운을 받으며, 대낮의 햇살을 받으며 하루에 세 번을 해야 온천의 효과를 본다는 홍보지를 보면서 나는 예뻐지겠다는 생각과 함께 미소가 번졌다.

온천의 효과가 있었던지 날아갈 듯이 상쾌했다. 새들의 노랫소리가 숲 속의 아침을 깨웠다. 두 분이 세상모르고 주무시는 것을 보고 나는 산책길에 나섰다. 다람쥐가 입을 오물거리다 인기척에 놀라 쪼

르르 나무에 기어오른다.

산책길에는 유난히 우리나라 소나무가 많았다. 아침 햇살을 머금은 숲 속의 기운이 아우성이다. 한껏 두 팔 벌려 가슴 가득 느껴보라고……

세월을 이겨낸 소나무보굿이 정교한 모양을 만들어가며 고고한 자태를 뽐냈다.

'인생도 살아가며 지식과 지혜가 보굿처럼 쌓여간다면 소나무처럼 저리 멋이 있지 않으랴'

어느 화백의 소나무 예찬론이 생각났다.

산책을 마치고 돌아와 보니 두 분은 발코니에 나와 숲이 뿜어내는 상쾌한 공기와 기운을 만끽하고 계셨다.

"어디 갔다 오니?"

"산책했어요. 산책길이 좋던데요."

"같이 갈걸, 깨우지 그랬니?"

"하도 곤히 주무시기에……"

"그래, 세상모르고 잤어. 온천을 해서 그런지 몸이 개운하니 좋구나."

두 분은 피곤한 기색도 없이 기분이 좋아 보였다.

반면에 나는 허리가 굽은 앙상한 엄마의 온몸을 보자니 가슴이 아렸다. 허리 디스크 수술을 한 탓인지 허리가 더 휘어져 보였다. 걸음걸이도 부축을 하지 않으면 쓰러질 것 같았다. 만지기만 해도 부서질 것 같은 깡마른 몸은 더 이상 엄마가 아니었다. 보호를 받아야 하는 어린아이와 같았다.

나는 여행을 하면서 그 전에 보지 못했던 엄마의 그늘을 보았다. 엄마는 나에게 있어 넉넉함을 주는 안식처였다. 그런데 넉넉했던 그 모습은 간데없고 빈 쭉정이만 남아 있었다.

엄마의 얼굴에 볼을 비벼보았다. 깊게 패인 주름이 거칠게 느껴졌다. 모든 것이 내 탓인 것만 같았다. 엄마를 위하고 사랑한다고 하면서 정작 엄마의 마음을 살피지 못하고 살아왔다는 생각이 미치자 죄스러워 눈물이 왈칵 쏟아졌다.

엄마는 귀가 어두워진 탓도 있지만, 이야기의 내용을 제대로 이해하지 못할 때가 종종 있었다. 같은 말을 거듭해도 무슨 말인지 잘 모르겠다며 고개를 갸웃거리며 어색하게 웃으셨다. 산후풍과 두통이 심해질 때면 당신 스스로 무엇을 어떻게 해야 할지 몰라 쩔쩔매셨다. 고통스러운 나날이 거듭되면서 엄마는 우리들에게 고통을 호소하기 시작하셨다.

"내가 너무 아프고 힘들어 죽고 싶어."

"어디가 제일 아파요?"

엄마의 고통을 덜어드릴 수 없다는 것이 내 마음을 아프게 짓눌렀다.

"전체가 다 아파. 어디라고 말할 수도 없어."

엄마는 그동안 불편할 때마다 진통제를 의지했다. 그러나 이제는 진통제도 내성이 생겨 소용이 없었다. 한바탕 소동이 벌어지고 나면 인지능력이 떨어져 엄마는 멍하니 허공만을 응시하셨다. 묻는 말에 대답도 하지 않고 힘없이 쳐다만 보셨다.

엄마는 모든 것이 귀찮은 듯 누워계시는 날이 많아졌고, 건강은 날로 악화되기 시작했다. 어떠한 대책이라고 세워야 했다. 건강이 악화되자 집안일도 할 수 없게 되었다. 보살핌을 받아야 하지만 큰 동생이 아내도 없이 지내는 것이 안쓰러워 엄마는 손수 집안을 꾸려오고 있었다.

엄마를 편하게 모셔야 했지만 이혼한 동생의 입장에선 엄마를 그렇게 모실 수가 없었다.

"요즘 엄마 건강이 좋지 않아서 큰일이에요. 어떻게 해야 할지……."

나는 엄마가 걱정이 되어 미자 아주머니에게 넋두리를 했다.

"요즘 나도 아파서 못 가봤더니 엄마가 힘들었구나."

"견딜 수 없을 만큼 아프고, 죽고 싶다며 자꾸 우세요."

"얼마나 힘들면 그러겠니. 참 딱하구나."

"입주 도우미라도 들어서 식사 문제라도 해결해 드렸으면 좋겠어요."

"그렇구나. 동생이 혼자라 그것도 문제가 되겠구나."

"먹는 것을 잘 먹어야 병도 이길 수 있을 터인데 먹는 게 부실하니까 병도 못 이기시는 것 같아요. 저도 제 살림이 있으니까 엄마와 같이 있을 수도 없고"

"내가 엄마 돌보아 줄 테니 너무 걱정하지 마."

고맙게도 미자 아주머니는 선뜻 엄마의 보호자가 되겠다고 말씀하셨다.

"그래줄 수 있으세요? 아줌마가 옆에 계시면 저도 한시름 놓을 수 있죠."

"나도 남편 저세상 보내놓고 마음을 못 잡고 있는 터에 엄마가 옆에 계시니까 의지가 되어 얼마나 좋았다고. 엄마한테도 내가 곁에 있으면 의지가 되고 낫지 않겠니?"

"나이 들수록 친구의 존재가 중요하다는데 정말 진정한 친구가 얼마나 중요한지 알겠네요."

진정한 친구가 한 명만 있어도 잘 살아낸 인생이라는데 엄마의 삶이 불행하지만은 않구나 하는 생각이 들었다.

엄마의 정기적인 병원 진료를 받기 위해 차례를 기다리면서 환자와 보호자를 관찰하게 되었다. 환자들은 아픔으로 괴로워보였지만 삶의 끈을 놓지 않으려는 의지가 보였다. 동병상련의 아픔을 느껴서인지 그들은 서로의 아픔을 토로하며 병을 이겨내기 위해서는 어떤 방법으로 대처하고 있는지의 경험도 주고받았다. 엄마는 그들의 말을 한 마디도 놓치지 않으려는 듯 묻고 또 묻곤 하셨다. 병원에서 부딪힌 보호자들도 너나없이 병을 이겨내기 위한 노하우를 사심 없이 얘기하며 서로를 위로하고 격려했다.

나는 기다리는 내내 초조함을 감출 수가 없었다. 엄마의 병의 진행 속도가 빠르게 오면 어쩌나 하는 불안이 엄습해 왔다. 안절부절 못하며 병원 복도를 오가기를 반복했다. 제발 엄마가 우리를 못 알아보는 일이 없게 해달라고 간절한 마음으로 빌었다.

결과는 다행스럽게도 별다른 진행이 없다고 했다. 건강을 위해서 운동을 꾸준히 하는 동시에 뇌 운동을 해 주면 별다른 문제가 발생되지 않을 것이란 얘기에 안심했다.

"두통이 심하실 때는 잠도 주무시질 못하고 괴로워하세요. 당신의 몸이 불편함을 느끼면 불안해하시고, 혈압상승이 되면서 안절부절못하시는데 그럴 땐 어떻게 해야 할까요?"

나는 여러 가지 궁금한 것을 의사와 상의를 했다.

"잠을 못 주무실 때는 수면제라도 드시고 주무시도록 하세요. 정신건강에 오히려 좋을 수가 있어요. 가능한 한 스트레스를 안 받게 해야 합니다. 스트레스로 인해 혈관이 수축되면 혈압이 상승하게 돼서 악순환이 반복되거든요. 취미생활을 하는 것도 한 방법이 될 수 있어요."

"노래교실과 서예를 배우러 다니세요."

"취미생활을 하면서 두뇌활동을 지속해줘야 진행을 늦출 수가 있습니다. 그리고 약은 꼭 드시게 하고요."

"소화가 안 되고 속이 쓰리다는데……."

"빈속에 약을 드시게 하지 말고 식후에 약을 드시게 하세요."

엄마는 소화가 제대로 안 되면서 식사를 못 하신 탓인지 많이 쇠약해지셨다. 증상이 갑자기 나빠지면 뇌경색이나 뇌출혈의 재발 가능성이 있기에 주의해야 했다.

엄마는 아버지와의 갈등을 자신의 팔자인 것처럼 감수하면서 살아오셨다. 건강을 살피지 않은 탓에 당신이 혈압이 높은지도 몰랐다.

높은 혈압으로 인해 뇌출혈을 일으켰고, 두통으로 이어졌다. 하지만 개의치 않고 이를 방치했다가 오늘과 같은 결과를 초래했다.

엄마는 집 안에 카메라를 설치한 것을 못마땅해 하셨다. 당신이 감시를 받는 것 같아 싫으신 모양이었다.

"왜 집에 카메라를 설치해서 불편하게 하냐! 빨리 떼어내!"

"혹시 모를 불상사에 대해 대비하기 위해 설치를 한 거예요."

"내가 왜 너희들한테 감시를 받으면서 살아야 하니? 나는 싫다."

"전번에 밤에 외출하고 들어오셨는데 어디 갔다 오셨는지 모르겠다고 하셔서……."

엄마는 언짢아하였지만 자식들이 당신을 생각해서 그렇게 했다는 것을 이해했는지 더 이상 말을 하지 않으셨다.

"얘, 애들이 저기다 카메라를 설치했어. 너 같으면 어떻겠니? 나쁜 놈들이 나를 감시하려고 카메라를 설치했을 거야."

미자 아주머니가 오시자 엄마는 기다렸다는 듯이 카메라를 설치한 것을 어떻게 생각하느냐고 물으셨다.

"애들이 너를 왜 감시하겠니. 요즘은 어디나 저걸 설치했더라. 세상이 어수선하니까…"

"애지중지하며 자식들 키워놨더니 내가 가진 것 뺏어가려고 저걸 설치해 놓은 거야."

친구에게 당신의 속내를 드러내며 우리들에게 서운함을 드러내셨다.

"설마 그러기야 하겠니? 너희 자식들이 너한테 잘하잖아."

"잘하긴 뭐가 잘해? 다들 도둑놈들이야."

엄마는 카메라에 대해 필요 이상으로 예민한 반응을 보였다.

"그래, 맞아 맞아. 자식들 다 필요 없어. 나쁜 것들."

미자 아주머니는 엄마의 대응이 정상적이지 못하다는 것을 느끼자 더 이상 우리의 입장을 대변 하지 않으셨다.

"너도 자식들 다 믿지 말어. 내 짝 나지 말고."

"알았어. 네 말 들을게."

미자 아주머니는 맞장구를 치시며 엄마의 표정을 살피셨다.

"우리 노래교실이나 갈까? 가서 신나게 노래 부르고 오자. 그리고 나가서 맛있는 것도 먹고."

조금 전까지 이상한 행동을 하던 엄마는 언제 그랬냐는 듯 기분이 좋아지셨다. 그리고는 노래교실에 가야 한다며 서둘러 꽃단장을 하셨다.

"아줌마, 부탁드릴게요."

"걱정하지 마라. 순간적으로 망상이 생겨서 그럴 거야. 수시로 이런 일들이 생길거야. 마음 편하게 먹고 있어야 해. 그래야 마음이 편해."

아주머니는 내가 걱정을 하자 내 등을 두드려주시며 말씀하셨다.

"항상 불안해요. 어떤 일이 벌어질지 몰라서……."

"길게 생각해야 해. 너희 엄마 같은 치매라면 걱정도 없어. 그리고 혈관치매는 약만 잘 쓰면 진행을 늦출 수 있으니까. 그리고 완치도 된다더라."

"아줌마 말을 들으니 훨씬 마음이 가벼워지네요."

아주머니의 위로로 나의 걱정이 어느 정도는 해소되었지만, 그래도 안심이 안 된 나는 엄마를 뒤따라 가 보기로 했다. 엄마가 그곳에서 얼마나 열의를 가지고 수업에 임하는지 궁금해졌다.

창문 너머로 엄마의 모습이 보였다. 감정을 쏟아내는 모습은 진지했고 행복해 보였다. 마치 내가 학부형이 된 것처럼 엄마의 표정 하나하나를 놓치지 않고 바라봤다.

식사 대접을 해 드리려고 끝나기를 기다렸다. 웃으며 나오는 엄마의 표정은 병을 앓고 있는 사람 같지 않았다.

"여긴 웬일이니?"

엄마가 나를 보더니 환하게 웃으시며 말씀하셨다.

"엄마 수업 잘 받나 감시하러 왔지! 땡땡이치지는 않나 하고."

"내가 넌 줄 아니! 땡땡이는 왜 치니. 재미있는데……."

"그렇게 재미있어요? 가수 한 명 나왔네요."

"그렇지, 내가 안 해서 그렇지, 가수 하고도 남는 실력이지."

"에이, 엄마. 뻥이 심하다."

거짓말처럼 엄마의 정신은 온전하게 돌아왔고 농담까지 하며 밝게 웃으셨다. 그러나 밤이 되면 무엇을 찾는지 온통 집 안의 물건이 여기 저기 흩어져 있고, 물건을 찾지 못하면 한밤중에 곤히 자고 있는 동생을 깨우곤 했다. 동생이 엄마가 찾는 것을 다른 곳에 감추어서 찾지 못하는 것이라고 억지를 쓴다는 것이다.

"무엇을 찾는데요?"

"무엇을 찾는지 내가 아니? 네가 알지."

이렇게 엉뚱한 일로 부딪치게 되자 동생은 엄마가 환자라는 것도 잊고 윽박지를 수밖에 없었다. 그럴 때면 엄마는 고양이 앞에 쥐처럼 겁을 내며 잘못했다고 두 손으로 싹싹 빈다는 것이다. 사리분별이 정확한 엄마였는데, 최근에 있었던 내용을 기억하지 못했고 우리들의 말을 이해하지 못하고 말수가 줄어들었다.

엄마가 없어졌다는 연락이 왔다. 결국 우려했던 일이 일어나고 말았다. 주무시는 걸 보고 잠깐 집을 비웠다는데, 벌써 몇 시간째 연락이 되지 않는다는 것이다. 휴대폰도 집에 놔두고 나가셨다는 것이다. 주변을 다 찾아보았지만 엄마의 흔적을 찾을 수 없어 경찰서에 신고했다고 했다. 나는 친정집으로 향하는 발걸음이 후들거리고 떨려서 무엇을 어떻게 해야 할지 머리가 하얘졌다. 아무것도 생각할 수가 없었다. 간신히 심호흡을 하며 진정해야 했다.

나는 우선 엄마가 잘 가는 곳과 익숙한 산책길 등 여기저기를 찾아다녔다. 그날따라 엄마를 보았다는 사람이 없었다. 엄마의 동네친구들과 후배에게 전화를 했지만 다들 모른다고 했다.

엄마와 비슷한 사람만 보아도 가슴이 뛰었다. 그러나 달려가서 보면 엄마가 아니었다. 가슴이 새카맣게 타들어 가는 것 같았다. 무작정 여기저기 찾기를 몇 시간째, 영영 못 찾을지도 모른다 생각하니 숨을 쉴 수조차 없었다.

하느님! 우리 엄마를 지켜주세요

나는 간절한 마음으로 기도하면서 뛰어다녔다. 어두워지도록 엄마의 행방을 알 수가 없어 경찰서를 몇 번이나 들락거렸다.

허탈한 마음으로 집으로 들어와 앞으로 어떻게 해야 할지 가족들과 대책회의를 했다. 가족들 모두가 혼비백산 했고, 멍한 상태로 할 말을 잃고 있었다.

"아! 저거야. 왜 진작 저 생각을 못했지? 카메라 돌려보자. 엄마가 언제쯤 무슨 옷을 입고 나가셨는지 녹화되어 있을 거잖아."

"그래, 맞아. 왜 그 생각을 못했담."

우리들은 놀라고 당황스러워 감시카메라가 설치된 것을 미처 생각을 못한 것이다. 큰동생은 부랴부랴 인터넷에 연결하여 녹화 본을 보기 시작했다. 화면 속의 엄마는 매일 밤마다 무엇을 찾고 계신지 장롱 속을 헤집어 놓으셨다. 찾으려는 것이 무엇일까? 나는 궁금증이 일었다. 그런데 조그마한 보따리를 풀어헤치더니 한참을 들여다보고 또 보고 하다가 엄마의 얼굴이 일그러지셨다. 그러자 엄마는 아주 섧게 피를 토하듯이 가슴을 치시며 펑펑 우는 것이 아닌가! 너무나 생소한 그 모습에 우리는 저건 뭐지? 하는 의문이 들었다.

보따리를 찾으면 알 수 있겠다 싶어 찾아보았지만, 아무 곳에서도 찾을 수가 없었다. 한참을 섧게 우시던 엄마는 장롱 깊숙한 곳에서 한복을 꺼내셨다. 한복을 꺼내서 구겨진 주름을 다림질까지 한 엄마는 곱게 화장까지 하고 한복을 입으셨다. 오래된 한복이지만 카메라 속의 엄마의 모습은 고왔다.

"저걸 입고 어딜 가시려는 것이었을까?"

이해할 수 없는 행동에 우리들은 서로 입을 모으며 각자의 생각을 말하기 시작했다.

"엄마가 한복을 입고 가야 하는 곳은 어딜까?"

낡은 한복을 입고 외출을 하였다는 것이 도저히 이해할 수 없었다. 정상적인 사고로는 있을 수 없는 일이다.

"혹시 미자 아줌마한테 무슨 언질이라도 주지 않았어요?"

"아니, 전혀 그런 얘기는 한 적이 없었는데……"

"어디 결혼식장에 가신 것은 아닐까?"

별별 생각이 머리에서 맴돌며 불안이 커져만 갔다.

"결혼식 초대장 온 것 있었어?"

"아니 안 왔는데…… 초대장이 왔으면 내가 모시고 가지, 엄마 혼자서는 안 가시는데……"

"어쨌든 우려했던 일이 벌어진 것 같으니 엄마의 인적사항이 적힌 전단지를 만들어 배포해야 하지 않겠니?

"인터넷으로 출력해서 내일 당장이라도 찾아 나서자."

"요즘은 CCTV가 곳곳에 설치되어 있어서 행동반경을 쉽게 포착할 수 있다던데, 그걸 기대해 봐야지, 도리가 없지."

피를 말리는 기다림이 시작되었다. 평소 어디를 가시면 얘기를 하고 가시는데, 아무 말도 하지 않고 나가셨다는 것은 엄마의 정신상태가 정상이 아니라는 것이다.

보따리에 무엇이 있었는지 파악만 되도 어디를 가셨는지 알 수 있으련만 답답할 뿐이었다. 돈은 얼마나 가지고 가셨는지, 돈이 있어도 쓸 수는 있는 정신인지, 혹시 길거리를 헤매고 있지는 않는지,

나쁜 사람들한테 흉한 꼴을 당하시지는 않았는지, 여러 가지 두려움이 엄습해 왔다. 칠흑 같은 어둠 속에서 무서워 떨고 있지는 않으신지 안정을 할 수가 없었다. 집에서 기다리느니 경찰서를 찾았다. 아직 접수된 것이 없다며 조금 더 기다려 보란다. 기다릴 수가 없어서 찾았건만 돌아오는 대답은 기다리란다. 무책임하고 성의 없는 답변에 다시 한 번 가슴을 쓸어내렸다.

날이 밝기를 기다려 경찰서를 다시 찾았다. 교통상황실의 CCTV를 확인하여 줄 것을 의뢰했다. 단순 가출이 아니라 치매환자로서 본인 의지대로 행동을 할 수 없다는 것을 강조했다. 신속한 대응을 해줄 것을 간청했지만 절차를 밟아야 한단다. 절차를 밟는 동안 우리는 초조한 마음으로 무작정 기다렸다. 가슴이 타들어가는 초조함 속에 몇 시간을 기다렸다. 드디어 CCTV에서 엄마의 모습이 포착되었다. 집 근처에서 큰 가방을 들고 택시를 타는 모습이 포착되었는데, 어디에서 내렸는지는 확인할 수가 없었다.

택시 번호판을 조회하여 그 택시가 내려준 곳이 어디인지 확인을 하려면, 택시기사와 연락이 되어야 한다는 것이다. 촌각을 다투는 일인데 일의 절차는 더디기만 하고 애간장을 졸였다. 기다리라는 말이 그토록 모진 말인지 처음 알았다.

택시의 진행방향으로 봐서는 고속버스터미널 방향이라고 했다. 어디를 가려고 고속버스터미널을 가셨을까? 의구심은 갈수록 켜져만 갔다.

택시기사로부터 연락이 왔다. 엄마가 고속터미널 근처에서 내리셨고, 고향에 간다고 하였다는 것이다. 고향에 가 봐야 일가친척도 없을 터인데…… 누구한테 가셨을까?

고속터미널 CCTV에 엄마의 모습이 포착되었다. 보은 가는 고속버스를 타신 것이 확인이 되었다. 엄마의 고향이 충북 보은인데 속리산을 중심으로 음식점과 숙박업을 하는 친척들이 살고는 있지만 왕래를 안 한지가 오래됐다. 그분들을 찾아뵐 일은 없을 것이지만, 지푸라기라도 잡고 매달리는 심정으로 연락을 해 보았다. 그러나 그곳에서 들려오는 대답 역시 절망적이었다.

보은군에 사시는 둘째 외숙모 댁에 연락을 해 보았지만 거기도 안 오셨단다. 가끔 외숙모와는 통화를 하고 있어 거기라도 가셨으면 했는데, 안 오셨다는 말을 들으니 온몸에 힘이 빠졌다. 대체 어디 가서 엄마의 행방을 찾는단 말인가!

혹시 고향 주변을 헤매고 계실지 몰라 그 주변을 샅샅이 뒤지며, 카메라가 있는 곳은 다 확인을 하였다. 그런데 보은시장으로 가는 쪽에서 엄마의 모습을 볼 수 있었다.

아! 아버지에게 가는 것이란 생각이 미치자 왜 진작 그런 생각을 못해 봤을까 싶었다. 아버지 산소가 있는 곳까지는 버스가 없었다. 그래서 평소 아버지에게 갈 때는 옥천으로 가거나 보은시장을 거쳐 갔었다. 엄마는 보은 쪽을 선택하신 것 같았다. 걸어서 가기는 꽤 먼 거리라 마음이 바빠졌다. 제발 아버지한테라도 가셨어야 하는데…… 온갖 생각이 마음을 더 바쁘게 했다.

10km의 거리가 왜 그렇게 먼 것인지 심장이 멎을 것 같았다. 제

발 엄마가 거기에 계셔 주기를 간절함을 다해 기도했다. 애간장이 다 녹아내린다는 말이 이제야 실감이 났다.

거리가 가까워질수록 내 심장박동은 요동치기 시작했다. 길게 숨을 들이마시며 호흡을 가다듬어야 했다. 아버지가 계신 언덕을 바라봤다. 작은 움직임이 보였다. 제발 엄마이기를…… 나는 절박하다 못해 공포스러웠다. 아니면 어쩌나 하는 기우에 온 사지가 떨렸다.

엄마의 모습이 보였다. 그 순간 감사의 눈물이 흘러내렸다. 나는 영혼이 다 빠져 버린 듯, 한 발자국도 떼어 놓을 수가 없었다.

엄마를 부르며 뛰어 올라가는 둘째 동생의 울부짖음은 마치 포효하는 사자와 같았다. 만 3일 동안의 피 말림이 끝나는 순간이었다. 이런 일을 계기로 엄마가 우리들에게 얼마나 소중한 존재였는지 확인할 수 있었다.

가을 햇볕이 내려 쪼이는 산소 주변은 밤송이가 알몸을 드러내 여기저기 나뒹굴었고, 붉게 물든 단풍이 시린 빛깔로 우리를 맞이했다. 잡초를 고르시던 엄마의 눈이 휘둥그레졌다. 우리들은 엄마에게 달려들어 부둥켜안고 안도의 눈물을 하염없이 흘렸다.

"여기까지 어떻게 오셨어요?"

"고속버스 타고 택시타고 왔지! 걱정들 했구나."

"왜 얘기 안 했어요? 오신다고 하면 모시고 올 텐데……."

"다들 바쁘잖아. 조용히 생각할 것도 있고 해서……."

"얼마나 걱정했는지 알아요? 실종신고까지 했단 말이에요."

"그런 줄도 모르고 나만 생각했구나. 미안하구나."

"어디서 지내셨어요?"

"이모 집에서 있었지. 오랜만에 옛날 얘기하며 즐거웠단다."

"전화는 왜 안 가지고 오셨어요? 전화만 되었어도 걱정을 안 했을 텐데…… 엄마 잘못되는 줄 알고 애간장이 다 녹아내렸어요!"

"아버지한테 가야 되겠다고 마음먹으니까 다른 생각을 못했어. 마음이 급해서…… 너희들한테 걱정을 끼쳤구나."

우리의 걱정과는 달리 엄마의 표정은 여유가 있었다.

"왜 한복을 입고 오셨어요? 이 한복은 입지 않던 한복인데……."

"너희 아버지가 예쁘다고 했던 거라 보여드리려고 입고 왔어."

"아버지가 싫어하는 거잖아요. 입지 말라고 했던 것 아니에요?"

"나도 아버지가 싫어하시는 줄 알았어. 하지만 그런 것이 아니었어."

"그것이 무슨 뜻이에요? 싫어하는 것이 아니라니!"

"지금 여기서 할 이야기가 아니구나. 나중에 얘기하자."

말을 아끼는 엄마의 깊은 심중이 있어 보여 나는 궁금증을 안고 더 이상 묻지 않았다. 엄마의 치매증상은 전혀 없어 보였다. 엄마 본래의 따뜻함이 풍겼고, 어느 때보다 안정돼 보였다.

엄마는 며칠 더 있다 올라간다며 우리들을 떠다밀었다. 너무 완강한 태도로 말씀하셔서 우리들의 말이 들어갈 자리가 없었다. 이모할머니의 연세도 100세를 바라보는 나이라 언제 어떻게 세상을 떠날지 모르니 같이 있으면서 따뜻한 밥 한 끼라도 제대로 챙겨드리고 싶다고 하셨다. 우리는 할 수 없이 뒤돌아서면서 만일의 사태를 대비해 이종사촌 오빠에게 엄마를 부탁했다.

언제든 오시고 싶을 때 연락을 하면 모시러 오겠다고…… 어린아이에게 엄마가 노파심을 내는 것처럼 불안감이 가시질 않았다.

엄마에게 어떤 일이 있었던 것일까? 궁금증으로 뒤돌아서는 마음이 내내 복잡했다. 엄마가 무사한 것을 다행이라 여기며 돌아섰지만, 찜찜한 마음을 지울 수가 없었다. 카메라 속에서 섧게 우시던 모습이 뇌리에서 떠나질 않았다. 무엇이 엄마를 그렇게 섧게 했는지…… 앞뒤 가릴 겨를도 없이 달려온 이유가 무엇인지 추측을 해 보았지만 가늠할 수가 없었다.

엄마의 의지가 정신을 붙들고 있었는지 엄마는 다른 어느 때보다 침착해 보였다. 이 순간은 더 이상 치매환자가 아니었다.

나는 엄마가 집으로 오실 때까지 기다릴 수가 없었다. 모시러 가고 싶다고 연락을 하였더니, 당신이 혼자 움직이겠다고 한사코 만류하셨다.

"여기 동생이 터미널까지 태워다 주면 서울 터미널에 데리러 오면 되잖아."

"바람 쐴 겸 모시러 갈게요. 걱정하지 마세요."

"운전하고 오는 것이 위험하니까 그렇지."

"운전하는 것이 어제오늘 일도 아닌데요. 뭘 걱정하세요. 그런 걱정을 안 하셔도 되요."

"정 그렇다면 맘대로 해라. 나야 데리러 오면 편하고 좋지."

평일인데도 단풍구경을 떠나는 차량이 고속도로를 가득 메웠다.

긴 줄의 행렬이 주차장을 방불케 했다. 단풍을 즐기러 떠나는 행락객들은 그런 불편함마저 즐기는 것 같았다. 나는 그들을 보면서 가슴이 답답했다. 엄마도 저런 대열에 끼여서 즐거워하고 행복해 할 수 있으면 얼마나 좋을까? 이런 생각이 미치자 가슴이 먹먹해졌다.

예상 시간보다 1시간이 더 걸려 보은에 도착했다. 엄마는 멀리서 차가 보이자 달려 나오셨다. 늦게 도착한 것이 걱정이 되었던 모양이다.

"단풍구경 떠나는 행락객의 차가 많아 막혔어요"

"내가 뭐라든? 고생한다고 오지 말랬잖아. 내가 혼자가면 얼마나 간편하고 좋으냐. 이렇게 고생도 안 하고"

엄마는 여전히 당신 걱정은 뒷전이고 오로지 내 걱정뿐이시다. 햇빛에 비친 엄마의 얼굴엔 병색이 완연해 보였다. 핏기 없는 주름진 엄마의 얼굴이 지쳐보였다.

"엄마, 많이 불편해요? 피곤해 보여요"

"밤에 잠을 못 잤더니 머리가 아파서 그럴 거야. 환절기가 되어 산후풍이 또 도지는구나."

끈질기게 따라다니며 괴롭히는 지병들이 엄마의 삶을 송두리째 갉아먹고 있지만 나는 속수무책으로 바라만 봐야 했다. 아무것도 도와줄 수 없다는 것이 안타까울 뿐이다.

젊어서는 자식 뒷바라지 하느라 허리 펼 날이 없었고, 지금에 와선 병마와 싸우느라 앙상하게 휘어진 허리가 고달팠던 인생을 대변하고 있다. 여자로서, 엄마로서의 삶이 버거웠다. 참고 인내한 결과는 혹독했다.

"많이 힘들면 가까운 병원이라도 가야 되지 않겠어요? 잠자리도 불편하고 내 집 같지 않아 신경 쓸 일이 많았을 텐데……."

"병원에 갈 것은 없고, 그냥 편히 쉬고 싶구나. 아버지한테 인사하고 집에 가자."

모든 에너지가 다 소진된 엄마는 조금만 건드려도 부서질 것 같았다.

"여보, 이제 가면 언제 다시 올지 모르겠네요. 안 온다고 너무 서운해 하지 마세요. 나도 당신 뒤따라 갈 날이 머지않은 것 같네요. 그때까지 아이들이나 별 탈 없게 잘 지켜주세요. 나 이제 집에 갈렵니다."

엄마는 마치 다시는 못 올 것처럼 봉분 주변을 어루만지며 눈물을 흘리셨다. 엄마의 건강이 걱정이 되어 더 이상 지체할 수가 없었다.

그동안 여기 계시면서 아버지와 많은 얘기를 나누었을 텐데, 발길이 떨어지지 않는 모양이다. 자꾸 뒤돌아보시며 눈물을 떨구시는 모습이 처연했다.

집으로 올라오는 내내 엄마는 말할 기운조차 없는 듯 몸을 새우등처럼 굴린 채, 차 뒷좌석에 누워 곤하게 주무셨다.

집으로 들어가기 전에 동네 병원부터 들렀다. 엄마가 사그러드는 불꽃같아 영양 주사라도 맞아야 버텨내실 것 같았다.

"죽을 기운도 없더니 영양주사가 효과가 있나 보다. 반짝하니 정신이 드는 것 같구나."

영양주사를 맞고 오신 엄마는 정신이 맑아지셨는지 미소를 지으셨다.

"다행이네요. 힘들어 보여서 걱정했는데……."

나는 엄마가 쓰러지시면 어쩌나 걱정했다. 다행스럽게도 엄마 본연의 모습으로 돌아온 것 같아 안심이 되었다.

"뭐하니?"

부엌에서 죽을 쑤고 있는 냄새가 엄마의 허기를 자극했는지 부엌으로 오시며 말씀하셨다.

"전복죽 만들고 있어요."

죽 집에 가서 포장된 죽을 사기보단 내가 직접 쑤어드리고 싶었다. 손질을 하는 내내 마음이 바빴다. 전복 내장을 손질해 참기름에 달달 볶았다. 전복 살과 당근, 버섯, 양파를 다져서 죽을 쑤기 시작했다. 정성을 다하면 엄마가 툭툭 털고 일어나실 것 같았다.

"그동안 입맛이 없어 제대로 먹지 못했는데 맛있게 잘 먹었다. 이제 기운이 나는구나."

엄마는 모처럼 배부르게 먹었다며 이마에 맺힌 땀을 닦으셨다.

"이모할머니 집에 계시면서 불편했어요?"

"불편했지! 사촌동생이 사업하다 망해서 마누라랑 이혼하고 혼자 살잖아. 늙은 이모가 집안 살림을 하는데 그냥 보고 있을 수가 있어야지. 오나가나 왜 다들 그 모양인지 신경이 쓰여 오래 있을 수가 없더구나."

"엄마 몸도 성치 않은데 신경 많이 쓰셨겠네."

"음, 내가 몸만 성하면 이모를 대접해 드렸어야 했는데, 그렇게 하지 못하니까 죄스럽더구나."

나는 엄마가 앞뒤 상황 파악하지 않고 아버지에게 달려갔던 이유를 알고 싶었다. 그렇지만 좀처럼 물어볼 기회가 나지 않았다. 어떤 생각을 하시는지 알 수가 없어 조심스러웠다. 하지만 이제는 알아야 했다.

"엄마, 아버지한테 가는 게 왜 그렇게 바빴어요? 우리한테 얘기도 하지 않고."

"음!"

엄마는 한참을 뜸들이시더니 가방에서 정성스럽게 싼 보따리 하나를 꺼내셨다. 보따리를 꺼내시는 엄마의 눈가에는 눈물이 맺혔다.

"아버지가 평생을 간직한 소중한 물건이란다. 가슴 속에 이런 것을 간직하느라 얼마나 힘들었을까! 그런 생각을 하면 너희 아버지가 가여워서 견딜 수가 없구나."

나는 서둘러 보따리를 풀었다. 그 속엔 코팅이 되어있는 빛바랜 가족사진이 있었다. 낡은 가족사진 속에서 아버지 고향의 부인과 아들과 딸이 환하게 웃고 있었다. 나는 가슴이 철렁 내려앉았다. 엄마는 품속에 간직한 편지봉투를 내놓으셨다.

"이게 뭐예요?"

"아버지가 나한테 편지를 써서 주지는 못하고 보따리 속에 넣어 놓았더구나."

아버지가 엄마에게 편지를 썼다는 것도 놀라웠지만 전하지 못한 이유가 무엇이었을까? 궁금증에 숨이 턱 막혔다. 나는 아버지가 그토록 빨간색에 진저리를 치셨던 이유를 알게 되는 순간, 나도 모르게 감전이 된 듯 아찔해졌다. 빨간색의 진저리는 고통을 잊기 위한 몸부림이란 것을……

사랑하는 순임 씨!

당신의 이름을 불러보기는 처음이구려. 당신을 보는 순간 고향의 아내가 살아서 돌아온 느낌이었다오. 어찌나 닮았던지 사는 내내 착각을 했었다오.

공산당 반대운동을 하던 나는 그들에겐 악질 반동분자로 총살형을 받을 처지였소. 죄인의 가족들이기에 모진 고문 받다 죽임을 당했을 것을 생각할 때마다 견디기 힘들었다오.

붉은색을 보면 고향의 가족들이 나로 인해 처참한 죽임을 당하면서 흘렸을 피를 보는 듯 예민해지고 이성을 잃게 되었다오.

당신과 아이들에게 상처가 된다는 것을 알면서도 강요했던 것이 얼마나 후회되는지 모른다오. 예쁜 것을 예쁘다고 말하지 못하는 심정이 어떤 것인지 당신은 모를 거요.

당신이 내 곁에 있어서 견딜 수 있었는데 막상 그 마음을 전하지 못하고 당신을 힘들게 했구료. 당신이 힘들어 할 때 외면하고 모른 척했던 것 용서해 주구료.

용서해 달라는 말이 염치는 없지만……

당신은 아프지 않았으면 좋겠는데 자꾸 아파하는 모습을 보면 내 가슴이 찢어지는구료. 당신의 아픔이 나로 비롯된 것이란 것을 왜 모르겠소. 용서를 빌어서 나을 수 있는 것이라면 얼마든지 빌겠소만 그렇지 못함에 가슴만 미어지는구료.

진달래 무늬 한복을 입고 들어서는 당신의 모습은 눈부시게 아름다웠고, 내 가슴이 뛰었다오. 예쁘다고 느끼는 순간 나의 발목을 잡는 또렷한 기억이 떠올랐소. 고향의 아내가 당신과 같은 빛깔의 한복을 입고 나를 마지막으로 배웅하던 모습이 선명해지면서 나를 질책하는 것 같았소. 그래서 처음 만난 당신에게 앞으로는 그 한복을 입지 말라고 했던 거였소.

우리 아이들이 왜 예쁘지 않았겠소. 예뻐하려고 다가가면 피투성이가 된 고향의 아이들이 떠올라 나를 괴롭혔소. 피눈물을 흘리며 자제하는 생활을 했던 거요.

지금 생각하면 후회스러워 견딜 수 없다오. 못난 남편이었고, 떳떳한 아버지 노릇을 못한 것이 천추의 한이 된다오. 거듭 당신과 아이들에게 용서를 비는 바이오.

남은 생 행복하길 바라오.

재판을 3일 앞둔 날이다. 노인과 같은 병실에 입원해 있던 60대 초반 부인에게서 전화가 왔다. 그녀가 내일 퇴원을 한다며 사건은 어떻게 진행되고 있는지를 궁금해 했다.

나는 그녀가 걱정해 주는 것이 고마워 퇴원하기 전에 인사라도 할 겸 병원을 찾았다. 그녀가 퇴원 준비를 하고 있었다. 오랜 병원 생활로 비품 캐비닛에는 이불이며 갖가지 생활용품들이 쌓여 있었다.

그녀는 병실에 있는 이들에게 그녀가 요긴하게 쓰던 물건을 나누어 주고 있었다. 그녀가 쓰던 물건들은 성격만큼이나 깨끗했고 새것이나 다름없었다. 그동안 한 병실을 쓰면서 애환을 같이 하던 사이였기에, 그녀와 헤어지는 것이 섭섭해 다들 눈물을 글썽이며 덕담을 하고 있었다.

"안녕하세요!"

나는 밝게 웃으며 그들에게 인사를 했다.

"오셨어요? 하마터면 못 만날 뻔 했네요."

"퇴원하는 것 알고 오셨어요?"

"내가 퇴원한다고 전화했더니 일부러 오셨나 봐요."

60대 초반의 부인이 미안해하며 나를 반겼다.

"퇴원 축하합니다. 앞으로 건강관리 잘 하시고 병원에는 다시 오지 마세요."

나는 그녀에게 덕담을 하고, 준비한 작은 케이크를 내밀었다.

"고마워요."

"고맙기는요. 제가 언니가 없어서 외로웠는데, 병원에 올 때마다 저를 푸근하게 대해 줘서 오히려 제가 더 고마웠는걸요. 제가 여기 올 때마다 배우고 가는 것이 많았어요."

나는 진심을 다해 고마움을 표했다.

281

"앞으로 나를 언니같이 생각하고 힘든 일 있으면 혼자 끙끙 앓지 말고 터놓고 지내요."

그녀는 내 손을 꼭 쥐고 마치 언니같이 따뜻한 미소를 지었다. 나는 순간, 이분들에게 도움을 받아야겠다고 생각했다. 이분들은 내가 법정다툼을 벌이기 이전부터 노인에게 일어난 사고가 어떻게 시작됐는지 알고 있었다. 이들의 진술이라면 법정에서 충분히 인정을 받을 것 같았다.

"실은 제가요. 노인과 연루되어 있는 사건에 휘말리면서 위증죄로 고발을 당했어요. 사건을 목격하고 도와준 것뿐인데…… 이런 일이 혼란스럽고 분해서 제가 잠을 잘 수도 없었어요. 제가 사면초가랍니다. 도와주세요!"

나는 이들에게 간절한 마음으로 도와줄 것을 부탁했다.

그들은 노인이 부상을 당해 병원에 입원하던 날부터 노인의 처지를 걱정하고, 살뜰하게 보살펴 주었다. 병원에 같이 입원해 있는 불편한 몸이었지만 물심양면으로 노인을 도와왔다. 착하고 순박해 보이던 노인이었기에 노인의 돌발적인 행동에 그들은 많이 놀라워했다.

"세상인심 사납다더니 어째 그런 일이 있데요?"

"도와주었더니 보따리 내놓으란 격이네."

노인을 위해서 발 벗고 나서 주기가 쉽지 않았을 터인데 그런 호의를 무시하다니, 순박한 노인인 줄 알았더니 뒤통수 맞은 기분이라며, 병실에 있던 이들은 벌린 입을 다물지 못하고 노인을 비난했다.

"힘내요. 우리가 도와 줄 테니……."

60대 초반의 부인은 직접 증인으로 출석해서 진술하겠다는 뜻을 밝혔다.

"선의를 악으로 갚는 노인의 행동은 있을 수는 없는 일이에요."

그들은 나를 도울 수 있는 일이 있다면 적극적으로 돕겠다고 위로해 주었다. 올가미에 갇혀서 풀려나기만을 바라는 짐승처럼 충격적인 사건 앞에 나는 무기력해 있었다. 도와준다는 그들의 말을 듣는 순간, 나는 고맙다는 말 대신 눈물만 흘렸다.

나는 녹음을 하면서 많은 생각을 했다. 이런 방법까지 하면서 일을 처리해야 하는지…… 씁쓸한 마음을 지울 수가 없었다.

나는 남편에게 노인을 위증죄로 고발해야겠다고 말했다. 남편의 반응은 의외였다.

"그까짓 벌금이 얼마나 나온다고…… 노인의 여생을 절망의 늪으로 몰아넣을 수는 없잖아?"

남편은 노인의 행동이 괘씸하지만 관용을 베풀어야 하지 않겠냐며 나를 설득했다. 나는 마지막으로 노인을 찾아갔다. 노인이 나에게 사과를 해 주길 바라며 노인을 바라봤다. 노인은 내 눈을 피하며 딴전을 피웠다.

"할아버지, 아직도 제가 위증죄로 처벌받기를 원하세요? 어떻게 저에게 위증죄를 뒤집어씌울 수가 있어요? 저는 할아버지를 제 아버지 대하듯 했는데…… 아무리 어렵다고 사람의 성의를 이렇게 짓밟을 수 있어요?"

나는 감정이 격해져 눈물이 쏟아졌다. 나에게 사과해 주기를 바랐는데, 노인의 반응은 냉담했다. 노인의 마음을 돌리기는 쉽지 않을 거라 생각하고 녹음기를 틀었다. 녹음기에서 흘러나오는 내용을 듣던 노인은 머리를 쥐어뜯으며 무릎을 꿇었다.

　"내가 돈에 어두워 잠시 이성을 잃었었소. 나도 많이 괴로웠다오. 목구멍이 포도청이라고 돈을 주고 집을 얻어준다는 얘기에 내가 잠시 정신이 나갔나 보오. 정말 미안하오. 용서해 주구료."

　노인이 애처로운 눈길로 나를 바라보며 말을 이어갔다.

　"내가 운전기사를 도우려 한 것은 내 개인적인 이익만을 바라고 한 것은 아니었소. 고향에 계신 어머님 생각이 나서 운전기사의 늙은 노모의 간청을 뿌리칠 수가 없었소. 그리고 내가 생각할 때 아주머니는 죄가 없으니까, 별다른 처벌을 받지 않을 것이라고 생각해서 그런 행동을 했던 거라오. 미안하오. 아주머니에게 씻을 수 없는 상처를 준 것 같구료."

　노인은 처음에는 소리 없이 눈물만 흘리다가 나중에는 아이처럼 울기 시작했다. 노인을 부둥켜안고 나도 한참을 울었다. 가슴에 응어리 같은 것이 풀리는 것 같았다. 가슴이 먹먹해질 때까지 울고 나서야 나는 비로소 노인을 편안하게 바라봤다. 나를 바라보며 웃음을 짓는 노인의 눈 속에 깊은 고뇌가 담겨 있었다.

　나는 그 눈길을 뿌리치면 안 될 것 같았다. 노인에게 받았던 분노와 배신감이 한순간에 사라졌다.

　"할아버지 고향이 어디세요?"

"내래 리북에서 피난을 왔시다. 피안도가 내 고향이우다. 내래 죽고 싶어도 죽지 못하는 이유가 있디요. 살아 고향 땅 밟아보고 싶어서……."

목이 메어 말을 잇지 못하는 노인의 목소리에서 갑자기 아지랑이가 피어올랐다. 아지랑이 너울거리는 봄날, 고향 마당을 거니는 아버지의 얼굴이 떠올랐다. 나도 모르게 노인의 손을 잡는 순간 가슴이 터져 버릴 것 같은 눈물이 흘러내렸다. 얼굴을 뜨겁게 달구던 눈물을 닦고 있는데 어디선가 종소리가 들려왔다.

작년에도 가을이 있었고, 그 앞에도 또 그 앞에도 가을은 있었다. 그렇게 가을은 언제나처럼 낙엽과 함께 다가왔다. 그 뿐이었다.

가을이 됐다고 해서 풍성한 축제가 열렸던 것도 아니고, 가을이 됐다고 해서 평생 기억에 아로새길만한 추억을 만들었던 것도 아니다. 하지만 2017년 올해 가을은 내게 특별한 선물을 주었다.

내 이름으로 된 한 권의 장편소설이 출간된다. 이름 있는 작가들도 평생 창작집만 냈지 장편소설을 출간하지 못하는 작가들이 많을 걸로 알고 있다.

그래서 이 책 『새우』는 내게 더 새롭게 찬란한 의미로 다가왔다. 주제 또한 평소 써 보고 싶었던 '이산가족' 문제여서 더 특별하기만하다.

인생의 종착역이 가까워지고 있는 나이가 되었다. 어느 날, 수많은 미물 중 인간으로 태어났으면 이름 석 자는 남겨야 하지 않을까? 아니 이름을 남긴다는 것보다 후회하지 않는 삶이 살고 싶어졌다. 그런데 이런 생각이 너무 막연했다. 몇 날 며칠을 고민하면서 찾아낸 것이 문예창작이었다.

학부에서 전공을 하면서 소설 창작수업 중에 내 귀가 번쩍 뜨이게 하는 내용이 있었다.

"문예창작에 입문하는 사람들은 글을 쓸 수 있는 자질이 있는 사람들이다. 그러니 글을 써 보십시오 글을 써도 세월은 가고, 쓰지 않아도 세월은 간다. 그렇다면 글을 쓰면서 세월을 보내는 것이 좋지 않겠느냐"는 교수님의 말씀이 뇌리에서 떠나질 않고 나를 재촉하기 시작했다. 교수님의 애정 어린 독려가 없었다면 감히 작품을 쓸 엄두도 낼 수 없었을 것이다. 이 책에게 향기를 덧붙여서 세상에 내주신 글누림 출판사 최종숙 대표님과 이태곤 편집이사님, 안혜진 팀장님, 교수님과 학우들이 스터디를 통해 열정을 쏟아낸 몇 개월 동안 힘들어 포기하고 싶었지만, 잘 이끌어 주신 한만수 교수님께 정말 고맙고 존경한다는 말을 전하고 싶다.

이인자

이인자

서울에서 태어나 서울을 벗어난 적이 없다. 하지만 마음속에는 늘 푸른 초원이 숨어 있다. 오래전부터 글쓰기에 도전했었다. 경희사이버대학교 문창과에 입학을 해서 글쓰기에 불을 지핀 것은 <청맥회>에 가입하고 나서이다. 장편소설에 뜻을 두고 계속 매진해 왔다. 이 책을 거름삼아 앞으로도 계속 장편에 매달릴 생각이다.

새우

초판 1쇄 발행 2017년 11월 24일

지 은 이 이인자
펴 낸 이 최종숙
펴 낸 곳 글누림출판사

책임편집 이태곤
편　　집 문선희 권분옥 박윤정 홍혜정
디 자 인 안혜진 홍성권 최기윤
마 케 팅 박태훈 안현진 이승혜

주　　소 서울시 서초구 동광로46길 6-6(반포4동 577-25) 문창빌딩 2층(우 06589)
전　　화 02-3409-2055(대표), 2058(영업), 2060(편집)
팩　　스 02-3409-2059
전자메일 nurim3888@hanmail.net
홈페이지 www.geulnurim.co.kr
블로그 blog.naver.com/geulnurim
북트레블러 post.naver.com/geulnurim
등록번호 제303-2005-000038호(2005.10.5)

정　　가 15,000원
ISBN 978-89-6327-461-4 03810

＊이 도서의 국립중앙도서관 출판예정도서목록(CIP)은 서지정보유통지원시스템 홈페이지(http://seoji.nl.go.kr)와
　국가자료공동목록시스템(http://www.nl.go.kr/kolisnet)에서 이용하실 수 있습니다.(CIP제어번호: CIP2017029439)